镜观物色

彼得·凯里小说中的认同问题研究

张计连 著

中国社会科学出版社

图书在版编目（CIP）数据

镜观物色:彼得·凯里小说中的认同问题研究/张计连著.—北京:中国社会科学出版社，2015.10

ISBN 978 - 7 - 5161 - 5964 - 4

Ⅰ.①镜…　Ⅱ.①张…　Ⅲ.①凯里，P.—小说研究　Ⅳ.①I611.074

中国版本图书馆 CIP 数据核字（2015）第 081249 号

出 版 人	赵剑英
责任编辑	罗　莉
责任校对	佳　文
责任印制	戴　宽

出　　版	中国社会科学出版社
社　　址	北京鼓楼西大街甲 158 号
邮　　编	100720
网　　址	http://www.csspw.cn
发 行 部	010 - 84083685
门 市 部	010 - 84029450
经　　销	新华书店及其他书店

印　　刷	北京市大兴区新魏印刷厂
装　　订	廊坊市广阳区广增装订厂
版　　次	2015 年 10 月第 1 版
印　　次	2015 年 10 月第 1 次印刷

开　　本	710 × 1000　1/16
印　　张	15.5
插　　页	2
字　　数	263 千字
定　　价	50.00 元

凡购买中国社会科学出版社图书，如有质量问题请与本社营销中心联系调换

电话：010 - 84083683

序　言

张计连在博士学位论文的基础上出版专著《镜观物色：彼得·凯里小说中的认同问题研究》，嘱我写序，作为指导老师，我乐意为之。

攻读博士学位期间，张计连跟随我做澳大利亚研究。她为人正直坦诚，朴实热情，勇于进取，治学严谨，刻苦勤奋。《镜观物色：彼得·凯里小说中的认同问题研究》选择澳大利亚两次获布克奖的作家彼得·凯里作为研究对象，思考澳大利亚最为人津津乐道但也是最富争议性的问题——认同问题，具有较强的理论意义和很强现实意义。凯里的创作始终与澳大利亚的社会历史文化紧密关联，他以文学作品的形式对澳大利亚历史和现实进行反思和批判。澳大利亚的国家政策、民族政策、文化政策以及经济发展、社会生活方式的转变、文化的冲突与融合等，其作品无不涉及。书稿利用跨学科的研究方法，打破澳大利亚文学、历史、政治、文化等学科之间的界限，探讨凯里的创作如何建构及其建构了一个怎样的认同世界。

书稿从凯里小说所致力表现的"澳大利亚的民族神话""白澳政策""澳大利亚生活方式""基督教在澳洲的传播""澳洲土著的'梦幻时代'信仰""重塑澳大利亚的丛林强盗内德·凯利形象""澳洲华人文化认同及历史遭际""澳大利亚人的'美国梦'""澳大利亚的多元文化政策"等主题入手，探讨澳大利亚的国家认同、民族认同、文化认同问题，以及澳大利亚人的个体自我认同历程。书稿内容丰富，对作家彼得·凯里研究是一种深入拓展，认同研究也为国内的读者打开了一扇从文学角度了解澳大利亚历史文化及现实的窗。

凯里小说中的民族认同主要包括以澳洲土著人为代表的种族认同，以爱尔兰裔为代表的民族内部的认同和以华人为代表的其他族裔认同；

凯里小说中的国家认同是指澳大利亚人对澳大利亚作为一个主权国家区别于英国、美国、日本等国家的民族—国家认同；凯里小说中的文化认同指澳大利亚人对澳大利亚自己的传统文化、大英帝国的传统文化、美国的消费文化的向心和离心的认同状况；凯里小说中澳大利亚人的自我认同主要是在澳大利亚国家、民族和文化认同成为问题的境况下，个体自我认同选择的复杂性以及可能性。民族认同主要涉及澳大利亚的"白澳政策"、澳大利亚历史上的种族主义等话题；国家认同最主要的是涉及澳英关系以及澳大利亚的自身发展和澳大利亚民族形成过程中对国家独立的诉求；文化认同主要涉及澳英和澳美关系，英国传统文化和美国消费文化对澳大利亚的影响；自我认同是凯里在解构澳大利亚民族、国家、文化认同的过程中所揭示的澳大利亚人的个体心路历程。

书稿结构清晰，观点明确，有不少独到的见解，表现出张计连扎实的学术积累和较强的科研能力。彼得·凯里作为"澳大利亚民族文化的代言人""澳大利亚新神话的创造者"以他的创作实践着现代"诗言志"，直面柏拉图们的驱逐。当然，对于喜欢玩味审美的读者来说，也许书稿的"以意逆志"有政治批评掩盖文学审美之嫌。

张勇先

2015 年 8 月于北京

目　　录

前　言

　　澳大利亚文学有着盎格鲁－撒克逊的根源，有着欧洲大陆的近缘关系，因而也有着基督教文化的传承，但更重要的是它见证了新澳洲成长的卓越。澳大利亚人在两百多年的时间里建构了自己的民族想象共同体，创造了澳大利亚生活方式，发明了自己的文学传统，并且让其文学走出国门，走向世界。1973 年帕特里克·怀特（Patrick White）因为其创作"是史诗，是心理叙述的艺术，将一片新大陆写进了文学"而获诺贝尔文学奖，这是澳大利亚本土文学获得世界认可的标志。随后，托马斯·基尼利（Thomas Keneally）、彼得·凯里（Peter Carey）和大卫·马洛夫（David Malouf）等人多次问鼎布克奖和英联邦作家奖等重大文学奖项，澳大利亚作家在英语世界发出了自己响亮的声音。澳大利亚文学有了自己的特色，并且伴随着英语的强势被世界大多数国家的读者所阅读和接受。因此，有英国评论家认为"怀特之获得诺贝尔文学奖，标志着当代英语文学发展的新时期"①。美国评论家声称"澳大利亚所值得自豪的是，它拥有 20 世纪近 50 年来使用英语创作的最卓越的小说家和诗人"，"无论在英国还是美国，无人可与之匹敌"。② 那么，澳大利亚当代文学有什么样的特色？澳大利亚当代文学如何在坚持民族性的同时走向了世界？澳大利亚当代文学的繁荣和昌盛能够带给我们什么样的启发？回答这些问题，可以从研究澳大利亚当代著名作家彼得·凯里的小说创作入手。

---

①　Hassall, Anthony J. , "Preface", *Dancing on Hot Macadam*, St: University of Queensland Press, 1998.

②　海伦·弗里泽尔：《崛起中的澳大利亚文学》，转引自韩锋、刘樊德主编《当代澳大利亚：社会变迁与政治经济的新发展》，世界知识出版社 2004 年版，第 63—64 页。

　　彼得·凯里是当代澳大利亚"最富有独创性、最有才华的作家之一"①，他的创作"终于使澳大利亚脱离顽固的狭隘地方主义角落"，走向"新的广泛性和复杂性"。② 的确，"在澳大利亚，人们普遍认为，他是堪与博尔赫斯、加西亚·马尔克斯以及唐纳德·巴塞尔姆媲美的文学大师，是继帕特里克·怀特之后屈指可数的有特色、有深度的澳大利亚作家之一"。③ 凯里伴着鲜花和掌声走向世界，他出道30多年来获布克奖（Booker Prize for Fiction）、英联邦作家奖（Commonwealth Writers Prize）、迈尔斯·弗兰克林文学奖（Miles Franklin Award）、新南威尔士总理文学奖（New South Wales Premier's Literary Award）、国家图书奖（National Book Council Award）、时代图书年奖（The Age Book of the Year Award）、万斯·帕默小说奖（Vance Palmer Prize for Fiction）等澳大利亚国内外奖项共24项以及布克奖、迈尔斯·弗兰克林文学奖等重大奖项提名奖8项。其中最为重要的是获2次布克奖（凯里是继南非作家库切之后又一个两次获布克奖的作家），3次获英联邦作家奖，3次获迈尔斯·弗兰克林文学奖（澳大利亚本国最重要的文学奖项）。许多批评家都看好彼得·凯里，预言他是下一位夺取诺贝尔文学奖的澳大利亚作家，他的作品《奥斯卡与露辛达》（Oscar and Lucinda）被哈罗德·布鲁姆收录到《西方正典》的观察作品名单中，凯里的作品被译为20多种文字在世界广为流传。他的短篇小说集《历史上的胖子》（The Fat Man in History）和《战争罪行》（War Crimes）以及长篇小说《奥斯卡与露辛达》和《凯利帮真史》（The True History of the Kelly Gang）已经成为当代澳大利亚文学史上的经典作品，受到广大读者和批评家的欢迎。英语世界文学研究集刊《当代文学批评》（Contemporary Literary Criticism）第40、55、96、183期都开辟了专栏，集中刊登有关彼得·凯里研究的论文。

　　中国人民大学澳大利亚研究中心每年度的澳大利亚文化活动周和澳大利亚作家周，都有不少澳大利亚人士包括一些学者和作家莅临。澳大

---

　　① Brian Kiernan, "Introduction", The Most Beautiful Lies, Sydney: Angus and Robertson, 1977.

　　② 《悉尼晨报》1981年10月10日，转引自黄源深、彭青龙《澳大利亚文学简史》，上海外语教育出版社2006年版，第173页。

　　③ ［澳］彼得·凯里：《亡命天涯》"译序"，李尧、郁忠译，作家出版社2010年版。

利亚学者推介的澳洲最值得阅读的作家作品,是彼得·凯里的小说;指出最能代表和言说澳大利亚的文化人,是澳国当代作家彼得·凯里。为什么不是被称为"澳大利亚民族文学的奠基人"亨利·劳森?为什么不是为澳洲文学摘下诺贝尔文学奖桂冠的帕特里克·怀特?对此疑问,澳洲人的回答是,凯里是"澳大利亚文化的代言人";英国人的回答是,把英语世界最高荣誉的文学奖——布克奖和英联邦作家奖屡屡献给了这位来自南方大陆的作家;美国人的回答是,我们的国家欢迎您和您的作品的到来,因此凯里已移居美国20多年,他的作品在美国非常畅销。那我们的回答呢?观望、试探和思索之后,有人已经做出了初步的回答,其答案还不是很令人满意。我们的历史语境和当下的社会现实召唤我们的外国文学研究应该超越国外既有的研究视域,从我们社会的一般问题出发探讨文学的本质及其社会历史文化意义。中国是发展中国家,现代化正在如火如荼地进行着,身处现代化已经完成的发达国家澳大利亚的作家彼得·凯里通过回顾历史和叩问当下来反思现代性的利弊,有许多地方是值得我们学习和借鉴的。

一　彼得·凯里创作概况及成就

20 世纪 70 年代初期,澳大利亚文坛上出现了既迥异于传统现实主义小说又与去除澳大利亚民族主义拥抱西方现代派技法的"怀特派小说"截然不同的"新派小说"。① 出版了短篇小说集《历史上的胖子》和《战争罪行》的彼得·凯里因为其犀利的社会文化批判,把在社会生活中被边缘化的人物和被压制的声音呈现和释放出来而成为这个流派的代表作家之一。随后凯里创作出解构澳大利亚民族起源神话、澳大利亚国家神话和澳大利亚幸福生活方式神话的《幸福》(*Bliss*)、《魔术师》(*Illy-whacker*)和《奥斯卡与露辛达》,成为"澳大利亚民族文化的代言人"。而对大英帝国经典小说《远大前程》进行改写,重新赋予马格维奇以新的认同的《杰克·迈格斯》(*Jack Maggs*)和塑造了澳大利亚民族英雄内

---

① 澳大利亚的"新派小说",相当于"后现代小说",这一流派是区别于以帕特里克·怀特为代表的"现代派小说"和澳大利亚传统的现实主义小说。因为当时的澳大利亚文坛没有"后现代"的提法,而以"新"标明其特色。

德·凯利的《凯利帮真史》的彼得·凯里则是"澳大利亚新神话的创造者"。"澳大利亚民族文化的代言人"和"澳大利亚新神话的创造者"如此高的赞誉,在澳大利亚文学史上除凯里之外别无他人。由此可见,凯里是如何准确地把握了澳大利亚国家、民族、文化以及个人的深层心理问题。历史的见证人、时代的思想者和民族文化的代言人——这是作家凯里所达到的高度。

彼得·凯里于 1943 年 5 月 7 日出生在澳大利亚维多利亚州(Victoria)巴克斯马什镇(Bacchus Marsh)。1954 年进入查尔斯王子上过中学的吉朗文法学校(Geelong Grammar School)。1961 年凯里开始在莫纳什大学(Monash University)学习理科,但因遇车祸而中断学业。这时凯里遇到了澳大利亚著名作家巴瑞·欧克利(Barry Oakely)和莫里斯·卢里(Morris Lurie),开始大量阅读文学书籍,写作诗歌和小说。在 20 世纪 60 年代早期,亚卡瑞达(Jacaranda)出版社从凯里那些没有出版过的小说中抽取一些作品结集为《25 以下》(*Under 25*)出版。彼得·凯里评论说:"感谢上帝他们只出版那一点。"第一个故事《她醒了》(She Wakes),后来出现在《历史上的胖子》中被改名为《澳大利亚垃圾》(Australian Letters)。凯里的长篇小说,第一部《接触》(*Contacts*, 1964)、第二部《无用的机器》(*The Futility Machine*, 1964)、第三部《沃格》(*Wog*, 1970)和第四部《玛丽·西莱斯特海外历险记》(*Adventures Abroad the Mairie Celeste*, 1973)至今仍未出版。

1974 年,彼得·凯里出版的短篇故事集《历史上的胖子》在澳大利亚和伦敦都非常畅销。《泰晤士报文学增刊》(*The Times Literary Supplement's*)对此做了极为聪明的评论:"凯里的非现实故事,接近寓言的神话,归功于超现实主义的流行、科幻小说的一些特质和古老传统的某些东西以及哥特风格的叙事……同时他以其非凡的能力掌控着古老文学的创作风格吸引读者的目光。"① 1967—1970 年,凯里定居伦敦,从事广告工作,同时周游欧洲。1970 年返回澳大利亚,直到 1977 年,凯里作为一名广告代理与他的合作伙伴在悉尼兢兢业业地工作。随后他在昆士

---

① Geoffrey Dutton, *Australian Culture and Society*, Angus & Robertson Publishers, 1985, p. 390.

兰的逸典娜（Yandina）择一社区居住下来，体验嬉皮士生活。就在那时，凯里创作了他的第二本故事集《战争罪恶》（1979），此书确立了他使用英语语言最好的故事写手之一的地位。1988年，《奥斯卡与露辛达》获英语世界最高小说奖布克奖。1989年，彼得·凯里移居美国纽约的格林威治村（Greenwich Village），开始在纽约大学讲授创作课程。时至今日，凯里创作了4个短篇小说集、12部长篇小说、4部儿童文学以及一些随笔和游记等。

彼得·凯里在短篇小说创作阶段，借鉴西方现代、后现代的写作技法，冲破刻画澳大利亚风土人情的传统，创作出具有国际视野的新文学，竭力反映典型的城市生活，尤其是落拓不羁的知识分子的生活。在形式上，追求叙事方式、叙事视角的新颖。《幸福》、《魔术师》、《奥斯卡和露辛达》、《税务检查官》（The Tax Inspector）、《特里斯坦·史密斯不寻常的生活》（The Unusual Life of Tristan Smith）、《凯利帮真史》等长篇小说，则反映了澳大利亚的历史和现实生活，具有宽广的眼界、犀利的目光和强有力的社会历史文化批判精神。《杰克·迈格斯》涉及了如何对待帝国文学经典和经典改写、重写问题。《我的生活有如冒牌货》（My Life as a Fake）、《偷窃：一个爱情故事》（Theft：A Love Story）、《他的非法自我》（His Illegal Self）则由关注社会、历史、文化中的大"我"，转而书写大环境中的个体"自我"。凯里的创作始终与澳大利亚的社会历史文化紧密关联，他以文学作品的形式对整个澳大利亚历史与现实进行反思和批判。彼得·凯里对文学的主要贡献有：（1）是第一个大量写作反映澳洲城市生活作品的澳大利亚作家。（2）对殖民地澳洲的书写获得了世界的认可，成为后殖民作家的典型代表。（3）提供了广阔的澳大利亚社会历史文化画卷，使读者在全球化的背景下审视澳大利亚的历史和现实。（4）是个讲故事的高手，成为现代主义之后为文学作品争取大量读者的作家之一。

二　国内外研究状况和文献综述

1988年彼得·凯里的《奥斯卡与露辛达》获英语世界最高小说奖——布克奖，此后他几乎每出一部作品都被国内的澳大利亚研究专家和学者迅速介绍进来。译介是外国文学研究的基础，要了解国外作家在国内的介绍和接受情况，首先看这个作家作品在该国的翻译情况。迄今为止，凯里的长篇小说和非虚构作品有 9 种中文译本，其中《奥斯卡与露辛达》①、　《杰克·迈格斯》② 和《悉尼：一个作家的返乡之旅》（30 *Days in Sydney*：*A Wildly Distorted*）③ 在大陆与台湾各有 1 种译本，而《凯利帮真史》④、《偷窃：一个爱情故事》⑤ 和《他的非法自我》⑥（李尧等译为《亡命天涯》）在大陆各均有 1 种译本。凯里的《美国梦》（*American Dream*）⑦、《剥皮》（*Peeling*）、《蟹》（*Crabs*）、《关于"工业幻影的报道"》（*Report on the Shadow Industry*）、《她醒了》（*She Wakes*）⑧ 和《撤》（*Withdrawal*）⑨ 等短篇小说在国内有一种或多种译本。彼得·凯里译介在中国兴起的同时，关于他的研究也伴随着后殖民理论和新历史主义理论的引进和在国内的接受而逐步展开。从硕士毕业论文到博士毕业论文再到博士后研究报告⑩以及专业核心期刊屡见与该作家相关的研究性论文，都足以说明国内学界对彼得·凯里研究的重视。

　　2006 年中国社会科学出版社出版了《"写回"帝国中心：彼得·凯里小说的文本性和历史性》（*Textuality and Historicity in Peter Carey's Fiction*）⑪，这是彭青龙博士在他的博士学位论文基础上扩展而成的专著。该书选择了彼得·凯里的 5 部长篇小说《魔术师》《奥斯卡与露辛达》《杰

---

　　① ［澳］彼得·凯里：《奥斯卡和露辛达》，曲卫国译，重庆出版社 1998 年版；［澳］彼得·凯里：《奥斯卡与露辛达》，林尹星译，允晨文化实业公司 1999 年版。

　　② ［澳］彼得·凯里：《杰克·迈格斯》，彭青龙译，上海译文出版社 2010 年版；［澳］彼得·凯里：《黑狱里来的陌生人》，彭倩文译，皇冠出版社 1999 年版。

　　③ ［澳］彼得·凯瑞：《悉尼：一个作家的返乡之旅》，于运生译，新星出版社 2007 年版；［澳］彼得·凯瑞：《雪梨三十天》，李婉容译，马可孛罗出版社 2005 年版。

　　④ ［澳］彼得·凯里：《凯利帮真史》，李尧译，人民文学出版社 2004 年版。

　　⑤ ［澳］彼得·凯里：《偷窃：一个爱情故事》，张建平译，人民文学出版社 2008 年版。

　　⑥ ［澳］彼得·凯里：《亡命天涯》，李尧、郁忠译，作家出版社 2010 年版。

　　⑦ 短篇小说《美国梦》有孙亚、黄源深、葛启国、彭青龙等数种译本。

　　⑧ 彼得·凯里：《她醒了》，高婧婧译，载陈正发主编《大洋洲文学》，安徽大学出版社 1998 年版，第 21 页。

　　⑨ 彼得·凯里：《撤》，高婧婧译，载陈正发主编《大洋洲文学》，第 22—43 页。

　　⑩ 国内研究彼得·凯里的博士论文已出版成为专著：*Writing Back to The Empire*：*Textuality and Historicity in Peter Carey's Fiction*，彭青龙 2008 年的博士后出站报告是"*A Study of Peter Carey's Fiction*"。

　　⑪ Peng Qing-long, *Writing Back to The Empire*：*Textuality and Historicity in Peter Carey's Fiction*，BeiJing：China Social Sciences Press，2006.

克·迈格斯》《特里斯坦·史密斯不寻常的生活》《凯利帮真史》作为研究对象。书中把这 5 部小说的主题概括为民族叙事、帝国远征、殖民文学、历史记忆和文化霸权。从后殖民主义角度探讨了彼得·凯里小说文本的历史性、叙事方法和文化身份等问题，是国内彼得·凯里研究的开山之作。但论文用英文写作和出版，限制了其在国内的接受和影响，单一的后殖民主义视角也限制了其研究视域。彼得·凯里是一位创作风格多样的作家，他的创作方法、作品内容、创作理念都不断发展变化，因此这篇博士论文对凯里创作复杂性和多样性的呈现是不够的。彭青龙的博士后研究出站报告《彼得·凯里小说研究》则以后殖民主义、新历史主义、福科的疯癫等相关理论研究凯里的长篇小说，是对他的博士论文研究的进一步推进，深化和拓展了国内凯里研究的方法和路径。

国内彼得·凯里研究的硕士论文有李晓娟的《重塑澳大利亚国家身份——析彼得·凯里之著〈杰克·迈格斯〉》（Reshaping Australian National Identity：On Peter Carey's *Jack Maggs*）[①]，殷玮的《彼得·凯里在〈凯利帮真史〉中讲述的另一种真实》（Telling another "truth" —on Peter Carey's *True History of the Kelly Gang*）[②] 和胡鸿的《颠覆与重构民族身份——从后殖民视角来分析彼得·凯里的〈凯利帮真史〉》（Subversion and Reconstruction of National Identity：An Analysis of Peter Carey's *True History of Kelly Gang* from the Postcolonial Perspective）[③] 三篇。《重塑澳大利亚国家身份》以后殖民理论视角分析凯里的小说《杰克·迈格斯》，研究彼得·凯里在澳洲当前后殖民语境下是如何探讨民族文化身份塑造问题的。《彼得·凯里在〈凯利帮真史〉中讲述的另一种真实》以新历史主义理论解读彼得·凯里第二次获布克奖的作品《凯利帮真史》。《颠覆与重构民族身份》则从后殖民主义的角度分析了内德·凯利这个人物形象所承载的后殖民之历史，认为作家凯里是以历史上争议颇多的人物内德·凯利

[①]　Li Xiao-juan, "Reshaping Australian National Identity：On Peter Carey's *Jack Maggs*", Master Thesis, Inner Mongolia University, 2008.

[②]　Yin Wei, "Telling another ' truth' —on Peter Carey's *True History of the Kelly Gang*", Master Thesis, SooChow University, 2004.

[③]　Hu Hong, "Subversion and Reconstruction of National Identity：An Analysis of Peter Carey's *True History of Kelly Gang* from the Postcolonial Perspective", Master Thesis, Anhui University, 2007.

的形象来颠覆和重构澳大利亚的民族身份。这三篇英文论文尚未走出国外研究已甚多，国内由彭青龙开创的凯里后殖民主义研究的套路和话语体系，在视角和写法上很少有创新之处，但作为《凯利帮真史》和《杰克·迈格斯》的单篇研究有其存在价值，尤其是为后来的研究者打下了作品分析的基础。

笔者在网上以"主题"精确配置搜索"彼得·凯里"，在中文学术期刊上共有文章 36 篇（1980—2010），其中核心期刊论文 10 篇。这些文章有的介绍彼得·凯里新出版的小说，有的是小说文本研究，有的则为凯里的创作状况介绍或创作风格研究。从这些译介性的文章中可以了解到，彼得·凯里每新出版一本小说都会被关注澳大利亚文学前沿问题的研究者介绍到中国来，使读者能够及时获知作家的最新创作境况。有关彼得·凯里介绍和创作风格的论文为读者和后继研究者指明了读解的方向。这些论文中关于《凯利帮真史》的有 8 篇，关于《奥斯卡和露辛达》的有 5 篇，关于《幸福》《特里斯坦·史密斯的不寻常生活》《杰克·迈格斯》《他的非法自我》的各 1 篇。关于作家的总体创作的只有叶胜年的《风格和主题：彼得·凯里小说刍议》和张明的《"新派"先锋彼得·凯里——评澳大利亚作家彼得·凯里的小说创作》，而且这两篇论文涉及的作品并不全面。2010 年第 2 期《外国文学动态》上刊发了邹海伦对彼得·凯里近作《帕特罗和奥利维尔在美国》（*Parrot and Olivier in American*）的介绍。单个的小说文本的主要切入点有权力、话语、叙事、修辞、人物，而其视角主要是后殖民主义、新历史主义和女性主义理论。

通过对以上这些存在明显的后殖民理论偏好的学位论文和期刊论文的分析，笔者发现国内的彼得·凯里研究有以下不足之处：第一，研究的视点较为单一。36 篇期刊论文中有 9 篇是彭青龙的，他的文章都是发表在核心期刊或者是外国文学专业期刊上，对彼得·凯里的 8 部重要小说进行了个案研究，这些论文用的全都是他惯用的后殖民主义或新历史主义的批评视角。期刊论文中偶尔有涉及女性主义的研究，或者从后殖民主义的视点出发进行叙事和话语讨论的文章，但这些研究始终都没有走出后殖民主义的研究视域。凯里的创作具有很强的历史感和时代感，承载了众多的社会历史内涵。一味地以殖民主义、话语争夺、权利抗争这些斗争性的话语体系和中心与边缘、帝国与殖民地、统治与奴役这些二元对立的社会结构分析，抹杀了其创作的多样性和作品的个性化色彩，很难全面地揭示出作品所呈现的错综复杂、充满张力的世界。第二，对作家创作缺乏整体把握。彼得·凯里是把心灵印在澳大利亚文学版图之上的作家，他的创作有其内在的脉络和轨迹可寻。关于一个作家的研究是否真正透彻是要看对其整体创作研究的专著，而对于凯里，国内还没有这样的研究著作出现。彼得·凯里是生活在当下的作家，其新作品还在不断涌现，因而当下单个作品的研究占了论文的绝大多数。但是作为一个七十岁的作家，凯里的创作已经出现过两次高峰，而且最近出版的作品已经明显难以超越既有的成就，因此对他现有的创作做整体研究是可行的。

英语世界关于彼得·凯里的研究专著有：凯伦·拉姆（Karen Lamb）的《彼得·凯里声望的起源》（*Peter Carey：Genesis of Fame*）①，赫尔米娜·克拉斯尼茨（Hermine Krassnitzer）的《彼得·凯里小说叙事风貌：建构后殖民主义》（*Aspects of Narration in Peter Carey's Novels：Deconstructing Colonialism*）②，葛瑞汉·哈根（Graham Huggan）的《彼得·凯里（澳大利亚作家 X）》［*Peter Carey（Australian Writers X）*］③，安东尼·J. 赫赛尔（Anthony J. Hassall）的《在滚烫碎石路上跳舞：彼得·凯里的小说》（*Dancing On Hot Macadam：Peter Carey's Fiction*）④，克里斯特·拉尔森（Christer Larsson）的《仁慈和创意的优缺点：彼得·凯里小说中的伦理叙事》（*The Relative Merits of Goodness and Originality：The Ethics of Storytelling in Peter Carey's Novels*）⑤，布鲁斯·伍德科克（Bruce Woodcock）的《彼得·凯里》（*Peter Carey*）⑥，玛丽莲·赫伯特（Marilyn Herbert）的

---

① Karen Lamb, *Peter Carey Genesis of Fame*, Imprint Editions 19 Aug 1993.

② Hermine Krassnitzer, *Aspects of Narration in Peter Carey's Novels：Deconstructing Colonialism*, Salzburg University Studies, 1995.

③ Graham Huggan, *Peter Carey（Australian Writers X）*, Jan. 30, 1997.

④ Anthony J. Hassall, *Dancing On Hot Macadam：Peter Carey's Fiction*, Queensland：University of Queensland Press, 1994.

⑤ Christer Larsson, *The Relative Merits of Goodness and Originality：The Ethics of Storytelling in Peter Carey's Novels*, Studia Anglistica Upsaliensia Dec. 2001.

⑥ Bruce Woodcock, *Peter Carey：Contemporary World Writers（Second Edition）*, Manchester and New York：Manchester University Press, 2004.

《彼得·凯里〈凯利帮真史〉两难讨论读书俱乐部》（*Bookclub in a Box Discusses the Novel True History of the Kelly Gang*，*by Peter Carey*）[①]，玛丽·艾伦·斯诺的格拉斯（Mary Ellen Snodgrass）的《彼得·凯里：一个精通文学的家伙》（*Peter Carey：A Literary Companion*）[②] 8 部。这些专著对作家彼得·凯里的创作风格、叙事技巧、伦理叙事等做了专门、深入的研究。

我们以 1994 年出版的安东尼·J. 赫赛尔的《在滚烫碎石路上跳舞：彼得·凯里的小说》和 1997 年出版的葛瑞汉·哈根的《彼得·凯里（澳大利亚作家 X）》作为例子来看国外彼得·凯里研究所达到的高度。安东尼·J. 赫赛尔的《在滚烫碎石路上跳舞：彼得·凯里的小说》分别从"启示录中可怕的美""发烧的梦幻""破碎文化中的故事""说谎和故事""小说的牢笼""水晶宫""无法胜出的天使"7 个方面，分析了彼得·凯里的总体创作风格，并对《历史上的胖子》《战争罪行》两个短篇小说集和《幸福》《魔术师》《奥斯卡和露辛达》《税务检查官》4 部长篇小说进行了研究。葛瑞汉·哈根在《彼得·凯里（澳大利亚作家 X）》一书中指出，彼得·凯里小说魅力十足的原因是混合了科幻因素、社会现实主义、神话、哥特式冒险和奇异的想象等。他把凯里的创作简要地归之为五句格言式的短语"梦幻和神秘色彩""魔幻力量的昭示""狂暴的结构""发明过去和未来""怪物"。哈根分析了凯里作品中的奇异话语、用乌托邦幻想对抗 20 世纪的公司资本主义、批评和讽刺消费社会，以及无所不在的符号。哈根还通过信仰、艺术、科学和宗教这些被凯里解构的东西来论证其大起大落的小说结构，他指出凯里喜欢采用怀旧和具有启示性的情节。

英语世界关于彼得·凯里的硕博论文共有 5 篇。《不确定的记忆：一种后殖民文化记忆》（Un-Settling Memory：Cultural Memory an Past-Coloni-

---

① Marilyn Herbert, *Bookclub in a Box Discusses the Novel True History of the Kelly Gang*，*by Peter Carey*（*Bookclub-In-A-Box*），Nov. 1，2005.

② Mary Ellen Snodgrass, *Peter Carey：A Literary Companion*，McFarland Literary Companions，2010.

alism)①，通过对彼得·凯里的《魔术师》和大卫·马洛夫的《回忆巴比伦》的文化记忆之分析，揭示文学如何关联后殖民历史书写。《公开的秘密：澳大利亚、新西兰和加拿大短篇小说中的含混与悬置》（Open Se-crets：Ambiguity and Irresolution in The Australian, New Zealand, and Cana-dian Short Story)②，第一章是关于彼得·凯里短篇小说的研究，作者从殖民社会、文化和性别、结构与形式、形式的开放性、形式的未完成性和意义的多元性等角度总结凯里短篇小说的特色：生动有趣、想象力丰富、富有挑战性。《经典的喉舌：新派小说中的地缘历史叙事技巧》（In The Canon's Mouth：Rhetoric and Narration in Historiographic Metafiction)③，则以彼得·凯里的《杰克·迈格斯》对查理·狄更斯的《远大前程》的改写等为例，探讨20世纪作家对18、19世纪作家的经典小说改写方面的种种问题。《死后的后现代主义者：20世纪晚期叙事中的作者身份和文化修正主义》（Postmortem Postmodernists：Authorship and Cultural Revisionism in Late Twentieth-Century Narrative)④，以彼得·凯里等作家的创作为例，从文学传统、美学范式、文化建构等方面分析20世纪晚期叙事作品中的作者身份和文化修正主义。《必须重读，或当代小说如何回应经典》（Re-quired Rereading, or How Contemporary Novels Respond to the Canon)⑤，则通过当代作家对英国经典小说的改写分析经典性和经典是如何形成的，其中涉及凯里的作品《杰克·迈格斯》。这5篇硕博论文都是把彼得·凯里作为后殖民国家的一位重要作家，借此研究文学经典改写、经典建构、殖民记忆、身份探讨等世界文学的前沿性问题。

　　除了关于彼得·凯里的研究专著和硕博论文，笔者从《纽约时代书

---

① Cliff Lobe, "Un-Settling Memory：Cultural Memory and Past-Colonialism", Doctoral Disserta-tion, East China Normal University, 2000.

② Sarah A. Caskey, "Open Secrets：Ambiguity and Irresolution in The Australian, New Zealand, and Canadian Short Story", Doctoral Dissertation, The University of Western Ontario, 2000.

③ Tisha Turk, "In The Canon's Mouth：Rhetoric and Narration in Historiographic Metafiction", Doctoral Dissertation, University of Wisconsin-Madison, 2005.

④ Laura E. Savu, "Postmortem Postmodernists：Authorship and Cultural Revisionism in Late Twentieth-Century Narrative", Doctoral Dissertation, The University of North Carolina, 2006.

⑤ Radhika Jones, "Required Rereading, or How Contemporary Novels Respond to the Canon", Doctoral Dissertation, Columbia University, 2008.

评》（*The New York Times Book Review*）、《星期日泰晤士报》（*The Sunday Times*）、《英语世界文学写作》（*World Literature Written in English*）、《南风》（*Southerly*）、《英国书讯》（*British Book News*）、《泰晤士报文学评论副刊》（*The Times Literary Supplement*）、《邂逅》（*Encounter*）、《华盛顿邮报的图书推介节目》（*The Washington Post*）、《旁观者》（*The Spectator*）、《观察者》（*The Observer*）、《倾听者》（*The Listener*）、《新政治家》（*New Statesman*）、《伦敦书评》（*London Review of Books*）、《芝加哥图书论坛》（*Chicago Tribune-Books*）、《洛杉矶时报书评》（*Los Angeles Times Book Review*）、《村声周报》（*The Village Voice*）、《新共和周刊》（*The New Republic*）、《今日世界文学》（*Word Literature Today*）、《新政治家和社会》（*New Statesman and Society*）、《出版者周刊》（*Publishers Weekly*）、《秘恩金杂志》（*Meanjin*）、《澳大利亚文学研究》（*Australian Literary Studies*）、《新领袖》（*New Leader*）、《新共和》（*New Leader*）、《世界与我》（*World and I*）、《基督教科学箴言报》（*Christina Science Monitor*）、《麦克林杂志》（*Maclean's*）、《马赛克》（*Mosaic*）、《美国柯克斯书评》（*Kirkus Reviews*）、《现代小说研究》（*Modern Fiction Studies*）、《企鹅丛书》（*Penguin Books*）等英语世界的报纸、杂志和文学期刊上搜集到 1975—2010 年间对彼得·凯里和其作品的介绍、评论、研究性文章一百多篇。①

　　通过阅读研究以上收集的英文资料，我们可以了解英语世界凯里批评的盛况及其关注的重点和热点。英语世界的这些有关凯里的评论和批评文章详尽地介绍了作家这 30 多年时间里的创作情况、作品内容和风格，以及在此基础上进行的文学评论、批评研究和创作理论探讨。这些批评家对凯里现代派小说、超现实主义、魔幻现实主义、黑色幽默和科幻小说创作手法颇为关注，作家的民族忧患意识，以及关于澳大利亚民族身份和历史的重新思考也受到了广大读者和批评家的重视。有的批评家对小说中的谎言、幸福感、官僚制度、爱、死亡、宗教、原罪、民族身份、文化认同、历史真实等进行探讨；有的研究者从后殖民视角、女性主义视角分析文本；有的则对小说的叙事、象征、隐喻进行分析研究；

---

　　① 　资料来源《当代文学批评》（*Contemporary Literary Criticism*）第 40、55、96、183 期，以及 EBSCO 数据库，JSTOR 数据库，PROQUEST 系列数据库。

有的对作家如何看待和表现文学和现实之间的关系发表看法；还有的对小说人物形象、叙事技巧和情节结构等进行分析。通过阅读这些文章可以较为详尽地了解彼得·凯里在英语世界的批评接受情况以及相关研究的洞见及盲点，因为这些最初的评论文章有很多被后来的研究者所忽视。

对彼得·凯里的早期批评集中于他小说中的荒诞和奇异因素。起初，国外的研究者把凯里当成寓言作家和超现实主义者，这主要针对《历史上的胖子》与《战争罪行》这两个短篇小说集和第一部长篇小说《幸福》而言。作为后现代和后殖民作家，凯里把自己表现为一个文化形式和含混主题的发现者，他不只是提供简单的人物叙事。随着《魔术师》《奥斯卡和露辛达》《税务检查官》《特里斯坦·史密斯不寻常的生活》等小说的相继发表，凯里小说中那些不曾受到批评家关注的不同视角的政治关注成为了凯里批评和研究的热点。这一时期的凯里批评多为民族资本主义批评、殖民历史文化批评、殖民剥削和权利关系批评，以及作为特殊利益代表的性别批评。而后《杰克·迈格斯》和《凯利帮真史》的发表则使凯里批评成为后殖民、新历史研究的典型范例。关于《我的生活有如冒牌货》、《偷窃：一个爱情故事》和《他的非法自我》的评论则把凯里批评带到谎言、欺骗等主题研究上来。跟踪国外有关凯里的书评可梳理出以上的批评路径，这也说明凯里是位不断创新、时有突破的作家。凯里承继了英国文学传统和澳大利亚文学传统，受到欧美现代、后现代诸多作家的影响，但同时他又是一个不断反叛这些传统，始终关注澳大利亚社会中的重大问题，在历史和现实中寻找创作素材和源泉的原创性作家。

国内的彼得·凯里研究已经取得了一些成就，但是还停留在作家、作品的译介和后殖民主义研究上，因此还存在小说人物、叙事结构、叙事视角、叙事人称、小说语言和故事、情节、主题、象征、隐喻以及它们所承载的文化意象等广阔的研究空间。以英、美、澳为代表的英语世界的凯里研究则是眼界宽阔，视点多样，已出版了多本研究专著。凯里是一位具有民族责任感和时代使命感的作家，他对澳大利亚社会中错综复杂的认同问题进行了集中、深入的探讨。国内外研究者对彼得·凯里小说中认同问题的研究基本上是从后殖民主义、新历史主义或女性主义的单一视角入手，对其殖民国家身份认同、民族身份认同、女性身份认同进行个案研究。迄今为止还没有出现对凯里小说中的认同问题研究的专著、硕博论文或者专门的文章。

　　每一个时代总有属于它们自己的问题，正如马克思所说的，"问题就是时代的声音"。[①] 鉴于澳大利亚是一个典型的已进入新的历史时期的后殖民社会，移民的涌入、经济的发展、消费主义的盛行使之几乎积聚了所有的"后"特征，因此凯里的研究从最初的评论到后来的专门研究始终都在表征这种"后"身份。本书将"入乎其内，出乎其外"，站在前人已有研究的基础之上，深入凯里创作的"后"之特征，从作家创作与世界的关系出发寻求作品与世界的本质联系。彼得·凯里成长的年代是澳大利亚国家认同从含混走向澄明的时期；他步入文学创作的年代正值澳大利亚民族主义第三波热潮兴起之际；开始发表作品的时期是澳大利亚民族认同陷入困境和摆脱困境的时期；他旅居欧美的丰富人生经历对他的文化认同思考也产生了很大的影响。在新近的作品中，凯里继续对当代澳大利亚人的自我认同进行问询式的探讨。总之，凯里以他的创作建构了一个丰富的认同世界。因此本书主要探讨澳大利亚的民族认同、国家认同、文化认同和澳大利亚人的个体自我认同等认同问题在作家的笔下是如何呈现的；凯里是如何解构澳大利亚官方历史建构的相关认同的；凯里是如何通过重构这些认同对澳大利亚的社会历史文化进行批判的。

三　本书的主要内容及其章节逻辑

　　澳大利亚近现代两百多年的历史是典型的现代化的过程。在这个过程中澳大利亚的民族认同、国家认同、文化认同是怎样形成的？它们遭遇了哪些危机？它们又是如何克服这些危机获得转机的？在当今的社会境遇下澳大利亚人的自我认同又有何特征？本书从澳大利亚当代作家彼得·凯里的小说创作入手，研究澳洲社会的民族认同、国家认同、文化认同和澳大利亚人的自我认同。鉴于国家、民族、文化认同之间存在着错综复杂的关系，澳大利亚的社会和个人认同也在各个层面上存在重叠部分，我们有必要对这四个概念和研究范畴进行初步的界定。从国家认同、民族认同和文化认同之间的关系来看存在以下几种情况：（1）文化

---

① 《马克思恩格斯全集》第 47 卷，人民出版社 1973 年版。

认同与国家认同交叠、文化认同与民族认同交叠，这是民族认同与国家认同基本一致的情形，往往表现为单一的民族国家。（2）文化认同与国家认同交叠、文化认同与民族认同部分交叠，这往往表现为多民族国家。在这种情况下国家认同感强，则重叠部分大；国家认同感弱，则重叠部分小。（3）前两种情况都存在是否与超国家共同体（欧盟、亚太等），与全球认同的关系问题。一个国家中的超国家认同成分多，卷入全球化的程度越深。[①] 澳大利亚人对自己的国家认同、民族认同都颇为疑惑，他们不像大部分中国人的国家认同、民族认同那么笃定。澳大利亚两百多年历史发展起来的文化传统，纠缠着英国性和美国化，还有对澳洲土著文化的排斥，因此澳大利亚的文化认同是很成问题的。

　　澳大利亚的社会历史文化十分复杂，历史上的澳洲是多民族的但又施行了半个多世纪的"白澳政策"；国家认同从无到有，从弱到强；在文化政策上，从单一文化的"同化政策"到"多元文化政策"，因此澳大利亚的文化认同是个动态发展的过程。萨利姆·阿布认为：

　　　　民族认同性与文化认同性只是在与世隔绝的原始部落（在当今这种原始部落是假设的）才可能形成一致。每一个民族集团都与一个国家结为一体，它与这个国家在一定程度上共有着一种文化。因此，将其民族文化认同性与其国家文化认同性区分开来是不无道理的。看一看一体化的国家便不难发现，文化认同性远远未达到认同。无论就北美与南美国家而言，还是就从一开始就是由移民构成的澳大利亚而言；无论是就不同来源的移民热潮如今正方兴未艾的欧洲国家而言，还是就始终是多民族的亚非国家而言，公民们所认同的国家文化并不是民族集团所爱戴的文化，而只能被视为一种综合文化。[②]

澳大利亚是个多民族国家，其文化认同与国家认同、民族认同既有重合

---

　　① 韩震：《论国家认同、民族认同及文化认同——一种基于历史哲学的分析与思考》，《北京师范大学学报》（社会科学版）2010年第1期，第106—113页。

　　② 萨利姆·阿布：《文化认同性的变形》，载《第欧根尼》中文竞选编辑委员会《文化认同性的变形》，商务印书馆2008年版，第13页。

的地方也有明显的区分，因此本书把关注点主要放在其差异性研究之上。国家认同主要研究澳大利亚人从认同英国到认同澳大利亚，从认为自己是英联邦的子民到认为自己是澳大利亚的公民的认同发展过程。民族认同主要涉及的是种族主义、"白澳政策"以及澳洲土著黑人、爱尔兰裔和华裔等特殊群体的认同问题。文化认同主要讨论基督教文化在澳洲的过去、现在、未来以及消费文化和全球化对澳洲人认同的影响。自我认同则侧重研究彼得·凯里小说如何表现和再现澳大利亚人的个体自我的。

认同是指人们对共同或相同的东西进行确认，因此认同问题所涉及的是个体之间、个人与群体、个人与社会之间的关系。因为，"世界上许多事物之间，都存在着这样或那样共同或相同的东西，但对这种共同性进行相互确认，只有在人与人之间的关系中才可能做到。这意味着，认同总是存在于关系当中，或者说认同本身就是一种关系，而且认同关系就是指人与人、人与群体及人与社会之间的关系"。① 彼得·凯里小说中的民族认同主要是指小说反映的澳大利亚民族与盎格鲁 - 撒克逊民族，澳洲土著黑人与白人，白人与华人等少数族裔之间的关系。凯里小说中的国家认同主要是指澳大利亚作为一个国家在国家认同感从无到有、由弱到强的过程中与英国、美国等国家之间的关系。凯里小说中的文化认同是指澳大利亚的土著文化与基督教文化，澳洲传统文化与美国消费文化之间的关系。凯里小说中的自我认同是指澳大利亚人在他们的民族认同、国家认同和文化认同均存在问题的境遇下如何确认个体自我。因此，本书的认同问题研究在本质上是一种关系研究。

本书共分五章，首先交代凯里小说中认同问题研究的缘起，接下来研究凯里小说中的民族认同、国家认同、文化认同和自我认同。章节的主要内容：

第一章"彼得·凯里小说中的认同问题及其迷踪"，此章分三节。第一节，从认同的概念入手分析认同何以成为当今社会的热点，以及研究现状，探讨文学研究如何关联认同问题。第二节，从作家的生活经历、作品反映的殖民历史和认同现实以及澳大利亚的民族主义三方面分析缘

---

① 崔建新：《文化认同及其根源》，《北京师范大学学报》（社会科学版）2004 年第 4 期，第 102—107 页。

何可以从认同问题入手研究凯里小说。第三节，分析凯里小说所反映的认同问题以及作家对澳大利亚社会认同问题的解构和重构情况。指出论文接下来的四章将从民族认同、国家认同、文化认同和自我认同四个方面对彼得·凯里的小说进行研究。

　　第二章"彼得·凯里小说中民族认同的危机和转机"，此章分四节。第一节，分析凯里的小说是如何对澳大利亚的民族起源神话进行解构的，澳洲土著黑人的存在何以对"白澳神话"构成挑战。凯里在其作品中指出，摒弃种族主义的民族政策才是澳大利亚解决民族认同危机的出路。第二节，分析《奥斯卡与露辛达》中的土著主题，凯里质疑澳大利亚的官方历史，释放澳洲土著人被压制了两百年的声音，同时从和解的角度出发挖掘澳洲历史上白人和土著黑人之间曾经有过的某些理解与沟通。第三节，分析《凯利帮真史》中的爱尔兰裔主题，指出爱尔兰裔是"白澳神话"内部的挑战者，凯里在此致力于释放他们被压抑的声音和匡正那段被涂抹过的殖民历史。第四节，分析凯里小说中的华人认同，以及他是如何破解澳大利亚文学史上的中国形象套话，展现华人在澳大利亚历史上的真实处境的。

　　第三章"彼得·凯里小说中国家认同的含混和澄明"，此章分三节。第一节，分析凯里小说对澳大利亚国家神话的解构。以《魔术师》为例，分析凯里如何理解他们的国家过去是从澳洲土著黑人那里偷来的，现在的"澳大利亚人总认为他们自由自在、独立自主，其实，他们只不过是在铁栅栏后面来回跑动着、狂叫着"。第二节，分析凯里如何通过不同人物视角下的国家认同建构，以及通过经典改写重新赋予小说人物以新的身份认同等手法来重构澳大利亚的国家认同。第三节，通过解析凯里小说中的母亲形象来分析其国家认同建构，凯里以伊丽莎白、菲雷瑟特、布莱顿妈妈、艾伦·凯利、玛丽·赫恩来建构澳大利亚起源时期、澳大利亚民族主义运动时期、殖民地澳大利亚时期、新澳大利亚时期的不同的国家认同。

　　第四章"彼得·凯里小说中文化认同的困境与超越"，此章分三节。第一节，探讨凯里如何在《奥斯卡与露辛达》中，以玻璃教堂和帕斯卡赌注寓意基督教文化入侵澳洲时期其本身的局限性，并突出在澳大利亚社会历史文化中被抹杀和放逐的澳洲土著文化，展示基督教文化和澳洲土著文化这两种异质文化相遇和碰撞之时与之后的种种情状及其所造成的后果。第二节，分析凯里小说如何超越澳大利亚文学的反城市传统而对城市生活进行刻画，以及他的作品如何展示澳大利亚人在郊区丛林生活方式和现代大都市生活方式的理想与现实中难以抉择的困境。第三节，从凯里笔下的"美国梦"看美国消费文化造成澳大利亚文化认同的诸多困境，以及澳大利亚人如何寻找到新的文化认同路径，展现了文化之间的冲突与融合。

第五章"彼得·凯里小说对自我认同的探索"，此章分三节。第一节，研究在当代社会文化中的自我认同缘何成为问题，以及文学中的认同话语怎样从"我是谁"到"我将成为谁"。第二节，以凯里的小说《偷窃：一个爱情故事》为例，分析双重叙事表征的分裂的自我认同以及文学如何在矛盾交织中呈现自我。第三节，研究现代性扩张带来的自我认同的危机，以及认同危机表征的现代人的焦虑的情状。此节以《他的非法自我》为例，分析小说如何以主人公切寻找母亲寓意自我认同的缺失，错认母亲寓意自我认同的错位，留恋母爱寓意自我认同的重构与确认。

第一章

彼得·凯里小说中的认同问题及其迷踪

英文中的 identity 一词源自古法语 identité 和晚期拉丁语 identitās，受晚期拉丁语 essentitās（essence，存在、本质）的影响。它由表示"同一"（same）的词根 idem 构成，这一词根类似于梵语 idém（同一）。① 因而，这一术语被用于表述"同一"（sameness）、"相似"（likeness）和"整一"（oneness）的概念。Identity 的基本含义指："在物质、成分、特质和属性上存有的同一的性质或者状态；绝对或本质的同一"，例如，谢林（Schelling）的形而上学原则"绝对同一"（absolute identity），即"想法和事物都是同一物质的现象上的修改"，以及"在任何场所任何时刻一个人或事物的同一性（sameness）；一个人或事物是其自身而不是其他的状态或事实"，例如，心理学中的个体特性（personal identity）。② 从这两层基本含义来看，identity 包含着关联人或物的同一和区分人或物的差异，而且，同一和差异都属于概念范畴，也就是阿多诺（Theodor Adorno）所谓的概念的自我同一，即"每一思想对象与自身的等同"。③ 此外，identity 还可以表示身份、同一人（或物）、同一（性）、特性等意思。可见，术语 identity 大致处于纵横两个维度的张力之中：纵向，它偏重的是个体的差异；横向，它偏重的是群体的同一。④ 本书在使用 identity 这个词，

---

① David B. Guralnik, ed. *Webster's New World Dictionary of the American Language*, New York and Cleveland: The World Publishing Company, 1972, p. 696.

② James A. H. Murray, Henry Bradley, W. A. Craigie, and C. T. Onions, eds., *The Oxford English Dictionary*. Vol. VII, Oxford: Clarendon Press, 1989, p. 620.

③ 阿多诺：《否定的辩证法》，张峰译，重庆出版社 1993 年版，第 139 页。

④ 王晓路等著：《文化批评关键词研究》，北京大学出版社 2007 年版，第 278 页。

概括起来主要包含"差异"和"同一"两个层面的意思，将 identity 译作"身份"以彰显差异，"认同"以突出同一。"认同"在本书中更强调中文语境中的动词性，意指主体情感层面的发展、变化的动态过程。

第一节　认同何以在当今社会构成问题

认同是西方文化研究的一个重要概念，它受到新左派、女性主义、后殖民主义理论家的特别青睐。其基本含义，是指个人对特定社会的文化的认同。这个词总爱追问：我（现代人）是谁？从何而来？到何处去？身份认同植根于西方现代性的内在矛盾，它具有三种倾向：第一，传统的固定认同，它来自西方哲学主体论；第二，受相对主义影响，出现一种时髦的后现代认同，它反对单一僵硬，提倡变动多样；第三，另有一种折中认同，它秉承现代性批判理念，倡导一种相对本质主义。[①] 关于认同研究的缘起众说纷纭。英国学者巴克说：政治斗争、哲学和语言学研究使认同成为 20 世纪 90 年代文化研究的中心课题。[②] 美国学者弗里德曼则认为认同是欧美文化政治的风向标，20 世纪 "70 年代中期起，在美国还要早，在普遍进步与发展基础上的现代政治层面，政治文化开始了全面转向……转向与性别、本土或种族身份相关的文化身份认同政治"。[③] 英国马克思主义文艺理论家特雷·伊格尔顿进一步表示："后现代文化是典型的身份认同政治，膜拜去中心主体。"[④] 加拿大哲学家查尔斯·泰勒则在整个西方哲学史、思想史中追溯了现代认同形成的根源，认为启蒙哲学同时赐予现代人以理性甘露与批判利剑，向现代主体提供了强大的反思能力。启蒙即反思，对以人为中心的世界观的反思，对自我的反思，对人的社会存在的反思。[⑤] 据此，拉腊因教授在《意识形态与身份认同》中，围绕哲学主体论的演变，考察了意识形态与身份认同的关系。

---

① 赵一帆等主编：《西方文论关键词》，外语教学与研究出版社 2006 年版，第 465 页。

② Chris Barker, *Cultural Studies*, Sage Publications, 2000, p. 165.

③ Jonathan Friedman, *Cultural Identity and Global Process*, Sage Publications, 1994, p. 234.

④ Terry Eagleton, *The Idea of Culture*, Blackwell Publisher Inc. 2000, p. 76.

⑤ 见［加］泰勒《自我的根源：现代认同的形成》，韩震等译，译林出版社 2001 年版。

英国文化研究学者斯图亚特·霍尔也从启蒙哲学之后的现代知识话语入手，探讨现代和后现代身份认同的五大范式，它们分别是：马克思主义、弗洛伊德心理分析、女性主义、解构主义语言中心观、福科的权利/话语分析。① 从启蒙哲学、马克思主义，到当代少数话语、身份认同与身份主体论的流变，历经三次大的裂变从而形成三种模式。第一种是以主体为中心的启蒙身份认同。从笛卡儿在《方法论》（1637）中提出的"我思故我在"，到黑格尔在《精神现象学》中区分的"自我/他者"，再到康德在《什么是启蒙?》中对启蒙主体理性与精神的探讨，启蒙身份认同从启蒙时代的历史语境中剥离出来。它泛指"建立在对人的这样一种理解基础之上，即人是完全以自己为中心的同一个体，具有理性、意识和行动能力"② 的一种身份认同模式。第二种是以社会为中心的社会身份认同。从马克思的阶级身份到韦伯对现代工具理性的批判，再到弗洛伊德从超我和心理界面对启蒙主体的进一步瓦解属于这种范式。然后，拉康以"镜像阶段"理论，福科以权利和话语探讨社会对个人的影响，社会认同强调各种社会力量的决定作用，承认身份认同过程中的自我与他者、个体和社会的相互作用。第三种是后现代去中心身份认同。后现代身份认同的特征是去中心，用霍尔的话说："主体在不同时间获得不同身份，自我不再是中心，我们包含相互矛盾的身份认同，力量又指向四面八方，因此身份认同总是一个不断变动的过程。"③ 影响后现代认同的主要因素有相对主义、语言学转向和身份认同政治。这种认同模式从自尼采以来的相对主义开始，到后现代思想家德里达的延异、互文、解构，再发展到德勒兹和瓜塔里的"空缺"与"游牧"。

在国内，认同是最近十年（2000—2010）来文化研究最热门的话题，中文学术期刊以题名"认同"精确配置搜索，此段时间内论文题目中含"认同"字样的人文社科论文4423篇，其中博士毕业论文81篇，硕士毕业论文437篇。关于认同的词汇更是丰富多彩，有身份认同、族群认同、

---

① 赵一帆等主编：《西方文论关键词》，第466页。

② Stuart Hall, "The Question of Cultural Identity", in *Modernity and Its Future*, ed., Stuart Hall, Polity Press, 1991, p. 275.

③ Stuart Hall, "Gramsci's Relevance for the Study of Race and Ethnicity", in *Stuart Hall: Critical Dialogues in Cultural Studies*, ed. D. Morley and K. Chen, Lodon: Routledge, 1996, p. 227.

文化认同、国家认同、民族认同、宗教认同、社会认同、政治认同、地域认同、自我认同、价值认同和他者认同等关于认同分类、界定的词汇。有认同感、认同意识、认同历史、双重认同问题、多重身份认同和当代认同危机等有关认同性质、内涵和境遇分析的词汇。这些论文涵盖了哲学、社会学、历史、政治、经济、文化和文学等几乎所有的人文社会科学学科。有人从当下的电视、电影、广告等大众文化现象和文本入手研究政治认同、国族认同、性别认同和地域认同；有人从文学文本和具体作品入手研究当代作家表征和展示的各类认同问题；更有人把认同抽象化上升为形而上的认同理论。加拿大著名的社会学家查尔斯·泰勒以考古学的精细进一步梳理了现代认同的演化历程，出版巨著《自我认同的根源：现代认同的形成》。泰勒认为，"我的认同是由提供框架和视界的承诺和身份规定的"，也就是说，"我能够在其中采取一种立场的视界"。①对文学作品中的认同问题研究，就是对文学作品的一种解读立场和阐释策略。

巴尔扎克曾说"小说应当与社会身份登记处相竞争"②，彼得·凯里正是澳大利亚社会身份登记处最有力的竞争者。澳大利亚的国家政策、民族政策、文化政策以及经济的发展、社会生活方式的转变、文化的冲突与融合，不断地在作家凯里的作品中回现。凯里的创作有对殖民历史、民族主义的反思，有对澳大利亚当下幸福生活方式神话的解构，有对现代澳大利亚人自我认同的探讨。从"大英帝国的殖民地"到"澳大利亚人的澳大利亚"，从"白人的澳大利亚"到"澳大利亚公民的澳大利亚"，澳大利亚两百多年的风云际遇在作家彼得·凯里的笔下应该怎样抒写？作为个体的澳大利亚人又有怎样的心路历程？这些问题给我们以广阔的思考空间。"我"作为一个在迥异于英语文化体系的中国文化体系中成长的"他者"，可以运用怎样的方式、采取怎样的立场，走进凯里用文学作品建构的认同世界？我（们）曾经是谁？我（们）是谁？我（们）将来能够成为谁？我（们）怎样表现我（们）自己？追寻彼得·凯里小说中的认同迷踪，可以看到澳大利亚国家认同如何从含混走向澄明、民

---

① ［加］查尔斯·泰勒：《自我认同的根源：现代认同的形成》，第37页。

② 米兰·昆德拉：《背叛的遗嘱》，孟湄译，上海人民出版社1995年版，第149页。

族认同如何在危机中出现转机，文化认同如何在困境中走向超越以及凯里小说对澳大利亚人的个体自我认同探索之种种。

当下欧美学界活跃的思想家如霍米·巴巴①（Homi Bhabha）、齐泽克②（Slavoj Zizek）等也在自己的理论体系中给予认同以重要的位置。认同缘何如此受到当代学界的青睐？认同何以在当代社会成为问题？在这个消费主义蔓延的时代，无论是在伦敦、纽约、东京这样的大都市，还是在非洲、拉美和东亚等一些欠发达的地方，消费文化都无孔不入。琳琅满目的商品，川流不息的顾客，铺天盖地的商业广告，全球同步上映的好莱坞商业电影，为大众量身定做的日剧、韩剧、美剧就是在"世界屋脊"的青藏高原上也每天上演。的确，在全球化日趋迅速和消费涵盖一切的当今社会，神、民族、种族、家庭和地域受到了技术经济力量和各种社会运动的联合攻击，国家民族也开始受到质疑。"我们的世界，我们的生活，正在被全球化和认同的对立趋势所塑造"，曼纽尔·卡斯特（Manuel Castells）在《认同的力量》（*The Power of Identity*）导言的第一句话即如是说。③对特定的个人和群体而言，认同可能有多种。然而，这种多样性不管是在自我表现中还是在社会行动中，都是压力和矛盾的源头，因此认同是人们意义和经验的来源。虽然认同这个话题被热烈讨论、有关认同的词汇使用频率很高，但是在相关理论的梳理和运用上还存在研究空间。因此，本书（1）在后殖民研究和文化研究的基础上，把认同看成一般问题研究，拓展认同研究跨学科视域。（2）将澳大利亚两百年的历史看成现代性发展过程，将其社会历史文化看成现代性的结果。（3）以彼得·凯里小说创作为例，探讨作为现代性批判建构的认同力量。

海尔曼·布洛赫说："发现只有小说才能发现的东西，这是小说存在的唯一理由。"④在当今这样一个机会平等、个人流动频繁的时代，族裔

---

①　2010年5月18—20日，霍米·巴巴在北京大学进行了系列的讲座：《全球过渡时期的人文学科我们的邻居》《我们自己：全球共同体的伦理和美学》《展示现代性——霍米巴巴与杜维明教授对话》都涉及了身份/认同问题。

②　2010年5月17—18日，齐泽克在中国人民大学和清华大学做了两场讲座。

③　［美］曼纽尔·卡斯特：《认同的力量》（第二版），曹荣湘译，社会科学文献出版社2006年版，第1页。

④　见米兰·昆德拉《小说的艺术》，第4页。

和散居成为一种普遍现象，网络联系缩小了世界，动摇了国家民族概念的时代，民族主义因而重新高涨，因此认同研究理所当然地成为热点。从社会现象本身出发，以实地调查研究为准则，从文化哲学的高度和艺术经验中去寻找认同的踪迹和认同建构，是时下学界反思现代性，进行社会文化批评的重要路径。因而，文学中所反映和表征的认同问题在这样一个后理论时代①有其存在的价值和意义。而身处这种社会历史语境的澳大利亚作家彼得·凯里可作为这种研究的绝佳范本，因为他的小说发现和阐释了只有他才发现了的澳大利亚社会问题。凯里在他长达四十来年的创作生涯里，用他的 4 个短篇小说集、12 部长篇小说和 4 部非小说作品建构起一个错综复杂的澳大利亚社会历史文化认同世界。本书努力做好以下工作：（1）对凯里小说中的认同问题进行深入细致的分析，深化和超越后殖民身份认同研究，扩展凯里小说中认同问题的研究视域。（2）从整体上把握凯里的创作，探讨其构建的认同世界，把重点放在凯里构建了一个怎样的认同世界，以及如何构建上来。（3）凯里的创作与澳大利亚的国家、民族和文化紧密相连，因此本书把凯里小说中的认同问题还原到具体的澳大利亚的社会历史语境中，找出澳大利亚的文学、历史、政治、文化等学科之间的内在关联。

关于文学的认同建构，以下几个层面的问题尤其值得关注。② 首先，是民族起源的神话。认同研究发现，几乎每个民族都有自己关于起源的神话。其次，是历史地形成的文学史经典。没有经典的民族也一定会创造和制作出经典来，这就像霍布斯·鲍姆所说的，重复是保持与过去连续性的通道。再次，在这些经典中，往往会凝练出一些典范性的人物形象，从认知心理学角度说，这些经典型人物通常具有"人格样板"的作用（例如：在《凯利帮真史》中，凯里把澳大利亚官方历史上的丛林强盗内德·凯利当成民族英雄来塑造）。假如说作品中的正面形象起到了"积极的"认同建构作用的话，那么，文学中不少否定性形象也起到更复杂的认同建构功能（例如：《奥斯卡与露辛达》中的杰弗里斯）。最后，

---

① 此说法源自特里·伊格尔顿（见［英］伊格尔顿《理论之后》，商正译，商务印书馆 2009 年版）。

② 周宪：《文学与认同》，载周宪主编《文学与认同：跨学科的反思》，中华书局 2008 年版，第 181—195 页。

文学中所呈现的家园空间及其生活方式，尤其是一些象征性的自然和人文景观（澳大利亚的丛林文学，伙伴关系）。家园是一种空间的归宿，家园更是一种熟悉的、亲近的和缠绕的体验，它们不断地强化人们对家园的热爱、眷恋和向往，不断地提醒人们自己的文化身份，尤其是那些挥之不去的童年经验。澳大利亚文学从大英帝国殖民时期文学发展到 19 世纪末 20 世纪初的民族主义时期的文学，可以说是土生土长的澳洲白人对童年经验的澳洲式的确认。因此，我们研究彼得·凯里小说中的认同问题也可以从其民族起源神话，对帝国文学经典的重写，对澳大利亚丛林强盗的重塑以及凯里小说中展现的澳大利亚生活方式等入手来研究凯里小说中的认同问题。

第二节　凯里小说认同问题研究的缘起

认同作为一个问题，广泛地存在于社会文化的各个层面，它蕴含了复杂的"差异政治"及权力关系，"从民族的、种族的文化差异，到阶级的、社会分层的差异，再到性别的差异，各种亚文化的差异，甚至区域文化地方性差异等，都可以包容在认同的范畴之下"。[1] 因此，差异性成为认同问题研究的主要内容。从彼得·凯里的生平和创作背景来看，我们不难发现：凯里成长的年代是澳大利亚国家认同从含混走向澄明的时期；凯里步入文学创作的年代正值澳大利亚民族主义第三波热潮兴起的时候；凯里开始发表作品的时期是澳大利亚民族认同陷入困境和设法摆脱困境的时期；凯里创作高峰期是澳大利亚国家、民族起源神话受到挑战的时候；凯里创作后期是澳大利亚的民族、国家、文化认同逐渐明朗的时候。以下将从作家的生活经历、作品反映的殖民历史和认同现实，以及澳大利亚历史上的民族主义三方面分析我们缘何可以从认同问题入手来研究凯里小说。

首先，彼得·凯里丰富的生活经历为建构错综复杂的认同世界提供了素材。凯里出生在第二次世界大战时期，20 世纪七八十年代澳大利亚

---

① 周宪：《文学与认同》，载周宪主编《文学与认同：跨学科的反思》，第 181—195 页。

民族主义高涨时期显名于英语世界。三年多的伦敦生活、周游欧洲的经历、昆士兰热带雨林三年嬉皮士生活体验和旅居美国二十多年的域外生活，使得凯里对认同问题极为关注。这些入乎其内、出乎其外的生活经历也让凯里能更好地理解澳大利亚的国家认同、民族认同、文化认同和澳大利亚人个体自我认同的复杂性、含混性和待定性。

1967—1970 年，凯里定居英国伦敦，一边从事广告业工作，一边周游欧洲，为以后的创作积累了大量的素材。《奥斯卡与露辛达》中的露辛达到达伦敦的感受和对英国与英国人的态度可以说很大程度上是凯里自己的体验，那种寻根之后的无根的漂泊感是在回归历史的过程中表达的现代人的感受。虽然凯里借露辛达的口表达在伦敦所看到的人，所经历的事都是不值得写的，但是凯里的《奥斯卡与露辛达》与《杰克·迈格斯》的构思和写作无不得益于他三年的伦敦生活。这两部作品中对 18 世纪英国伦敦的大街小巷、伦敦大桥和伦敦大雾的描写同时有着凯里的丰富想象和现代伦敦的特点。而旅居美国二十多年的经历，则为凯里作品中的美国题材、"美国梦"的描写提供了丰富的素材，如果说 20 世纪七八十年代凯里作品中的美国还只是"梦"的话，那么 20 世纪 90 年代以及以后的作品中的美国因素，则是现实中的美帝国，那是一个在政治、经济、文化上都以压倒优势屹立于世的超级大国和强国。《特里斯坦·史密斯不寻常的生活》《偷窃：一个爱情故事》《他的非法自我》都是以美国为主要写作对象，探讨美澳关系的作品。澳大利亚的民族认同、国家认同和文化认同是在其与英国、美国的关系中显现出来的，澳大利亚人的个体自我认同是在后现代语境中参照诸多的"他者"而彰显的"自我"的认同。穿行在澳、英、美、欧的彼得·凯里以创作阐释着自身的处境及其所思、所想，也以自身的经历阐释着他的作品中的认同。

其次，澳大利亚的殖民历史与社会现实给彼得·凯里提供了丰富的创作源泉。彼得·凯里在《奥斯卡与露辛达》荣膺布克奖之后接受记者采访时说："我以为我们的国家仍有待构造，甚至有待于发现。我们澳大利亚人还没有被塑造出来。对此，我很恼怒。谁用得着何谓英国人、何谓中国人犯愁？不过，这也是一个优势。我们没有历史的重负压在自己的肩上。我们可以自由而愚蠢地认为我们无所不能。（英人）入侵以来，毕竟只有 200 年啊。"① 凯里观察到，在他成长和出道时，澳大利亚整个社会的认同都因其含混待定而成为问题，这些问题成为他的作品反映和讨论的重要问题。

虽然在澳洲这块古老的大陆上，土著人有几万年的生存史，但本书界定的澳大利亚历史为其被命名之后的两百多年的历史，即白人入侵之后的历史。欧洲白人到达澳大利亚之后，他们视澳洲土著人为"同类相食的人兽"，"在理性及有关的每一种感觉方面，他们连最低级的畜牲还不如"。② 从 1788 年第一批罪犯到达新南威尔士州屠杀和驱赶澳洲土著并强占大片土地开始，到 1859 年英国殖民者先后在澳洲大陆上开拓了新南威尔士、维多利亚、南澳大利亚、西澳大利亚、北部地区和塔斯马尼亚六块殖民地。这一时期的澳大利亚人"首先把自己看成不列颠人，然后才是维多利亚人，南澳大利亚人或其他人，并逐渐地习惯于成为澳大利亚人"。③ 澳大利亚联邦成立之前作为英国的殖民地，在国防、外交和发展资本方面都依赖于英国，他们的贸易和大部分移民都是靠亲属关系、文化和宪法的约束力而与英国联系在一起。④ 殖民时期的澳大利亚人说的是英语，看的是英国的文学作品，传承的是英国的传统文化，怀恋的是英国的故土。《奥斯卡与露辛达》中的奥斯卡和露辛达的母亲伊丽莎白就是这样的文学典型。

再次，澳大利亚的民族主义成为彼得·凯里小说中认同问题探讨的主要依据。19 世纪 90 年代的澳大利亚，民族主义运动风起云涌、社会思潮方兴未艾、工会主义的呼声响彻澳洲各地。经过一百多年的发展，澳大利亚土生人口占了绝大多数，1901 年联邦成立时，澳大利亚人口主要是英国血统的人，总人口中 77% 的在澳大利亚出生，18% 的在不列颠、爱尔兰出生，最大的非英语族群是占总人口 1% 的德国人和占总人口

---

① Peter Carey, "In an Interview with Edmund White", *The Sunday Times* (London), March 20, 1988, pp. 8 – 9.

② 张安德：《试论"白澳政策"的渊源、演变及其终结》，《湖北大学学报》（哲社版）1995 年第 2 期，第 51—57 页。

③ Adam Jamrozik, Cathy Boland, and Robert Urquhart, *Social Change and Cultural Transformation in Australia*, Melbourne：Cambridge University Press, 1995, p. 40.

④ 刘丽君、邓子钦、张立中：《澳大利亚文化史稿》，汕头大学出版社 1988 年版，第 25—26 页。

0.8%的中国人。① 打着本地印记的澳洲人，由于长期在地广人稀、荒凉多灾的地理环境中生活，逐步形成了粗犷、爽朗、乐观、幽默的独立性格，确立了以英语为基础，并吸收本地方言土语和乡音乡调的澳大利亚英语，养成了适应南半球气候条件以及自然条件的民族习惯。② 这一时期，澳大利亚人把自己视为英国公民的情况有所改变，他们越来越反感英国殖民者鄙视澳洲殖民地，把澳洲人视为"二等公民"的做法。英国殖民者认为殖民地是培养不出主教、教授和法官的地方，甚至连殖民地的商品也一无是处，殖民地的果子酒是酸的；殖民地的啤酒是掺水的；殖民地的奶酪是腐臭的；殖民地的蜜饯是烂的。③ 民族主义者以《公报》（Bulletin）为主要阵地，发表有关民族独立、民主、平等的言论和文学作品。民族主义运动只是结果，我们要关注的是在一个多世纪漫长的殖民地生涯中，澳大利亚人经历了怎样的心路历程？他们的认同是如何发生改变的？他们的国家、民族的认同感是如何形成的？

　　彼得·凯里的《奥斯卡与露辛达》、《凯利帮真史》和《杰克·迈格斯》反映的正是19世纪的殖民地时期的澳大利亚。这一时期的"澳大利亚人经常庆祝自己的国家99%是不列颠血统，这虽然从严格意义上是不成立的，但它已成为澳大利亚民族神话的一部分"。④《奥斯卡与露辛达》反映的是19世纪40—60年代初的澳大利亚，这一时期的澳洲各殖民地是分散的，六块主要的殖民地就是在这时候形成的。《凯利帮真史》则主要反映19世纪60—80年代的澳洲历史，以爱尔兰裔澳大利亚人在殖民地的遭遇，反映白澳内部的民族、族裔矛盾冲突。《杰克·迈格斯》反映的则是19世纪末澳大利亚民族意识的增强，澳大利亚联邦成立前夕的历史。彼得·凯里是一个历史感很强的作家，他这三部小说反映了殖民地澳大利亚民族认同、国家认同、文化认同形成的全过程，这是一个动态的、发展的且充满矛盾张力的过程。《奥斯卡与露辛达》主要指涉文化认同

　　① ［澳］理查德·怀特：《创造澳大利亚》，杨岸青译，云南人民出版社1999年版，第141页。

　　② 黄源深：《澳大利亚文学史》，上海外语教育出版社1997年版，第67—68页。

　　③ 曼宁·克拉克：《澳大利亚简史》，威廉海纳曼出版公司1969年版，第180页；转引自黄源深《澳大利亚文学史》，上海外语教育出版社1997年版，第68页。

　　④ Adam Jamrozik, *Social Change and Cultural Transformation in Australia*, p. 94.

（基督教文化与澳洲土著文化）和种族（澳洲土著人）认同，《凯利帮真史》主要指涉的是族裔（爱尔兰裔澳大利亚人）认同，《杰克・迈格斯》主要指涉的是国家认同（澳大利亚与英国的关系）。这三部小说从不同的角度，反映不同时间段澳洲殖民历史中的认同问题。

1901 年，澳大利亚联邦成立之后，依然隶属于英国，澳大利亚没有自己的国歌，澳大利亚人出国门没有自己的护照，他们用的是英国的护照。总之，19 世纪 90 年代的澳大利亚民族主义运动以联邦建立宣告结束。此后，"无论是欧洲人，还是与欧洲有近亲血缘关系的澳大利亚人，总把澳大利亚州看作是欧洲放错了位置的部分"。① 澳大利亚联邦实施殖民时期延续下来的"白澳政策"，"什么是澳大利亚人由与不列颠或英语的联系来决定"。② 澳洲土著人和华人等少数族裔或其他有色人种依然受到排斥和歧视，澳大利亚成为西方资本主义在南太平洋中的"一个培养各种各样种族、国籍和宗教偏见的国度"。③ 华人在彼得・凯里的作品中一直以"他者"的身份出现，是被消音的一个群体。从《魔术师》中贩卖中华文化的神秘的、超能的"他者"，到《奥斯卡与露辛达》中开赌馆、好赌博、胆小怕事、娶了白人女子的隐身"他者"，再到《凯利帮真史》中受攻击、勇敢但不讲信用的"他者"，以及《美国梦》中的如机器般听从白人指挥的"他者"，都反映了澳大利亚历史上，华人的参与足迹以及他们被边缘化，被剥夺了话语权的生存境况。

第二次世界大战期间澳大利亚的民族主义运动再次高涨。如果说第一次世界大战让为宗主国卖命的在战事中失败的澳大利亚人感觉到自己很勇敢的话④，那么二战则让澳大利亚人认识到宗主国英国不是他们的上帝，他们的安全不是来自英国的保护而在于新兴帝国美国的保护。这段时间是澳大利亚民族认同和国家认同加强的时候。战后的澳大利亚受到美国的影响越来越明显，美国资本、跨国公司的涌入，美国消费文化对

① 林汉隽：《亚太经济及其文化背景》，学林出版社 1987 年版，第 195 页。

② Adam Jamrozik, *Social Change and Cultural Transformation in Australia*, p. 40.

③ ［澳］唐纳德・霍恩：《澳大利亚——一个幸运之邦的国民》，徐维源译，上海译文出版社 2000 年版，第 112 页。

④ 加里波第战役，尽管澳大利亚损兵折将、损失惨重，但澳大利亚人认为自己很勇敢，以"澳新军团纪念日"来纪念阵亡的将士，增强民族自豪感。

澳洲社会的渗透，让澳大利亚的文化界倍感焦虑。凯里小说中的"美国梦"和美国因素就是这一时期澳大利亚文化认同的表现，也暗含了国家认同、民族认同的模糊和强化。经济的发展，新移民的涌入，使得澳大利亚的社会、政治、经济情况都发生了变化。为了吸收和同化新移民，澳大利亚的民族政策由"白澳政策"变为"同化政策"。澳大利亚政府宣扬一种"澳大利亚生活方式"，以此来规约和同化新移民。但是何为澳大利亚生活方式？在很长一段时间里，澳大利亚生活方式是一个人人说不清而又人人不离口的术语，它是一个模糊、散漫的概念，缺乏历史和文化的底蕴。① 这种认同的根基是不明确的，正如一个移民所抱怨的那样，"他们老是告诉我，必须采用它（澳大利亚生活方式），但这种生活方式是什么，谁也没有告诉我"。② 凯里的第一部小说《幸福》就是在解构"澳大利亚幸福生活"神话的同时，思考究竟什么是澳大利亚的生活方式。然而，在这部小说的新兴城市生活方式和传统澳大利亚乡土生活方式之间，凯里选择的显然是后者。20世纪六七十年代的世界政治风云变化也将澳大利亚卷入其中，《他的非法自我》反映的正是处于各种思潮异常活跃、学生罢课、工人罢工、反越战游行盛行时的澳大利亚和美国的关系，凯里以此来探讨澳大利亚国家认同的加强和巩固。

加拿大哲学、人类学家查尔斯·泰勒指出，现代身份认同本质上是政治性的。③ 在政治上，彼得·凯里是左派，他主张澳大利亚脱离英联邦成为独立自主的国家，因此主张澳大利亚共和的他曾数次拒绝接受英国女王的接见。在《凯利帮真史》中面对澳大利亚的殖民历史，凯里对殖民者是持批判态度的，他以赞赏的眼光把反抗殖民统治的丛林大盗内德·凯利当作民族英雄来塑造。《奥斯卡与露辛达》敢于直视曾经被抹杀和涂改过的澳洲土著问题，对殖民者在澳洲大陆这块土地上曾经犯下的滔天罪行进行批判。在《悉尼：一个作家的返乡之旅》中，凯里更是深情地思考着澳洲大陆这块土地的过去和未来，对土著人的悉尼、流放犯

---

① David Bennett, *Multicultural States*: *Rethinking Difference and Identity*, New York: Routledge, 1998, p. 153.

② ［澳］理查德·怀特：《创造澳大利亚》，杨岸青译，云南人民出版社1999年版，第202页。

③ ［加］查尔斯·泰勒：《自我的根源：现代认同的形成》。

的悉尼和今天的新悉尼的描绘无不包含着现实社会的政治意蕴。正如特雷·伊格尔顿所说："文学，就我们所继承的这一词的含义来说，就是一种意识形态。它与种种社会权利问题有着密切的关系。"① 伊格尔顿用整个英国文学从起源到兴盛再到现代和后现代的诸多形态证明了，"文学在好几个方面都是这项意识形态事业的候选人"。② 凯里在他的小说和散文作品里都不忌讳公开谈论澳大利亚政治生活中的热点问题，就是在他的采访中也不回避自己的政治观点和态度③，他对土著、对殖民历史、对基督教文化、对美国影响等诸多澳大利亚社会政治生活中不能回避的话题发表自己的看法。可以说凯里所有的作品都有着或淡或浓的意识形态色彩。从历史和现实生活中取材，探讨社会历史政治中的认同问题是凯里创作的出发点，也是我们研究凯里小说中认同问题的缘起。

第三节 凯里小说对认同的解构和重构

随着澳大利亚经济社会的发展和"多元文化政策"④ 的施行，不同文化碰撞中的差异与趋同、异质与同质、家园感与异在感错综纠结，使得认同问题变得越来越迫切了。认同作为一个问题，广泛地存在于澳大利亚社会历史文化的各个层面之中。同时，认同又是一个动态的、发展的和未完成的过程，具有开放性和建构性。认同也是在话语实践中进行的，在种种象征认同的形态中，语言和文学无疑扮演了极为重要的角色。文学是一种建构性的认同话语实践，其作用不可或缺。⑤ 彼得·凯里的创作正是这种建构性的认同话语实践。他的作品几乎囊括了澳大利亚社会的所有认同问题，其中最为突出的是民族认同、国家认同、文化认同和自

---

① ［英］特雷·伊格尔顿：《二十世纪西方文学理论》，伍晓明译，北京大学出版社 2007 年版，第 21 页。

② 同上书，第 22 页。

③ ［澳］埃德蒙·怀特：《将自己的心灵印在文学版图上——彼得·凯里访谈录》，第 70—71 页。

④ 1972 年，澳大利亚终止 "白澳政策"，开始实施 "多元文化政策"。

⑤ 周宪：《文学与认同》，载周宪主编《文学与认同：跨学科的反思》，第 181—195 页。

我认同这四种认同问题。那么，凯里怎样通过对历史和现实的重新审视，解构澳大利亚国家神话、民族起源神话、幸福生活方式神话以及个体自我的自由神话的呢？以下将深入探讨彼得·凯里是如何通过小说这种文学形式，以多种多样的叙事手法重新建构了澳大利亚社会错综复杂的认同世界，并且指出其存在的认同问题，对之作深刻的社会历史文化批判的。

一　凯里小说中的认同问题情状

在 20 世纪澳大利亚文学创作实践中，"所谓后现代主义，在 70 年代最为兴盛"。[①] 当时澳大利亚文坛很少有人使用"后现代主义"一词，"我们没有什么词可以描述我们正在进行的创作，一般就叫做'澳大利亚新文学'"[②]，因此彼得·凯里等具有后现代特征的作家通常被称为"新派作家"。新派作家的代表彼得·凯里以一种先锋、叛逆的姿态走向文坛。欧美现代主义以及后现代主义思潮影响了凯里早期的创作风格：卡夫卡式的囚禁和变形，昆德拉式的无序叙事，魔幻现实主义的恐惧与怪诞，科幻小说的想象与超常，把真实与幻想融为一体，把过去、现在和未来切入一个超现实的景象。[③] 在他的短篇小说中有着卡夫卡式的战战兢兢的小人物，他们总是陷于困境，在捉摸不定、无法逃离的社会境遇和人际关系中无奈地挣扎。[④] 彼得·凯里常常把他小说中的人物描写成生活的受害者和梦魇缠身的人，那是作家"羞涩的乐观主义和强烈的悲观主义的体现"。[⑤] 曾经有评论者把彼得·凯里的作品比作但丁的《神曲》。当然凯里的作品在某些方面可能不如《神曲》的意义来得深远，但它们也确实呈现给读者一种《圣经》中《启示录》般的可怖的美丽。凯里喜欢把自己比作"专职的做梦者""部落中讲故事的人"，努力为澳

---

① 麦克尔·威尔丁：《后现代主义与新现实主义》，《外国文学》1993 年第 4 期，第 9 页。

② 同上书，第 9 页。

③ 张明：《"新派"先锋彼得·凯里——评澳大利亚作家彼得·凯里的小说创作》，《外国文学》2001 年第 4 期，第 17—20 页。

④ 潘雯、陈正发：《都市里讲故事的人——彼得·凯里创作轨迹探寻》，载陈正发主编《大洋洲文学》，安徽大学出版社 1998 年版，第 205 页。

⑤ *The Oxford Companion to Australian Literature*, Oxford: Oxford University Press, 1994, p. 152.

大利亚人创作出一种启示录性质的文学。彼得·凯里在创作风格上有一个循序渐进的变化过程：随着写作范围的不断扩大，作品中的感情色彩越来越浓。在他的小说世界里，读者看到感到的是末日将至的混乱、恐慌。尽管科技在进步，可能也正是因为科技的进步，文明反而走向它最终的极限阶段，野蛮正鼓动它的双翼，蠢蠢欲动。与这种外部混乱景象相映照的是人类内心的樊笼与心理上的难受。或许少数人能在世界某个幽暗的角落觅到安宁与桃源，但这不会长久，长久是梦魇般的世界，它将人们从四面包围起来。① 因此，彼得·凯里是带有现代气质的后现代作家。

　　彼得·凯里的短篇小说基本上包括在《历史上的胖子》《战争罪行》《故事集》3 个短篇小说集里。其认同向度主要有以下三种：（1）对社会的边缘人物、小人物的内心世界和个体身份的探讨，例如《历史上的胖子》、《剥皮》和《蟹》；（2）对现代工业给人们带来的精神危机进行批判，例如《战争罪行》和《关于"幻影工业"的报道》；（3）对战后美国影响澳大利亚的焦虑，批评美国消费文化扰乱了澳大利亚人的认同感，例如《西边的风车》和《美国梦》。彼得·凯里借小人物和社会的边缘人解构宏大叙事中的社会大人物传略，关注边缘消解中心；对现代工业的批判表明了他对过去被发明出来的，现在即将逝去的澳大利亚生活方式的怀念；凯里对美国消费文化在澳大利亚盛行的反思与批判则是从澳美关系看澳大利亚人的文化认同。彼得·凯里的长篇小说延续了短篇小说强烈的社会批判风格，但是把目光转向更为广阔的社会历史和现实生活。《奥斯卡与露辛达》《杰克·迈格斯》《凯利帮真史》把目光转向 19 世纪澳大利亚的殖民历史，探寻澳大利亚社会认同问题的历史根源；《幸福》《特里斯坦·史密斯不寻常的生活》《税务检查官》《偷窃：一个爱情故事》《他的非法自我》则关注当代澳大利亚的现实，探讨认同在澳大利亚当代社会的种种情状。《魔术师》的时间跨度最长——长达一个多世纪，涉及澳大利亚的民族起源、国家建构、当下发展等诸多的问题，以家族史写国家社会的历史。《我的生活有如冒牌货》则从澳大利亚文学的历史建构之裂隙中寻找缺失的认同。

---

① 潘雯、陈正发：《都市里讲故事的人——彼得·凯里创作轨迹探寻》，第 204 页。

在以上提及的 3 个短篇小说集和 10 部长篇小说构成的这个错综复杂的认同世界里，民族认同、国家认同、文化认同和个体自我认同是凯里最主要的解构和建构维度。凯里小说中的民族认同主要包括以澳洲土著人为代表的种族认同，以爱尔兰裔为代表的民族内部的认同和以华人为代表的其他族裔认同。澳洲土著人和华人在澳大利亚的历史上是最受排斥的，他们是不同历史时期种族主义和种族冲突的受害者。凯里小说中的国家认同是指澳大利亚人对澳大利亚作为一个主权国家区别于英国、美国、日本等国家的民族—国家认同。凯里小说中的文化认同指澳大利亚人对澳大利亚自己的传统文化、大英帝国的传统文化、美国的消费文化的向心和离心的认同状况。凯里小说中澳大利亚人的自我认同主要是在澳大利亚国家、民族和文化认同成为问题的境况下，个体自我认同选择的复杂性以及可能性。民族认同主要涉及澳大利亚的"白澳政策"、澳大利亚历史上的种族主义等话题，它包括凯里小说中反映的澳洲土著人、华人和爱尔兰裔的历史遭际。国家认同最主要的是涉及澳英关系以及澳大利亚的自身发展和澳大利亚民族形成过程中对国家独立的诉求。文化认同主要涉及澳英和澳美关系，英国传统文化和美国消费文化对澳大利亚的影响。自我认同是凯里在解构澳大利亚民族、国家、文化认同的过程中所揭示的澳大利亚人的个体心路历程。以上就是对彼得·凯里小说涵盖的认同问题的界定以及可能研究的向度。

二　凯里小说对认同问题的解构

解构（Deconstruction）是德里达在继承海德格尔的遗产之上发明的，它指德里达和他的后继者们发现并颠覆西方哲学传统中延续下来的理性/非理性、主体/客体、自我/他者、主人/奴隶、中心/边缘、东方/西方、殖民/被殖民等二元对立结构。西方哲学，自柏拉图以来一直持续和加强着这一系列的二元对立，颠覆这种二元对立结构正是德里达所要做的。他说：

> 在一个传统哲学的二元对立中，我们所见到的唯是一种鲜明的等级关系，绝无两个对项的和平共处。其中一个单项在价值、逻辑等等方面统治着另一个单项，高居发号施令的地位。解构这个二元

对立，便是在一特定的契机，将这一等级秩序颠倒过来。①

解构主义者有志于全面置换逻各斯中心主义的旧传统，颠覆等级、秩序、中心和本质。德里达和他的后继者们所做的解构一次又一次地表明，所有的边界、规则、概念、结构，所有的创造和建构，都为疑云密布的"同一"而压抑了原生的"差异"。德里达发明了用删除符号来表达他的解构策略，但是他并非是要完全粉碎这些二元对立结构使之尸骨无存，而是留下了秩序颠倒的若干踪迹。在德里达看来：

> 踪迹不仅仅是本原在我们的话语中和思路中的消失，它还意味着本原甚至没有消失，意味着本原除非与一个非本原相反相成，将永远没有可能建构自身。踪迹因此成为本原的本原。传统的踪迹概念，是本原的一种在场，一种初始的非踪迹，所以是经验的一种标记。而要把踪迹这概念扳离它的传统轨道，我们必须来谈一种原始的踪迹，或者说原型踪迹。有鉴于我们知道概念总是摧毁自己的名称，所以说如果一切始于踪迹的话，说到底也就没有本原的踪迹。②

解构主义认定的对立两项之间，还存在着大量相互渗透、相互包容的关系，因此对于德里达和真正的解构主义者来说，颠覆不是最终的目的，其最终的目的就在踪迹呈现本原在场和经验。彼得·凯里对自我与他者、殖民与被殖民、中心与边缘、白色与黑色这些帝国主义话语体系中的二元对立的解构行为留下了诸多踪迹。

后殖民的理论家们将殖民地的人民称为"殖民地的他者"（colonial other），或径直称为"他者"（Other）。"他者"这一概念，除别的意思外，主要是根据黑格尔和萨特的定义：它指主导性主体之外的一个不熟悉的对立面或否定因素，因为它的存在，主体的权威才得以确定。西方之所以自视优越，是因为它把殖民地人民看作是没有力量、没有自我意

---

① 德里达：《立场》，转引自陆扬《德里达——解构之维》，华中师范大学出版社1996年版，第57页。

② ［法］德里达：《论文字学》，转引自陆扬《德里达——解构之维》，第67—68页。

识、没有思考和统治能力的结果。精神分析学，特别是经拉康改写过后的精神分析学，也把人的"自我"视为按他人的看法建构而成的一种认识。① 彼得·凯里的创作就是要颠覆由解构主义者首先开始，后殖民主义者、女性主义者、新历史主义者进一步解构的边缘与中心、男性与女性、宗主国与殖民地、文明与野蛮等二元对立结构。英国的殖民记录②和文学作品采用的全是这种二元对立的思维模式，澳大利亚历史中对澳洲土著人和华裔的记录也是这种模式。这种种族主义在大英帝国是其殖民思想和行动的基础和依据，按当年的殖民地秘书约瑟夫·张伯伦（Joseph Chamberlain）的说法，"不列颠是世界上所有自治民族中最伟大的一个民族"③。因此，彼得·凯里要解构澳大利亚基于种族主义和其他二元对立结构之上建立起来的认同，首先得解放"他者"，给予他者以说话的权利。

　　彼得·凯里曾这样表述过："我认为作家有责任去说真话，从不躲闪，这个世界原本怎样就怎样；同时，作家也有责任去讴歌人类精神中潜在的东西。《魔术师》和《奥斯卡与露辛达》的成功之处就在于它们是在这两方面的张力中产生的。"④ 19 世纪书写大英帝国的作家都是早已确定的象征阐释传统的继承人。当然，他们也试图运用示意系统中那些异己的然而又可以把握、可以改造的象征符号，来对浑然不清的世界进行阐释，这有点像透过奥斯卡的玻璃教堂的固定框架去看那单调得让人害怕的澳大利亚草原。⑤ 大英帝国的文学把澳大利亚作为异己的"他者"写进了历史。在《大卫·科波菲尔》（1849—1850）中的考伯先生就相信，澳大利亚是"一个不能以常理去衡量的春天"以及"某种异乎寻常的东西将会在那个海滩上出现"。在《大卫·科波菲尔》中，辟果提先生把失足的爱弥丽带到澳大利亚，开始一种新的生活，因为"那里没有人会指责我可爱的小宝贝"。乔治·艾略特《亚当·比德》中的赫蒂·索雷尔与

---

　　① ［英］艾勒克·博埃默：《殖民与后殖民文学》，盛宁、韩敏中译，辽宁教育出版社 1988 年版，第 22 页。

　　② ［英］沃特金·坦奇：《澳洲拓殖记》，刘秉仁译，商务印书馆 2008 年版。

　　③ ［英］艾勒克·博埃默：《殖民与后殖民文学》，第 36 页。

　　④ 潘雯、陈正发：《都市里讲故事的人——彼得·凯里创作轨迹探寻》，第 206 页。

　　⑤ ［英］艾勒克·博埃默：《殖民与后殖民文学》，第 19 页。

爱弥丽一样，也是在出了丑闻之后被送到地球的另一端。与狄更斯的小说一样，这本小说中的澳大利亚也起着一种使社会的或男女关系上的尴尬得到解脱的作用。在狄更斯的《远大前程》中，澳大利亚作为罪犯流放地是帝国的一个垃圾站，那里的人是有罪的甚至连他们的钱都是脏的。很显然，在帝国文学体系里澳大利亚是被当作"他者"来建构的，要在文化领域颠覆帝国的等级秩序首先得解构帝国文学经典中的"他者"形象。彼得·凯里的《杰克·迈格斯》就是解构大英帝国的这类"他者"形象，重新建构了作为澳大利亚的民族—国家起源的人物形象蓝本。

彼得·凯里以他的创作深入澳大利亚的社会历史文化现实，郑重地指出澳大利亚社会，无论是在历史还是现实生活中都充满了谎言和欺骗。凯里的小说对这些谎言与欺骗进行了揭露，长篇小说书名中的"魔术师""冒牌货""偷窃""非法"就表明了他的这种解构意图。澳大利亚在两百多年的时间里，发明了自己的文化传统和诸多的民族神话，这些神话包括"欧洲白人对无主土地的发现""丛林神话""澳大利亚是澳大利亚人的""澳大利亚是白人的""澳大利亚幸福生活方式""澳新军团神话""澳大利亚是一个独立、民主、富强的国家""英勇的探险家发现了澳洲内陆""澳大利亚人是自由、平等的，他们享有充分的民主"，等等。澳大利亚人陶醉在自己编织的谎言中颇为自得地称自己的国家为"幸运之邦"，自己是"幸运之邦的国民"[1]，彼得·凯里的创作旨在解构这些有关民族和国家的神话，把澳大利亚人从谎言和欺骗的迷梦中唤醒过来。正如凯里本人在一次采访中所强调的："我的故事大多激发于这一问题：人们是否想不按他们现在这样的方式生活？在那些试图有所改变的人身上又会发生些什么？"[2] 面对澳洲土著人要求归还他们的土地，面对那些有条件的和解要求，澳大利亚的民族认同发生了危机。戳穿谎言、正视历史，当下的澳大利亚人是不是会更心安理得呢？正如凯里借拜杰葛瑞之口所说的，他们的国家是从土著人那里偷来的，但是那偷来的国家也是他们自己的国家，这是无法否认的历史事实。彼得·凯里小说解构之后的澳大利亚历史碎片映照出了形形色色的认同碎片。

---

① ［澳］唐纳德·霍恩：《澳大利亚人——幸运之邦的国民》，上海译文出版社 2000 年版。
② 潘雯、陈正发：《都市里讲故事的人——彼得·凯里创作轨迹探寻》，第 205 页。

三　凯里小说对认同问题的重构

1970 年，彼得·凯里回到澳大利亚时，狂热的经验主义让他回到了短篇小说写作，渴望发出澳大利亚的声音，"把鼻子转向过去在已经死去的历史里"寻找自由。[①] 就像他的生活，他的小说通常也是混杂的，交叉和混合的文体，打破了大众文学与严肃文学、高雅文学与低俗文学之间的界限。它们也僭越了像男性和女性、资本主义者和嬉皮士、殖民与后殖民之间固定的二元对立，展示了矛盾空间，模糊了正反相对的划分。[②] 但凯里的创作不限于对英国帝国主义话语的攻击和瓦解，也建构了自己的话语体系，从而成为"澳大利亚文化的代言人"和"澳大利亚新神话的创造者"。从《幸福》到《他的非法自我》，凯里在解构澳大利亚社会历史现实种种神话的过程中，也在建构新的国家民族神话。从"我们是谁""我们过去怎样"，到"我们将来会成为谁"，凯里的作品都有一种明确的未来指向。正如凯里在《悉尼：一个作家的返乡之旅》中指出的，土著人的悉尼和流放犯的悉尼那是历史是不能忘记的，但是奥运会后的悉尼才是需要当代澳大利亚人精心打造和用心呵护的新悉尼。只有揭开土著人的悉尼和流放犯的悉尼的神秘面纱，面对惨烈的历史真实，才能在今天的新悉尼的建构中摒弃种族主义、血与火、罪与欠、狭隘与偏见，建立真正自由、民主、平等的"多元文化"汇聚的现代大都市——新悉尼。

《幸福》解构了"澳大利亚幸福生活方式神话"，表达了澳大利亚人的乡土情结，彼得·凯里在澳大利亚既有的"丛林神话"的基础上，重构了乌托邦式的丛林生活方式以对抗美国化的生活方式。《魔术师》解构了"澳大利亚过去是白人发现的无主土地，现在是独立自主、平等自由的国家神话"，指出他们的国家是从澳洲土著人那里偷来的，他们的国家受到英帝国和美帝国难以摆脱的影响，要想发展民族航空工业和汽车工业举步维艰。《奥斯卡与露辛达》揭示了澳大利亚殖民时期的三个谎言：

---

① Bruce Woodcock, *Peter Carey: Contemporary World Writers*, 2nd ed, Manchester and New York: Manchester University Press, 2004, p.4.

② Ibid., p.12.

澳大利亚是"幸运的国家";圣洁的传教士"拯救"了"野蛮的黑人";勇敢的英雄探险家"开发"了殖民国家并使之"文明"。彼得·凯里指出白人和土著共同拥有澳大利亚的历史,上帝的事业不是天使造就的,那些"英雄的探险家"是种族屠杀的刽子手。《税务检查官》解构了"澳大利亚政府是高效、廉洁的政府",指出其腐败的根源以及未来的希望之所在。《特里斯坦·史密斯不寻常的生活》则粉碎了"澳大利亚人的美国梦",指出"美国梦"给民族文化和国家的政治、经济带来的负面影响,凯里塑造了澳大利亚的民族主义者形象,并指出其先天不足的特性。《杰克·迈格斯》解构了大英帝国经典文学中的诸多二元对立结构,给予殖民地人民以言说和表达自己的权利。《凯利帮真史》解构了官方历史中妖魔化的内德·凯利形象,立志于塑造自己的民族英雄,为爱尔兰裔澳大利亚人申诉。《我的生活有如冒牌货》揭露了澳大利亚文学传统建构中的谎言,指出澳大利亚民族文学发展中的种种问题,提出建构民族文学身份。《偷窃:一个爱情故事》解构了艺术经典的评判标准,指出艺术领域同样充满欺骗、谎言、暴力、凶杀和跨越国界的阴谋,艺术经典需要经过时间的检验。《他的非法自我》解构了澳大利亚人的美国梦,建构了美国人的澳大利亚梦。

对于真正的解构主义者来说,瓦解既有的二元对立结构不是目的,其目的在解构之后的踪迹。彼得·凯里的目的也不在于揭露欺骗和谎言、瓦解帝国话语体系,而在于如何以此建构全新的澳大利亚认同。凯里的"踪迹"包括有启示性的情节和特定的小说人物,如内德·凯利有机会逃到美国,但他选择了死在殖民地澳大利亚的警察手中,因此他是认同澳大利亚的。又如《偷窃:一个爱情故事》采用小说人物交替叙述,以分裂的"自我"表现复杂的人物性格特征。多样化的不断变化的人物视角以及儿童视角(例如《他的非法自我》和《美国梦》)的运用,呈现澳大利亚错综复杂的认同世界。凯里小说中的欺骗、谎言、历史、殖民等主题和玻璃教堂、水、丛林等文化意象也表征了不同的认同症候。细心的读者会发现,凯里小说中几乎所有的人物随着时间的推移和环境的改变,其认同也在改变。例如,杰克·迈格斯刚来到这个世界上3个月就成了孤儿杰克,流放前是英国的窃贼杰克,刚到新南威尔士是流放犯杰克,随后成了澳大利亚的绅士杰克。再次踏上英国的土地时他是陌生人杰克，来到自己为养子亨利添置的房子中成了入侵者杰克，接着为了寻找养子成了珀西·巴克尔的仆人杰克，然后又流落成作家托拜厄斯·欧茨的犯罪心理实验对象杰克，被迫自卫杀死了捕贼队队员威尔福·帕特里基则成了杀人犯杰克，然后再次回到澳大利亚做他的绅士杰克。杰克·迈格斯的国家认同从大英帝国的子民变成了帝国的流放犯，重返帝国的杰克所有的遭际瓦解了他对帝国的认同，回到澳大利亚的杰克最终完成了自己是澳大利亚人的认同，并生下了"澳大利亚种族"的后代。

第 二 章

彼得·凯里小说中民族认同的
危机与转机

    在英国文学传统中，来自殖民地的"他者"形象塑造由来已久。他们是，莎士比亚戏剧《奥赛罗》中的那个摩尔人奥赛罗、《威尼斯商人》中的犹太人夏洛克、《暴风雨》中的凯列班，丹尼尔·笛福《鲁滨孙漂流记》中的"星期五"，拜伦笔下充满异域风情但精力充沛的"拜伦式英雄"，托马斯·德·昆西《一个鸦片吸食者的忏悔录》中的马来人，艾米丽·勃朗特《呼啸山庄》中的希思克力夫，乔治·艾略特《丹尼尔·德龙达》中的同名主人公，鲁德亚德·吉卜林笔下的印度人，E. M. 福斯特《印度之行》中的印度人。总之，澳大利亚、加拿大、新西兰、加勒比海地区、印度、尼日利亚、巴基斯坦、南非、斯里兰卡、美国、西印度群岛等这些英国的殖民地都是以"他者"的身份出现在英国的文学文本里。"他者"是一种不在场的在场，亨利·路易斯·盖茨说："至少从柏拉图时代开始，西方话语中关于黑暗的比喻就意味着不在场。"① 约瑟夫·康拉德的小说《黑暗的心》中塑造的非洲黑人库尔茨就运用了这样的比喻。

    很明显，在英国文学传统中种族差异曾被边缘化或者被抹杀。《简·爱》中罗彻斯特的疯妻子即是来自西印度群岛的土著女性贝莎·梅森：

    在房间的另一头的阴暗里，一个人影在前后跑动，那究竟是什么，是动物还是人，粗粗一看难以辨认，它好像四肢着地趴着，又

---

① 转引自［英］安德鲁·本尼特、尼古拉·罗伊尔《关键词：文学、批评与理论导论》，汪正龙、李永新译，广西师范大学出版社 2007 年版，第 202 页。

　　是抓又是叫，活像某种奇异的野生动物，只不过有衣服蔽体罢了。
一头黑白相间乱如鬃发的头发遮去了她的头和脸。[①]

　　贝莎·梅森在《简·爱》中作为沉默的"他者"，是被注视、被言说、被边缘化的种族"他者"。这种情况也存在于美国文学中，例如威廉·福克纳充满社会抱负和种族偏见的《押沙龙，押沙龙!》，托尼·莫里森与蓄奴制密切相关的《宠儿》中的种族暴力等。拉尔夫·埃里森的《看不见的人》则揭示了黑人成为"美国梦"的牺牲品。西方文学传统中的种族主义，不管是体现在文学作品中的"他者"表现，还是文学经典中刻意使得种族差异边缘化，都对澳大利亚文学产生了深远的影响。

　　历史上的澳大利亚是欧洲种族主义扎根、疯长、泛滥的根据地。殖民地澳洲的一位政客撰文写道："就澳大利亚人一词而言，我们不认为仅是那些出生于澳大利亚的人，所有登上这里海岸的白人都是澳大利亚人。……黑人、中国人、印度人、喀纳喀人以及廉价的有色人种劳工则不是澳大利亚人。"[②] 澳大利亚公开宣称，为了保持盎格鲁-撒克逊血统的特征和风俗习惯，"不允许在它的人口中加入任何本性和品质低劣的成员。……绝对不能促成或准许其他种族的人进入我们的社会，我们不准备把我们的选举权、公民权以及包括婚姻权在内的社会权利给予他们之中的任何人"。[③] 19 世纪末民族主义高涨时期，《新闻公报》喊出一句获得当时社会共鸣的口号："澳大利亚是澳大利亚人的——贱货支那人，贱货黑鬼和贱货欧洲瘪三一律滚开。"[④] "白澳政策"在澳大利亚施行长达一个多世纪的基础就是，"我们应该是一个民族，而且永远是一个民族的，没有其他种族的参杂"。[⑤] 直到第二次世界大战前，"澳大利亚的民族

---

　　① 　[英] 夏洛蒂·勃朗特：《简·爱》，黄源深译，译林出版社 1993 年版，第 305 页。
　　② 　M. 麦克肯纳：《被囚禁的共和国》，转引自王宇博《珀西澳大利亚 19 世纪的民族认同》，《世界历史》2007 年第 6 期，第 111—121 页。此处的"黑人"指的是澳洲土著居民。
　　③ 　M. 威拉德：《1920 年以前的白澳政策史》，墨尔本大学出版社 1967 年版，第 196 页。
　　④ 　M. 麦克肯纳：《被囚禁的共和国》，转引自王宇博《珀西澳大利亚 19 世纪的民族认同》，第 111—121 页。
　　⑤ 　张秋生：《澳大利亚华人华侨史》，外语教学与研究出版社 1998 年版，第 133 页。

精英集团仍倾向于认为澳大利亚作为大英帝国的一部分，是西方文明和成就的象征"。① 彼得·凯里那些反映澳洲历史的作品充分展现了澳大利亚历史上的这些种族主义症候。

今天的澳大利亚是个多民族的、实施多元文化政策的国家，在澳大利亚 2000 多万的人口里包含了世界上 200 多个国家和地区的移民。澳大利亚的民族政策在短短的二百多年历史里，经历了"白澳政策"、同化政策和多元文化政策三个阶段。澳大利亚从英国的罪犯流放地到独立的民族国家，期间澳大利亚人的心理历程颇为曲折，有被影响的焦虑也有反影响的行动。澳大利亚的民族认同（ethnic identity）是指一个国家中不同种族的人群或不同族裔的人群的社会政治认同。这是一个国家内部认同研究的一个关键文化维度，民族认同不是与生俱来的，而是在民族文化的再现和作用下形成并且不断变化的。正如拉腊因所说："阿尔都塞认为主体的产生和存在依靠意识形态，福科认为主体是权力关系产物，利奥塔认为主体是交往系统的'结点'。这些思想要么怀疑潜在统一体的存在，要么怀疑某种能产生知识和实践的物质。"② 由此，后现代主体不再拥有恒定不变的身份认同感，它已裂解为残破不全的一堆思想碎片。在后现代语境下探讨的民族认同，正如 ethnic 这个词包含了种族、民族和族裔三个方面的维度，本书讨论的 ethnic identity 也包含了种族认同、民族认同和族裔认同。

第一节　凯里小说中的民族认同问题

澳大利亚是一个后殖民的移民社会，又是一个典型的多民族国家，因此其民族认同问题非常复杂。澳大利亚历史上对澳洲土著人实施了屠杀、驱逐、隔绝、同化的种族主义政策；"白澳政策"的实施也给华裔等其他有色人种带来了种种灾难；就是白人内部也并非有着全然和谐一

---

① J. 卡米勒瑞：《澳大利亚对外政策导言》，转引自王宇博《珀西澳大利亚 19 世纪的民族认同》，第 111—121 页。

② Jorge Larrain, *Ideology and Cultural Identity*, Polity Press, 1991, p. 149.

致的认同，爱尔兰裔、德裔、意大利裔、犹太裔等族裔的澳大利亚人也在不同时期受到殖民政府和联邦政府的区别对待。因此，澳大利亚的民族认同包含了欧洲白人遭遇澳洲土著人之后形成的种族认同，澳大利亚人为与英国人、美国人等相区分而形成的民族认同，白澳内部的爱尔兰人的认同，以及华裔、德裔等不同的族裔认同，等等。彼得·凯里那些取材于澳大利亚历史和现实的小说，建构了一个丰富的民族认同世界。在凯里的那些小说里有白人和土著人的冲突，有白人对华裔的压制和迫害，也有殖民统治下的爱尔兰裔顽强不屈的抗争。以下将从种族认同、民族认同和族裔认同三个方面，来看彼得·凯里小说中的民族认同问题。

一　凯里小说反映的民族认同问题

首先，彼得·凯里的小说反映了澳大利亚的种族认同问题。"种族"（race）这一概念的主要功能在于区分人类群体。在生物学范畴中，这一术语被译作"人种"，即根据基因导致的人体外部遗传标记，结合地理分布、生态和形态特征（如肤色和体质特征），以及共同拥有的信念、习俗等因素，对人类群体进行某种分类。[①] 按照英国学者雷蒙·威廉斯的界说："racial 16 世纪出现在英文里，最接近的词源为法文 race 及 razza，最早的词源已不可考。…… race 这个词在现代社会、政治意涵里的暧昧性是导致它产生负面影响的因素之一。在种族的分类中，这个词一直被用来贬低非我族类的不同群体。"[②] 英国学者布鲁克（Peter Brooker）在讨论"种族"时开篇就指出：

　　种族是个有问题的范畴。……如果我们接受遗传表现的差异为种族认同的证据，就会发生复杂的麻烦，即不变的种族性质和类型，可以用来合理化社会不平等，以及假定的生物性之既定智商能力层级。生物上的区别在文化领域里，被挪用来确认种族的优越性。其

---

① 王晓路：《文化批评关键词研究》，北京大学出版社 2007 年版，第 239 页。

② ［英］雷蒙·威廉斯：《关键词：文化与社会的词汇》，刘建基译，三联书店 2005 年版，第 375—378 页。

结果便是某种形式的种族歧视。①

种族问题不是单一的，它总是和属性、社会、文化等问题紧密联系在一起，其中相关的问题涉及身份、差异、文明、表征以及文本中大量有关种族化再生产的陈述话语。

生活在澳洲大陆这块土地上长达四万年之久的澳洲土著人遭遇了白人入侵者的屠杀、驱赶、隔绝、同化。澳大利亚殖民政府和联邦政府的这些政策实施的基础就是种族主义。发源于西方的种族主义和社会达尔文主义为欧洲列强的殖民扩张和殖民统治提供了坚实的理论基础。欧洲的种族主义思想由来已久，从莎士比亚的戏剧《奥赛罗》和《威尼斯商人》中可以看到 16 世纪的英国社会就盛行着对摩尔人和犹太人的种族歧视。康德在他的《自然地理》（1802）中强调地理环境对种族的影响，他说："人类最完美的典范是白种人。黄种人、印第安人智商较低。黑人智商更低。部分美洲部落位于最底层。"② 黑格尔将人类分为高加索人、埃塞尔比亚人和蒙古人，他说："黑人头骨比蒙古人和高加索人要窄，额头呈拱形，有隆肉，下颌悬生，皮肤呈不同程度的黑色，头发黑而卷曲。"③欧洲这种强调种族文化内涵，譬如文化标准、价值、信仰与社会实践等，为种族主义的盛行提供了价值理念和衡量标准。此种观念认为，种族群体的形成依赖共通的文化符号，历史、语言与文化是构成民族特色的三角支架。斯图亚特·霍尔说："种族这个术语承认：所有话语都依其地点、位置与情景而定，所有的知识都有其特定的语境，同时它也承认历史、语言、文化在主体建构和身份认同中的作用。"④ 彼得·凯里的小说《奥斯卡与露辛达》和散文集《悉尼：一个作家的返乡之旅》着重探讨了澳大利亚的种族认同问题。

其次，彼得·凯里小说反映了澳大利亚的民族认同问题。澳大利亚

---

① ［英］彼得·布鲁克：《文化理论词汇》，王志宏、李根芳译，巨流图书有限公司 2004年版，第 324—325 页。

② David Farrell Krell, "The Bodies of Black Folk: From Kant and Hegel to Du Bois and Baldwin", *Boundary* 2, vol 27, no. 3, 2000, p. 109.

③ Ibid. .

④ Stuart Hall, "Gramsci's Relevance for the Study of Race and Ethnicity", p. 446.

的民族认同，是指澳大利亚民族形成过程中的不同族裔和族群在认同的冲突与融合之后达成基本一致的社会政治认同。虽然在澳大利亚民族形成的过程中种族、族裔由于不同历史境遇造成了他们的族群身份认同有很大的不同，但澳大利亚历经了19世纪末的民族主义运动，成立了联邦政府、实行高度自治并且逐渐发展成为以移民为主的多民族国家。显然，民族认同主要来自一种文化心理认同。作为政治共同体，民族—国家一方面依靠国家维护其政治统治，另一方面，作为想象共同体，它又须依赖本民族的文化传承，确保其文化统一。这些传统包括每一个民族独有的民间故事、神话传说、文化象征、宗教仪式。英国社会学家吉登斯在《民族国家和暴力》中说："民族主义本质上是18世纪晚期之后产生的现象。"[1] 而殖民地精英阶层是后殖民认同的主导力量，它"为政治共同体提供了统一的心理聚集点"。[2] 当然，探讨一个民族的民族认同必须回归到这个民族的历史之中去。彼得·凯里在澳大利亚的殖民历史中发现了澳大利亚民族认同的诸多症候，并且以小说故事的形式赋予其以活生生的内容。《奥斯卡与露辛达》、《杰克·迈格斯》和《凯利帮真史》这三部取材于澳洲殖民史的小说分三个阶段展示了澳大利亚民族认同的形成过程。

再次，彼得·凯里小说反映了澳大利亚的族裔认同问题。族裔散居指以种族为纽带、生活在宗主国和第一世界的少数族裔，例如美国的黑人和华裔群体等。吉尔罗伊指出，族裔散居是一种混合身份认同，它的本质特征是一种"异体合成、混合，以及在漫长岁月中逐渐形成的不纯文化形式"。[3] 历史上的爱尔兰长期受到英国的侵略和压制，所以在澳洲同是白人后裔的爱尔兰裔澳大利亚人经历了更加曲折和悲惨的命运。爱尔兰裔澳大利亚人的这种历史遭遇使他们紧密团结起来，为争取自由、民主权利不断反抗殖民政府的高压政策和不公正的社会待遇。《凯利帮真史》这部小说的创作使彼得·凯里成为继诺贝尔文学奖获得者库切之后的又一位两次荣膺英语世界最高小说奖——布克奖的作家。这部小说从

---

① 安东尼·吉登斯：《民族—国家与暴力》，胡宗泽等译，三联书店1998年版，第144页。

② 同上书，第322页。

③ Paul Gilroy, "Diaspora and the Detours of Identity", *Identity and Difference*, ed. K. Woodward, Sage Publications, 1997, p. 335.

民族政策方面质疑了澳大利亚的历史真实。爱尔兰裔澳大利亚人是"白澳"内部的"他者"。[①] 从 16 世纪英国征服爱尔兰之后，爱尔兰人那种受压迫、被奴役的命运一直持续了下来，随着英国的海外扩张也扩散和撒播到澳洲大陆。《凯利帮真史》中的主要人物都是爱尔兰裔澳大利亚人。小说主人公内德·凯利短暂的一生见证了爱尔兰裔澳大利亚人的悲惨生活及其受到的诸多不公正的待遇。

现代性是造成族裔散居身份问题的主要原因。现代化、全球化促使传统文化与现代文化生死相搏，欧洲文化与殖民地文化狭路相逢。"它们在不同历史条件下结成异质关系，又与当下各种政治、经济、科技等问题纠缠不清，形同乱麻。"[②] 拥有众多散居的族裔是澳大利亚社会中一种典型的文化现象，华裔就是其中最重要的一支。华裔在澳大利亚历史上一直作为被看、被评说的对象，是在澳洲深受歧视和压迫的一个族裔。澳大利亚的这些社会问题，反映在彼得·凯里的小说中表现出澳大利亚族裔认同的复杂性。澳洲华裔研究可以从"形象学"入手。比较文学中的"形象学"是专指研究一国文学中的异国形象的学问，法国比较文学学者巴柔（D. H. Pageaux）将其界定为"在文学化，同时也是社会化的过程中得到的对异国认识的总和"。[③] 因为一个作家或一群作家对异域进行的描绘是与其生活在其间的社会紧密联系的，即巴柔所说的"社会总体想象物"。因而研究文学作品的同时，应注意与之相关的文化领域的各个学科的材料。

异国形象可分为意识形态形象和乌托邦形象，换个角度说是对异邦的妖魔化和理想化。因此，研究澳大利亚文学中的华人形象，既有助于我们了解澳大利亚人的焦虑和憧憬，也有助于了解澳大利亚的国家民族政策及其社会历史文化建构中的中国形象，从而有利于我们全面而准确地看待自身。虽然澳大利亚的华人在彼得·凯里的作品中一直是作为一种"看不见的存在"，但几乎存在于其所有的作品中。《美国梦》中的中

---

① 波伏娃："依照译者的见解，'the other'的真正含义，是指那些没有或丧失了自我意识、处在他人或环境的支配下、完全处于客体地位、失去了主观人格的被异化了的人。"见陶铁柱《第二性·译者前言》，中国书籍出版社 1998 年版，第 4 页。

② Paul Gilroy, *The Black Atlantic*, Harvard UP, 1993, p. 163.

③ 童庆炳：《文学理论要略》，人民文学出版社 1998 年版，第 4 页。

国劳工,《凯利帮真史》中由于语言文化的交流障碍常被白人攻击的华人,《魔术师》里神秘、超能的华人,等等。凯里的创作,打破了澳大利亚文学传统中类型化了的华人形象,揭示了华人在澳大利亚社会的真实处境。因此,他塑造的华人形象,既有澳大利亚文学作品中惯有的华人形象的某些特点,又有自己的一些创新之处。

二　澳大利亚民族起源神话遭遇挑战

在澳大利亚二百多年的历史里,"白澳政策"实际上实施了一百多年,因此"白色神话"是澳大利亚人建构的民族起源神话。当代澳大利亚人面对澳洲土著争取公民权和土地所有权运动的时候,开始反思那段土著被驱逐和被抹杀的历史。他们发现"澳大利亚是白人的澳大利亚"不再那么理所当然,在澳大利亚这片土地上生活了四万年之久的澳洲土著是不可忽视的存在,土著主题在彼得·凯里的作品集中于他摘下1988年布克奖的《奥斯卡与露辛达》中。《奥斯卡与露辛达》以奥斯卡的曾孙为叙事者,这位叙事者在故事的开始以自己的家族史和周围的澳洲土著人的存在和言说为证,对澳大利亚官方记载的历史的真实性进行了质疑,从而解构了澳大利亚的白色民族神话。格林布拉特在《回声与惊叹》中明确地说:"不参与的,不作判断的,不将过去与现在联系起来的写作是无任何价值的。"① 彼得·凯里的所有创作都采取了一种介入的姿态,时刻关注着澳大利亚社会政治生活中的重大事件,澳大利亚历史上的土著问题是当代澳大利亚政坛上各界领导人都必须关注的无法绕过的问题。

正如在澳大利亚历史上澳洲土著人被排除在外一样,在澳大利亚文学史上,澳洲土著人一直沉默,直到20世纪六七十年代才发出他们自己的声音,从此土著作家、土著文学、土著主题开始引起澳大利亚文坛的注意。20世纪末随着国家政策的改变——"白澳政策"的取消、同化政策的消解、多元文化政策的实施,澳洲土著人土地权和公民权的争取,澳总理为澳大利亚历史对澳洲土著的不公而郑重道歉等,越来越多的澳洲土著人、土著作家和作品得到关注。彼得·凯里早在20世纪80年代就

① CF. S. Greenblatt, *Learning to Curse*, New York: Routledge, 1999. 转引自王岳川主编《后殖民主义与新历史主义》,山东教育出版社1999年版,第170页。

开始创作反映那段曾经被涂抹过、被消音过的历史，呈现曾经在澳大利亚历史上被隐形的"看不见"的土著人群。他们的生活方式，他们的信仰，他们的喜怒哀乐，他们与澳洲土地的深厚情感，他们的"梦幻时代"，他们的艺术创作……土著不再是澳大利亚社会的禁忌，而是可以公开表达和被表达的澳洲社会中的一员。1988 年，当澳大利亚人在纪念他们的建国两百周年的时候，土著人也在举行他们的一种纪念仪式——那是对白人入侵历史的纪念，他们哀悼的是澳洲土著人苦难历史的开端，正是从那时候起，他们被屠杀、被驱逐、被妖魔化，被从历史记录中消音。在这片古老大陆上演奏了四万多年的土著交响乐被白人的征服曲给压制了，被披上教袍、手持《圣经》的教士和枪炮给镇住了。

　　澳大利亚历史的开端是这样的：1770 年，英国海军上尉詹姆斯·库克船长（Captain James Cook）发现了澳洲东部。他描述道："我们所看到的这片国土处于自然状态，人类和它毫无关系。"这种"无主之地"的假设为英国殖民者的入侵铺平了道路，也为他们剥夺土著人的土地找到充分的理由。1788 年 1 月 26 日，阿瑟·菲利普船长（Captain Arthur Phillip's）率领 11 艘舰船数百名英国犯人，在波坦尼湾（Botany Bay）登陆，这个地方就是今天的悉尼。澳洲大陆的宁静从此被打破。英国殖民者初抵澳洲大陆时，凭借先进的武器和技术，不理睬土著人的抗议，不经商量就宣布以英王的名义占领这块本来属于土著人的大陆。这些新来者从欧洲带来了传染病，成千上万的土著人死于天花、麻疹、流感和其他传染疾病。英国殖民者还对世代生存在这片土地上的土著人进行屠杀，并将他们赶到贫瘠、蛮荒之地，在那里建立保留地，强迫他们定居。在澳洲大陆这片神奇的土地上生存了几万年[①]的土著人从澳洲的主人沦落到社会的最底层。对于土著人和托雷斯海峡一带的岛民来说，欧洲人的入侵是一件令人痛苦的事情，对其生活方式、健康、福祉和身份都造成了持久的后果。

　　历史毕竟是历史，无法重写。今天的澳大利亚现实就是澳大利亚是以白人为主的，包括澳洲土著人的和其他两百多个国家和地区移民的多民族、多种族的国家。澳大利亚的文化是融合了白人主流文化和各少数

---

① ［澳］麦金泰尔：《澳大利亚历史》，潘明兴译，东方出版中心 2009 年版，第 8 页。

族裔文化包括澳洲土著文化在内的集合体文化。发掘曾经被遗忘的历史，正视曾经被伤害过的人群，这才是正确对待澳洲土著的方式。作家彼得·凯里深谙这个国家是建立在无数"谎言"基础之上的，其中一个谎言就是"澳大利亚是欧洲白人发现的无人居住的土地"，这个谎言掩盖了白人在入侵和开发澳大利亚过程中的所有暴力，屠杀、灭绝、强奸、驱逐……那么在这两百多年的历史里澳洲土著处于一种怎样的生活状态？澳洲土著他们自己原有的文化达到了怎样的一个高度？这些文化在今天的澳大利亚文化中又是怎样的处境？土著人怎样看待入侵这片大陆，剥夺他们的土地，屠杀和驱逐他们的白人？土著人怎样看待基督教文化？土著人又是怎样看待这两百年的澳洲历史？他们的声音，他们的视角，他们的感觉，现在有一部分土著作家在表现、表达和展示，但是这种声音需要回应，这种视角需要检验，这种感觉或情感需要共鸣，澳大利亚当代白人作家对土著主题的重视和挖掘使他们不再孤单。今天，作为澳大利亚人的白人和土著人在历史的伤痛处找到了对话的基点。

三　澳大利亚民族认同的危机和转机

　　澳大利亚文学作品对土著居民的反映经历了一个从敌视、排斥到同情、理解的过程。早期作品中的土著居民一概被脸谱化，是不开化的野蛮人，是白人征服自然的过程中面临的危险的敌人之一。[①]　即使偶有同情土著居民的作品，如珍妮·冈恩（Jeannie Gunn）的《小黑公主》（*The Little Black Princess*，1905）和《我们都脱离现实》（*We of the Never - Never*，1908），作者也是带着一种高高在上的民族优越感进行创作的。当然，澳大利亚文学史上也出现过扎维尔·赫伯特（Xavier Herbert，1901—1984）的《卡普里柯尼亚》[②]（*Capricornia*，1938）那样的描写澳大利亚土著人、白人、华人之间的交融与冲突的力作。原始的生活、种族歧视、野蛮的行为、无法忍受的偏狭，故事对白人在澳大利亚北领地所建立的"文明"的虚伪、冷酷和残忍进行了无情的揭露和抨击。但是，澳大利亚文坛直到 20 世纪 50 年代后期才发生真正的改变，涌现出一批关注土著问

---

① 苏勇主编：《澳大利亚文学主题选读》，北京大学出版社 2004 年版。
② ［澳］扎维尔·赫伯特：《卡普里柯尼亚》，欧阳昱译，重庆出版社 2004 年版。

题、代表土著居民呼声、反省白人过去不公正对待土著居民的作品。其中包括扎维尔·赫伯特的小说《可怜虫，我的国家》（*Poor Fellow My Country*，1975），玛丽·杜拉克（Mary Durack）的《留住他，我的祖国》（*Keep Him My Country*，1955），伦纳德·曼（Leonard Mann）的《混血维纳斯》（*Venus Half-caste*，1963），等等。20世纪60年代以后，澳大利亚土著作家也开始在澳洲文坛甚至世界文坛上发出他们自己的声音。著名的澳洲土著女作家凯思·沃克（Kath Walker，1920－1993）的诗歌《我们要走了》（*We Are Going*，1964）标志着土著文学的开始，诗歌反映了作者对土著居民的过去的怀恋，对白人所实施的种族清洗政策的愤恨，对自己民族文化的自豪。土著小说家柯林·约翰逊（Johnson Colin，1939－）的《野猫掉下来了》（*Wild Cat Falling*，1965）也引起了广泛的关注。

　　彼得·凯里并不孤单，《奥斯卡与露辛达》（1988）出版的前一年，土著作家萨利·摩根（Sally Morgan，1951－）的《我的位置》（*My Place*，1987），在人口稀少的澳大利亚销量达五十万册。凯思·沃克（Kath Walker，1920－1993）在1988年为表示她对澳大利亚200周年庆典的抗议，改用自己部落的名字Oodgeroo Noonuccal①，这与《奥斯卡与露辛达》中对土著问题的关注是相呼应的。近年来，澳大利亚土著问题成为澳大利亚政治生活中的重大问题，也是世界关注澳大利亚的焦点之一。亚历克斯·米勒（Alex Miller，1936－）的《石乡行》（2002）继他的《浪子》（1992）之后又一次获得迈尔斯·弗兰克林文学奖。这部小说站在历史的高度，展示了澳大利亚原住民随着历史的沿革、时代的发展以及自身素质的提高，对本民族的历史与现状进行深刻的反思以及为维护他们的权利进行艰苦斗争，而曾经的殖民者的后裔也在为整个社会的和谐与发展不懈努力。他的《别了，那道风景》②（*Landscape of Farewell*，2007）则从另一个角度，另一个高度，对澳大利亚乃至全人类从古到今都无法回避的问题——大屠杀进行了深刻的反思。这些大屠杀包括二战中希特勒对犹太人的大屠杀，澳洲白人对土著的种族清洗，土著人对白人报复式的屠杀等。

---

①　Oodgeroo Noonuccal为澳大利亚土著语，意为"凯恩·沃克"。
②　［澳］亚历克斯·米勒：《别了，那道风景》，李尧译，人民文学出版社2009年版。

　　1997 年 4 月，人权及平等机会委员会（HREOC：the Human Rights and Equal Opportunity Commission）的一份《带他们回家：关于土著和托雷斯岛屿居民的孩子和家庭分离的全国性调查报告》被提交给澳大利亚议会，对数千土著和托雷斯海峡岛屿居民的孩子从他们各自的家庭里被强行迁移的事实进行的问询。这是一份对后来被命名为"被偷走的一代"① 的人们在情感上和身体上所受伤害的记录，令人感动且痛苦。"迁移"孩子的联邦政策一直持续到 20 世纪 70 年代早期。1992 年，澳大利亚最高法院裁定：英国政府在宣布主权时所用的"无主土地"的概念，"基于对土著居民的歧视诋毁之上"。在 6 个月之后，澳大利亚总理保罗·基廷（Paul Keeting）对土著听众发表讲话说："我们拿走了传统的土地，破坏了原有的生活方式。我们带来了疾病和酒精。我们进行了杀戮。我们将儿童从母亲身边带走。我们实行了歧视和排斥。"② 基廷出于和解的精神列举了澳大利亚历史上的错误，坚称"承认历史真相无须恐惧，也无损失"。但是，在接下来的几年里基廷所说的每一点都受到了挑战，他的继任者约翰·霍华德（John Howard）拒绝了和解委员会提出的建议。

　　1997 年 4 月，在墨尔本召开的澳大利亚和解大会上，约翰·霍德华总理拒绝为过往政府的虐待事实而向澳大利亚土著道歉。大会的听众起立，把他们的背转向总理，以身体沉默的抗议羞辱他。自那以后，霍德华总理还在很多场合拒绝说"道歉"。彼得·凯里对基廷敢于正视历史错误的态度极为赞赏，他早在小说《魔术师》《奥斯卡与露辛达》中已经发出了要澄清谎言、正视历史的号召，在《悉尼：一个作家的返乡之旅》（2001）中则更为鲜明地表明了自己的政治态度。他说：

　　　　我们的总理可以拥抱，可以原谅曾经杀害了我们挚爱亲人的人们，所以他应该，但实际上没有也不会，向被屠杀和虐待了两百年

---

　　① "被偷走的一代"（Stolen Generation）：澳大利亚白人政府于 1910 年至 1970 年间所实行的"同化政策"所影响的几代人。当年政府认为澳洲土著"低贱无知"，因此强行把总计十万名土著儿童永久性地送到白人家庭或政府机构照顾，以"白化"土著居民。不少白人家庭歧视、虐待、侵犯或迫使他们忘记其语言和文化，令大部分土著儿童及其家庭受到严重伤害。

　　② ［澳］麦金泰尔：《澳大利亚历史》，第 5 页。

的土著澳洲人道歉。他在加利波利说，和土耳其人的战斗是我们的
历史，我们的传统。他在国内说，和土著澳洲人的战争很久以前就
发生了。战斗塑造了我们，而赢得了大洲的战争最好忘掉。①

盖尔·琼斯（Gail Jones）的《抱歉》②（*Sorry*，2007），以小说的形式为
白人过去的所作所为向澳洲土著人道歉。2008 年 2 月 13 日，澳大利亚时
任总理陆克文在国会三度正式向"被偷走的一代"表示歉意，并承诺会
改善土著居民的生活水平，如降低其幼儿夭折率、提高其识字率和平均
寿命等。作为作家的彼得·凯里是非常敏感的，在写作《悉尼：一个作
家的返乡之旅》的时候，他就感觉到"等我 2000 年回到悉尼时，整个火
棍农业问题已愈演愈烈，火不仅界定了土地，也界定了政治气候"。③ 毫
无疑问，澳洲土著问题成为凯里创作的一个重要主题，而他的《奥斯卡
与露辛达》则是对种族主义的控诉，对澳大利亚民族认同的重新审视。

第二节　澳洲土著与澳大利亚的民族认同

　　土著主题在彼得·凯里的早期作品——三个短篇小说集《历史上的
胖子》、《战争罪行》和《故事集》里没有得到很好的表达，或者说不是
其表现的重点。在其后的两部长篇小说《幸福》和《魔术师》里也没有
给予土著主题以重要的位置。而在 1988 年获布克奖的以 19 世纪澳大利亚
的殖民历史表现现代人、现代社会问题的《奥斯卡与露辛达》中，凯里
则给土著主题以很大的戏份。这部小说涉及了欧洲白人到达澳洲之后，
给土著居民带来的种种灾难，屠杀、驱赶、疾病、生态破坏，以及探险
家远征内陆过程中对土著人的进一步屠杀和驱逐，土著文化与基督教文
化相遇之时和之后的种种历史境遇。既有当下土著人的觉悟也有历史上
土著人的迷惘、土著人自己的信仰和文化，也有第二代移民对土著人朦

---

① ［澳］彼得·凯瑞：《悉尼：一个作家的返乡之旅》，于运生译，新星出版社 2007 年版，
第 213 页。

② ［澳］盖尔·琼斯：《抱歉》，方军、吕静莲译，上海译文出版社 2008 年版。

③ ［澳］彼得·凯瑞：《悉尼：一个作家的返乡之旅》，第 34 页。

胧但友好的感情。总之，彼得·凯里这部小说中的土著主题表达是充分的、到位的。这为反思这段历史、解读澳大利亚当下的社会现实问题，提供了有力的思考角度和思考方式：白人站在土著人的立场上看问题、看历史。埃德蒙·怀特在一次采访中询问彼得·凯里，在澳洲土著人的地位和澳大利亚在欧洲文化面前的卑躬屈膝的国民性方面有什么写作计划，凯里回答道，"的确，在《奥斯卡与露辛达》里，我开始做起这样一个白日梦，即通过对即将废黜的基督教文化入侵继而摧毁整个土著风情进行思考来创作文学作品——这是我的出发点"。①

一 面对"黑色"质疑和反思历史真实

新历史主义对历史和真实之间、历史和现实之间的关系有了全新的看法。海登·怀特就认为，不可能有什么真正的历史，历史思辨哲学的编撰使历史呈现出历史哲学形态，并带有诗人看世界的想象虚构性。② 怀特在历史和诗之间徘徊的新历史主义理论为解读文学作品中的历史性提供了新的方法和路径。在《奥斯卡与露辛达》中，表现土著人、土著文化以及土著文化与基督教文化的冲突，首先是从质疑澳大利亚的官方历史开始的。虽然在澳大利亚的历史上，"白澳政策"的存在只有72年，但是从白人踏上澳洲大陆这片土地之时就已经奉行了这一政策，这就是对澳洲原住民的屠杀和驱赶，随后在反华、排华的过程中继续扩大到对其他少数族裔的排斥。欧洲白人到达澳洲之后，颜色的区分则过于明显，土著人居住的地方被白人称为"黑森林"和"黑人区"。《奥斯卡与露辛达》的叙事者——20世纪80年代的澳大利亚人，对澳大利亚的历史开始了反思和怀疑：

　　好久以前我就开始不相信地方志这类东西了。拿"黑森林"为例，历史学会的人会对你说，它之所以被称作黑森林是因为那里有茂密成荫的树叶。不过不久以前，人们还把它称之为"黑人区"。也

---

① ［澳］埃德蒙·怀特：《将自己的心灵印在文学的版图上——彼得·凯里访谈录》，第70—71页。

② H. White, *Tropics of Discourse*, Baltimore: Johns Hopkins University Press, 1978.

就在不久前，贺拉斯·克拉克的祖父带着他的伙伴上了那地方，把全部落的土著居民，男女老少都赶下悬崖——所有古老的家族，当他们为谁该控制这个郡斗争得不可开交时，都应该把这些记在心上。①

对澳洲土著人的集体屠杀，在凯里的散文集《悉尼：一个作家的返乡之旅》中也有类似的叙述："正是在这儿，或是附近，许多悉尼人的生命结束了，不幸的男男女女，站在悬崖上，一跃而下。悬崖至今还吸引着他们，虽然媒体尽量保持着沉默，不去增加悬崖那磁铁般的、对于不幸的吸引力。"②

海登·怀特说："历史不是'真实'，事实漂流在历史中并可以与任何观念结合，而历史'真实'只能出现在追求真实的话语阐释与观念构造之中。"③ 历史是由一堆散乱的材料构成，而整理历史的叙事总是以凸显一种声音和压制另一种声音的形态出现在史书里。离开悉尼 27 年侨居美国 10 来年的彼得·凯里，刚踏上澳洲这片土地便感慨，"有四万年之久，澳洲土著狩猎者和采集者对此地了如指掌，知道如何采集食物用来果腹，或是盛宴。但 1788 年开始渗透侵入的英国人压根儿不知道他们在何处"。④ 在凯里的叙述中反复出现白人殖民者到达澳洲大陆之后，澳洲土著的遭际。

如果你从纽约来，能注意到的恐怕全是生活的惬意，感觉当地人总是在度假。但是在这片土地上，同时也是为了这片土地，曾有一场痛苦的战争。土著伊拉部落，他们视悉尼为其领土，却被传染上天花，像苍蝇一样一批一批地倒下。局势很混乱。流放犯遭到鞭打。流放犯强奸伊拉族妇女。伊拉族男人捕捉谋杀流放犯。虽然两百年过去了，但历史从过去一直持续到现在，耀眼而难以置信地清晰。⑤

---

① ［澳］彼得·凯里：《奥斯卡和露辛达》，第 3 页。

② ［澳］彼得·凯瑞：《悉尼：一个作家的返乡之旅》，第 29 页。

③ H. White, *Tropics of Discourse*, p. 123.

④ ［澳］彼得·凯瑞：《悉尼：一个作家的返乡之旅》，第 4 页。

⑤ 同上书，第 4—5 页。

彼得·凯里指出澳大利亚官方历史的记录掩盖了诸多的历史真相：

> 有过一次战争，我对谢里登讲过。打过一场战争，老兄，我们这边赢了。历史上为了领土的战争哪儿少过啊，但我认为那一直是我们的一个大错误，从来不承认有过战争，假装是我们发现这块空地，一块碰巧以前没人用的空地。我们都在谎言中长大，当得知了真相后当然很吃惊。我可不是指土著澳洲人，他们都知道这些。①

从细节处开始解构宏大历史叙事是新历史主义的通常做法，彼得·凯里也深谙此道。凯里相信一个国家会在邮票中向世界展示自身形象，在他充满文学想象的记忆中，童年时集邮册里的澳大利亚邮票上面全是土著人的肖像和图形。但在图书馆里，他只发现 1930 年面值两便士的邮票，图案是一个土著猎人。还有面值两先令的 1939 年鳄鱼邮票，以及 1946 年的土著人邮票。从建立联邦到 1955 年，再也没有关于土著人的邮票了。相反，有太多的邮票是关于乔治六世、伊丽莎白公主、伊丽莎白王后、库克船长、探险家马修·弗林德斯，还有很多公爵和公爵夫人，总之澳大利亚的邮票"描绘的是大英帝国一个缺少自信的角落"。② 凯里说，"看着这些邮票，你能想到的，不是我们一直困惑，而是我们一直很健忘。罗马人庆祝他们用链条驯化了野蛮人，但不是我的祖先。"③ 这正如凯尔文所说的，欧洲白人在澳洲打了一场战争，占领了这片土地，同时又假装这片土地从未使用过，无人居住过。凯里指出："我们历史发展的两股力量，那两股残忍的力量，直到今天仍然塑造着我们，却已经被历史遗忘了，相反，我们庆祝的，是某种带着帝王和官僚色彩的过去，我们对它毫无感情，跟它毫无关系。"④ 彼得·凯里的散文集《悉尼：一个作家的返乡之旅》中那些直抒胸臆的话语表明：澳大利亚的历史是一种刻意遗忘和刻意修饰过的历史。

从彼得·凯里的返乡之旅回到《奥斯卡与露辛达》这部小说，读者

---

① ［澳］彼得·凯瑞：《悉尼：一个作家的返乡之旅》，第 16 页。
② 同上书，第 44 页。
③ 同上书，第 45 页。
④ 同上书，第 64 页。

不难发现在该小说的叙事中用了大量的细节来揭示 19 世纪澳大利亚殖民历史中被隐藏、被淡化的历史"真实"。露辛达的母亲伊丽莎白说："这床是来普拉斯特里尔制作的，也做得太考究了一点。一个能用来福枪杀死土著黑人的人怎么可能做得出这么愚蠢、浪漫的床来？"① 不经意的一句话，道出了露辛达父母亲发家致富的秘密，屠杀和掠夺土著居民的土地是其开端。小说的女主人公第二代白人移民露辛达不像她的父母辈与澳洲土著黑人有着直接的冲突，有着血与火的痛苦记忆，她对土著黑人有着朴素的情感。她很小就观察到屋后小溪边有土著留下过的生活痕迹，"在那里，你可以看见土著黑人为做独木舟和其他工具割树皮时留下的疤痕"。② 她会不由自主地认识到"这是土著黑人的领地"，是她的父母辈侵占了黑人的领地，对土著黑人进行了驱赶和屠杀。在对待黑人上露辛达有着与她父母辈截然不同的感情，她私下里表示"我喜欢黑人"，她大声地告诉布娃娃"我要比喜欢帕拉玛市长还要喜欢他们"。③ 敏感的露辛达注意到在她父亲的葬礼上，土著黑人也在她家附近表达着他们的哀悼之情，"……自始至终像陌生的土著黑人那样唱着。声音又响又尖。那些黑人也来了。他们站在灯影边的小溪畔的金合欢丛中"。④

　　然而，在 19 世纪的澳大利亚，像露辛达这样对土著人抱以人道态度的白人不是很多，在她周围形成了一种敌视土著人的氛围。达布斯先生的客厅里"有一幅彩色版画（从《伦敦图片新闻》上剪下来的），上面画的是额尔金勋爵进入北京的情景，还有一幅粗糙的钢笔画，反映的是黑人攻击定居者棚屋的事情"。⑤ 这两幅画并置放在一起具有莫大的讽刺性，因为它们之间可以作因果互释。额尔金勋爵进入北京，英法联军火烧圆明园，是纯粹的帝国主义强盗行径，黑人攻击定居者棚屋，是因为白人就像侵略中国一样入侵他们的土地，他们被屠杀、被驱赶而失去了家园之后有一种本能的对白人的报复。彼得·凯里在小说中安插这幅画的目的是显而易见的，正是有了白人入侵澳大利亚，澳洲土著居民失去

---

① 　[澳] 彼得·凯里：《奥斯卡和露辛达》，第 113 页。
② 　同上书，第 97 页。
③ 　同上书，第 99 页。
④ 　同上书，第 107 页。
⑤ 　同上书，第 193 页。

了他们的家园，才会有土著居民袭击白人定居者的事情发生，理亏在先的是白人而不是澳洲土著人。伯罗斯夫人对美国反叛者的支持溢于言表，她是个寡妇。丈夫死前是陆军上尉，他是在靠近曼宁河上游的瀑布区被黑人杀死的。露辛达一点也不喜欢她。伯罗斯夫人曾就黑人问题指责露辛达，她是属于那种主张白人出于自卫杀死黑人不该被判绞刑的人。① 伯罗斯夫人代表了当时澳大利亚社会对待土著人的主流态度，而露辛达则是有觉悟的新人，但是她势单力薄无力阻止和主导局势的发展，所以后面又发生了杰弗里斯在远征内陆的过程中对土著部落的大屠杀。

　　关于伯罗斯的死，作者也给出了两幅对比鲜明的图画，一幅是"伯罗斯是在曼宁被黑人用从剪羊毛的人那里偷来的斧子砍死的。长矛刺穿了他的脖子和眼睛"。另一幅是：

　　　　夹杂在众多日记本里还有一只盛放着 16 张明信片的信封，明信片按 1 到 16 编号，像孩子们所收集的香烟卡。每张卡上都有"被哥萨克奸污"的字样。上面画的性交图和夸张的男性生殖器并不使她怎么吃惊（或者说没她想象的那么吃惊），不过这些剑和弯刀，剁烂的乳房，女人痛苦叫喊张大的嘴，因恐惧而突出的眼睛放在一起倒使她吃惊不小。②

从伯罗斯上尉自身的暴力嗜好倾向，可以推断出他平时对待土著人的凶残，从而证明了他自己的死是罪有应得。但是伯罗斯夫人却"拉直了折叠桌子上的白色桌布，扬言应该一下子把黑人毒死"。杰弗里斯先生也附和着说："这些黑人是最残忍的，他们被剥夺了土地，被驱赶到茂密、芜杂的瀑布地区。他们是背水一战。"杰弗里斯先生的话更加激起了伯罗斯夫人的种族仇恨，她"扬言要出动军队，和黑人决一死战"。可实际上，杰弗里斯先生的话只涉及伯罗斯夫人论点表面浅薄的冰层。凯里这样描写伯罗斯夫人的内心活动，"在她论点深层的浊水里，黑人、哥萨克人以及伯罗斯上尉都成了长着像刀一样锋利牙齿的鱼"；"她想变成一只盘子，

---

① 　[澳] 彼得·凯里：《奥斯卡和露辛达》，第 195 页。
② 　同上书，第 208 页。

上帝拯救她。让那些戴着围裙的装饰家们把群魔乱舞的哥萨克人画在她的边上，或者把黑人的死尸像轮辐一样画在有毒的水坑周围"。①《奥斯卡与露辛达》中这段伯罗斯夫人与杰弗里斯先生的对话表明，殖民地澳大利亚的白人入侵者和土著人之间的种族冲突比澳大利亚官方历史记载的要严重得多。

　　出征在即的杰弗里斯对露辛达说，你很可能已经听说过北方黑人的屠杀习惯。接着，他以伯罗斯先生的死作为例子，并批评那是匆忙行事的直接后果。杰弗里斯得意地说，"那些是无用之辈。他们直接朝黑鬼的王国中央走。这就好像用赤裸的手去捅蜂窝，把他们全激怒了。夫人，如果你不慌不忙，像我这样，从边界绕过去"，"那你可以想象，这些黑鬼会很乐意不来打扰你们的"。② 从杰弗里斯的语言中，我们可以看出他是怎样的不把澳洲土著人当人看，这也预示了他后来对土著人的疯狂屠杀。接下来，准备充分配上了先进装备，有着露辛达的财产做后援的杰弗里斯远征队浩浩荡荡地出发了。杰弗里斯抓了两个黑人做向导，并在老黑人的宿营地里过夜。

　　　　老黑人的宿营地是由 7 栋用封檐板搭成的棚屋组成，棚子都很低。它们都是根据所谓的"庇荫棚"式样建造的。现在澳大利亚各地的学校操场上还可以看见这样的棚子。这都是些光秃秃的棚子，每一栋只有一间屋子，一扇门，三级台阶，一扇窗。肯贝恩杰里部落的幸存者就是在这些棚子里繁衍生息。③

土著部落安宁、祥和的生活被这些外来的白人破坏了。

　　本书的叙事者是奥斯卡的曾孙，他是第四代移民，已经完全融入了澳洲大陆这片土地，是地地道道的澳大利亚人。这位叙事者眼中的澳洲土著人真实地反映了土著人在当代澳大利亚的边缘化社会处境。他说："我唯一记得的人是那个他们管他叫肯贝恩杰里·比利的人。更为人们所

----

① ［澳］彼得·凯里：《奥斯卡和露辛达》，第 209—211 页。

② 同上书，第 508 页。

③ 同上书，第 576—577 页。

熟悉的名字是'过来拿·比利'。我不知道他的真实姓名，甚至也不知道他多大。"① "我"父亲喜欢肯贝恩杰里·比利，总是买腊肉给他。"我"认为他们是朋友，很合适的朋友。他们一起喝茶，"我"父亲从不拿他开玩笑。一次他说道："肯贝恩杰里·比利鼻子里的智慧要比整个自选议会的人加起来还要多。"② 在《奥斯卡与露辛达》的开头，叙事者讲述了他10岁那年，因为肯贝恩杰里·比利讲述了许多年以前基督教是怎么到贝林晨来的故事，而他有些盛气凌人地拿这个故事开了个玩笑，叙事者的父亲用电水壶的电线抽了他的腿的往事。叙事者在揭露官方历史记录的谎言、欺骗和蒙蔽性质的同时也对澳洲土著人的认知能力产生怀疑。他对于肯贝恩杰里·比利讲述的故事的可信度进行质疑，"现在回想起来，似乎这故事的出处不是肯贝恩杰里部落，而是纳库土著居民。杰弗里斯先生在肯普塞招募了一些纳库人作为他那队人马最后一段路程的向导"。但接下来，叙事者又怀疑自己的判断"不过这可能不是同一个故事"。因为，"我们的人民过去没有见过白人"这一说法意味着这日期比1866年还要早。叙事者表示对这种口头叙事的出入问题，他们是无力追根溯源的，这涉及两种文化之间的差异与隔阂。

在《奥斯卡与露辛达》开篇，彼得·凯里采用了模糊叙事的方式。凯里的这种模糊叙事的策略，一方面质疑了澳大利亚官方历史的"真实"，另一方也揭示了澳洲土著人口头叙述"真实"的不足之处。但是，前一种质疑是从本质上质疑澳大利亚官方历史的真实性和公正性，后一种质疑只是对澳洲土著人口头传承下来的历史的某些细节的质疑。凯里注意到了，欧洲白人入侵澳洲的历史真实，澳洲土著人代代相传地流传下来，他们以种族的记忆传承抗衡着白人的遗忘和澳大利亚官方扭曲、歪曲和刻意掩盖的历史叙事方式。《奥斯卡与露辛达》表明澳洲土著人在过去、现在和将来都存在于澳大利亚社会的现实中，凯里批判和清算了"白澳政策"的种族主义实质。面对澳洲土著人的存在和质疑，澳大利亚的民族认同产生了危机，澳洲白人在官方历史制造的"白色民族神话"背后看到无数的黑色眼睛。在凯里看来，要解决澳大利亚民族认同的危

---

① ［澳］彼得·凯里：《奥斯卡和露辛达》，第577页。

② 同上书，第3页。

机问题，找到新的出路，必须摒弃种族主义，正视白人对澳洲土著黑人所做的一切，还澳洲历史以本来的面目。

二　遗产、罪感、赌注和遗腹子

彼得·凯里借用基督教的罪感和维多利亚时代小说中常见的浪漫因素遗产、赌注和遗腹子等巧妙地构思《奥斯卡与露辛达》中的民族认同。露辛达从她父母那里继承了遗产的同时也产生了源自于他们的罪感，那是第一代白人在澳洲发家时对澳洲土著人犯下的罪愆。因此，露辛达对她所继承的财产感到不安，想方设法除掉这种罪责以求净罪和解脱。教会拒绝了这项财产的捐赠，说明宗教的赎罪和净罪方式已经远远不能净化欧洲白人对澳洲土著人犯下的滔天大罪，也说明了从大英帝国移植到殖民地的基督教已经丧失了它原有的功效。露辛达为此不得不求助于盛行于殖民地的赌博，想方设法地要把财产输掉，最后终于人才两失。财产流落到米里亚姆·查德威克手中，但是真正享用这项遗产的人是奥斯卡的遗腹子及其后代。凯里通过这种巧妙的构思，检验了澳大利亚数代人的民族认同的差异及其变化。

露辛达对澳大利亚这块土地的感情是深厚的，在她的回忆里、情感里，土著黑人总是这块土地的主人。

在那地方，水的颜色很深，静止不动，由于丹宁的缘故，水呈褐色。水面上斑驳的阳光是教堂的尘埃。就是在这里，她把布娃娃的头发拔光，让他成了秃顶。她的父亲过世时她曾在这里哭泣。这里她还看见过两个黑人，像大树那样矗立在那里纹丝不动。她那时16岁。她屏住了呼吸。又来了两个。又有两个。这是在帕拉玛塔黑人被打败的岁月里。他们身上抹了褐色的泥土，像是开裂的桉树。她吓坏了，倒不是怕因为他们会伤害她，那是比怕伤害还要剧烈的恐惧。①

露辛达的恐惧是剥夺了他人的一切之后，对被剥夺者的一种害怕报

---

① ［澳］彼得·凯里：《奥斯卡和露辛达》，第 198 页。

复的恐惧，这种恐惧本不应属于她的，这也是她从父母亲那里继承来的
遗产——上一代对澳洲土著人的罪与欠。

　　父母的早死使露辛达成为孤儿，她也由此继承了父母留给她的大宗
遗产。但是露辛达对此并非心安理得，用她的话说"她只是一个姑娘。
她什么都没做，是不配受用这笔钱的"。① 她感觉"她获得了她所继承的
财产，好像所有的羊群都被提炼成油脂，她父母的生命也被提炼浓缩了。
有血有肉的生命被浓缩成了一张纸，一张她能放在这个傻里傻气的珠子
钱包里随身携带的银行汇票。"这汇票，虽然按照埃亨夫人的说法，"会
使她刹那间喜结良缘，嫁给整个殖民地最出色的男子：法官、总督"②，
但露辛达所想到的是"他们用艳俗的衣服来打扮她，从来没有想到她爸
爸和妈妈为了这一分一厘又是如何担惊受怕，忧心忡忡。钱不是他们的，
也不属于她。钱是从大地那里偷来的，而大地又是土著黑人的"。③ 露辛
达明白她所继承的那笔钱包含了土著人被屠杀、被驱赶的血泪，也包含
了她父母辛勤的汗水。露辛达决定捐赠这笔遗产：

　　　　她不能接受这笔钱。一共有 30 块银板。她要把它们捐给教堂。
　　她真的这么尝试过。她写了一份书面的提议给浸礼教教堂，但那里
　　的牧师没有表示接受，反而来拜访了圣公会的埃亨。他们俩一起密
　　谋一番，认为她该保留遗产。④

　　然而，在露辛达的内心深处对待这笔钱是很矛盾的，她也想把这笔钱
留下。因为她在这个世界上孑然一身，没有任何庇荫，只有钱可以相信。
但这笔遗产使她成为精神上、思想上的囚徒，她竭力想摆脱这种禁锢，因
此她疯狂地迷上了纸牌游戏和赌博。露辛达想在赌场上输掉这个包袱：

　　　　明天她会赢，也许会输，可不管发生什么事情，幸福总将她拒
　　之门外。她现在可能会感到幸福，不是将来。因为如果她赢了，她

---

① 　[澳] 彼得·凯里：《奥斯卡和露辛达》，第 179 页。
② 　同上书，第 155 页。
③ 　同上书，第 156 页。
④ 　同上。

清楚自己是个强盗。她已经很富有了。她拥有的不是她挣来的财富。渴望得到更多，那是罪过，是贪婪。可如果她输了，情况会更糟。那时她感到的不是悔恨，而是恐惧。她的钱是她的斗篷，她的盔甲。她可是个吝啬鬼，对钱如数家珍，和它分手会使她感到恐慌。这点她早就清楚。①

对于这笔遗产，露辛达对他的监护人说出了自己的真实感受，她觉得那些财富不是我自己挣得的。它是由监护人机智地重新划分土地的成果，是用她父母艰辛劳作的果实、用那些达卢克黑人的血购得的，她觉得自己并没有权利享用。

露辛达爱上英国牧师奥斯卡以后，终于想到了一个"两全其美"的办法，以赌博的方式将财产转赠给奥斯卡，而以婚姻的形式得到他一辈子的照顾，这样她灵魂可以解脱，自由在向她招手。

　　　　同样，这场赌博——这会儿她把头使劲地贴在玻璃窗上，双目紧闭，她明白这场赌博仅仅是为了了却她在赌桌上永远不可能完成的意愿，那就是扬弃她所继承的遗产带给她的沉甸甸的负罪感，就像丢弃她不需要的生了锈的盔甲一般；这场赌博是为了使自己可以像羽毛那样轻盈，像钱包那样不曾堕落，无牵无挂，赤条条的，那样她就可以把自己的脸紧紧地贴在他优美脖子底下那块柔软、隐蔽之处。②

　　但是，玻璃教堂的耀眼夺目抵不过它脆弱的本性。正像土著人认识到的"玻璃可以切割"，奥斯卡与露辛达可以因为赌博而相遇、相识、相知，可以因为玻璃工厂而相助、相处、相容，可以因为玻璃教堂而相证、相印、相爱，但也可以因为玻璃教堂而相分、相离、相失。最后的结局是露辛达所无法掌控的，在护送玻璃教堂的过程中，奥斯卡因处处受制于杰弗里斯而痛苦不堪，凶残的杰弗里斯大肆屠杀澳洲土著居民，忍无可忍的奥斯卡用利斧杀死了他。到达贝林艮之后，神情恍惚的奥斯卡被

① ［澳］彼得·凯里：《奥斯卡和露辛达》，第 204 页。
② 同上书，第 551 页。

当地的寡妇米里亚姆引诱而与之成婚。内心充满罪恶感和愧疚感的奥斯卡在玻璃教堂中忏悔的时候被淹死。而露辛达的财产全部被米里亚姆和奥斯卡的遗腹子所继承。

遗产、罪感、赌注和遗腹子揭示了彼得·凯里在《奥斯卡与露辛达》中建构的澳大利亚民族认同的复杂性。遗产包含了所犯下了罪愆的由大英帝国第一代移民在屠杀、驱赶和掠夺澳洲土著黑人的基础上所积累的财富。对于第二代移民——土生的澳大利亚人露辛达来说，她父母的这种遗产是精神重负。这种包含了种族屠杀之罪的遗产，连基督教也无法使之净罪而只得求助于赌注。最终，继承和享用这笔遗产的是奥斯卡的遗腹子——白人移民的后代，土生的澳大利亚人。因此，在彼得·凯里看来，今天的澳大利亚人对于历史上的白人对土著人的屠杀事件负有罪责，因为这罪责确确实实地源自于他们的白人移民祖先。只有承认历史，正视过往，今天的澳大利亚人才能面对土著人的质疑，民族认同才能在危机中走向转机。

第三节　爱尔兰裔:白澳神话内部的他者

有关"他者"或"他性"的概念以不同的、相异的途径被用于批评话语中，这些途径表明要为这一概念赋予普遍、稳定而非模糊的意义是不可能的。宽泛地讲，有关"他者"的批评总是和政治批评、心理批评特别是拉康式批评以及哲学思想联系在一起。[1] 简单地说，"他者"就是"我"不可克服、不可把握的异"我"之物。哲学家列维纳斯认为，"同一"与"他者"的关系是主体与客体的关系。"他者"研究的向度是，非理性、女性、东方等沉默无语、边缘、低下、卑贱、缺席、不在场、外在、被排斥于主流之外者和被规训所驯化者。拉康的无意识他者，福科的自我的技术、主体的权力本性，德里达的延异解构，都从不同的路

---

① Julian Wolfreys, *Critical Keywords in Literary and Cultural Theory*, New York: Palgrave Macmillan, 2004, p. 169.

径完成了对现代性的消解。① 向西方同一性、主体性开战的"他者""他性"被运用于文化研究领域，激发了全球化时代西方、东方社会的自省。澳大利亚从大英帝国的殖民地到澳大利亚人的澳大利亚，其中的澳大利亚人指的是生活在澳洲这片土地上的白人，澳洲土著人和华人等有色人种则是"白澳政策"实施的主要对象。澳大利亚民族神话是建立在"白澳政策"基础上的，但是白澳内部并非像澳官方所宣传的那样成为团结一致的，坚强的民族柱石。我在这里尝试用"他者"这个似乎更适合于白澳之外的种族的术语，来分析澳大利亚白澳内部族裔之间的裂隙和差异，是为强调其历史、文化、信仰传承方面的巨大差异。

16、17 世纪，在不列颠和爱尔兰群岛这个大的历史语境中，爱尔兰形成了三种不同的民族认同：天主教盖尔民族认同、新教英爱民族认同和长老会苏格兰民族认同。在以后的历史中，这三种民族认同一直用不同的甚至是对立的政治权力观念和财产神话表现出来，成为爱尔兰内乱和分裂的主要原因。② 1988 年获布克奖的《奥斯卡与露辛达》以表现土著问题、基督教文化与土著文化的冲突为重心，但同时也引出了他下一次获布克奖的《凯利帮真史》的主题。在小说中，女主人公露辛达的母亲伊丽莎白破口大骂爱尔兰人，因为她不喜欢他们对待自己的女人的方式和对待女人的一般概念。彼得·凯里分析了造成爱尔兰人妇女地位低下的历史原因：

> 这么多世纪以来，爱尔兰人被英格兰士兵打得一败涂地，蒙受奇耻大辱，因而他们就像园子里的家禽一样，得找个弱小生物攻打一番出出气。……她母亲说爱尔兰人迫使他们的女人像战俘一样，耷拉着脑袋跟着他们后面。③

露辛达觉得丹尼斯·哈西特虽然将爱尔兰腔调模仿得惟妙惟肖，可她并不懂得爱尔兰人是人们常插科打诨的笑资，模仿他们说话的腔调会使人发笑。她只知道爱尔兰男人总是走在前面，女人则像囚犯似地跟在后面。

---

① 王晓路：《文化批评关键词研究》，第 323 页。

② 何树：《试析爱尔兰多元民族文化认同形成的原因》，《史学月刊》2002 年第 2 期，第 79—83 页。

③ 〔澳〕彼得·凯里：《奥斯卡和露辛达》，第 108—109 页。

具有女性主义思想、主张妇女解放、时刻为社会中男女不平等现象鸣不平的伊丽莎白对爱尔兰男人辖制女人的历史和现实状况极为不满。凯里以此引出历史上英国与爱尔兰人的难分难解的纷争与纠缠，这就为《凯利帮真史》中爱尔兰裔澳大利亚人受殖民政府压迫，被殖民地警察苦苦纠缠的境况埋下了伏笔。从卡夫卡《美国》中"小心爱尔兰人"的话到乔伊斯笔下都柏林人的精神状态的描绘，结合爱尔兰人的历史处境，可以找到凯里笔下所批判的人们对爱尔兰人偏见的原型。

　　《凯利帮真史》这部小说从民族政策方面质疑了澳大利亚的历史真实。爱尔兰裔澳大利亚人是"白澳"内部的"他者"。① 从 16 世纪英国征服爱尔兰之后，爱尔兰人那种受压迫、被奴役的命运一直持续了下来，随着英国的海外扩张也扩散和撒播到澳洲大陆。如果说澳大利亚的"白澳政策"和"同化政策"抹杀了文化的多样性和差异性，那么澳大利亚官方的历史记载则对土著、华裔等进行消音，对爱尔兰裔的声音进行压制。米歇尔·福科曾经说过，应该让历史自身的差异性说话。② 在《凯利帮真史》这部小说中，凯里正是通过释放被官方历史记载消音的另一种历史声音，让小说人物幻化为历史人物而自行叙述历史。这正如米歇尔·福科所说：

> 艺术作品本身不是我们沉思的纯净的根源。……艺术作品是一番谈判以后的产物，谈判的一方是一个或一群创作者，他们掌握了一套复杂的、人们公认的创作成规，另一方则是社会机制和实践。为使谈判达成协议，艺术家需要创造出一种在有意义的、互利的交易中得到承认的通货。③

因此从这一点上说，《凯利帮真史》中的内德·凯利就是彼得·凯里通过

---

　　① 波伏娃："依照译者的见解，'the other'的真正含义，是指那些没有或丧失了自我意识、处在他人或环境的支配下、完全处于客体地位、失去了主观人格的被异化了的人。"见陶铁柱《第二性·译者前言》，中国书籍出版社 1998 年版，第 4 页。

　　② M. Foucault, *Language*, *Counter-Memory*, *Practice*, ed. Donale F. Bouchard, Oxford：Basil Blackwell, 1977, pp. 139 – 164.

　　③ H. Aram Veeser, ed., *The New Historicism*, New York：Routledge, 1989, p. 12.

与澳大利亚的殖民历史和澳大利亚官方的、民间的叙述声音进行协商之后的产物。

一　爱尔兰裔：白澳神话内在的挑战者

在澳大利亚的历史上，其人口一直以英裔和英国移民为主，以至于澳大利亚的民族—国家认同一直存在问题：澳大利亚人常把自己看成英国人，以自己拥有英国血统为荣。从澳大利亚官方的人口统计数据可以看出（见表2-1），历经19世纪末民族主义运动于1901年成立了联邦的澳大利亚，形成了以英裔澳大利亚为主体的澳大利亚民族。澳大利亚历史上的英裔移民包括英格兰人、苏格兰人、爱尔兰人、威尔士人和英伦群岛的居民，这些族裔中的爱尔兰裔澳大利亚人的民族意识最为浓厚。因此，澳大利亚民族并非是澳大利亚官方历史所宣称的那种团结融合、亲密无间的民族。爱尔兰裔澳大利亚人就有他们自己的民族节日，消费他们自己的民族特色商品，直到今天他们都谈不上与其他族裔的不列颠人融为一体。历史上的爱尔兰人与英国人就有着各自鲜明的民族特色，他们的宗教信仰、民族神话和社会风俗都有显著的差异。最初流放到澳大利亚的爱尔兰人多数是政治犯，他们受到英国殖民者的迫害，被迫背井离乡来到新南威尔士。在澳洲大陆这块崭新的天地中，坚强不屈的爱尔兰人面对英国政府的殖民统治奋起反抗，澳大利亚历史上各种政治的、武装的斗争见证了爱尔兰裔澳大利亚人惯有的坚韧品格。

表2-1　　1861—1978年澳大利亚居民中各民族所占的比例（%）①

民族	1861年	1891年	1947年	1978年
英格兰人	48.999	48.791	51.273	45.83
苏格兰人	14.277	13.990	14.806	12.37
爱尔兰人	25.494	25.684	22.975	17.90
威尔士人	1.447	1.539	1.590	1.41
英伦群岛居民	0.232	0.272	0.265	0.22
英裔澳大利亚人（总）	90.449	90.276	90.909	77.73

① 阮西湖：《澳大利亚民族志》，民族出版社2004年版，第142页。

《凯利帮真史》中的内德·凯利是殖民地澳大利亚时期深受警察迫害的爱尔兰裔澳大利亚人。在澳大利亚官方历史记载中内德·凯利是丛林大盗，是旷古未有的"恶魔"，他抢劫路人、扰乱治安、杀害警察、抢劫银行，最终被警察抓获，于 1880 年在墨尔本被绞死。但是，在民间，内德·凯利却是正直、善良、同情贫苦人民的民族英雄，深受澳大利亚人的喜爱。关于内德的小说、电影、电视、绘画在澳大利亚历史上层出不穷。2000 年悉尼奥运会上，全副武装的内德·凯利的出现，引起了现场轰动。官方和民间的双重声音各自叙述着他们自己的利益和情感倾向，究竟哪种声音是真实的呢？是民间的大众之音还是官方历史的权威之音？凯里认为这两种声音都不足以表达内德·凯利身上隐含的丰富的澳大利亚文化，因此他开发了第三种声音——即内德·凯利自己的声音。复活历史人物，让历史人物自己站出来为自己辩护，凯里巧妙地安排小说人物展开了一场历史话语权的争夺。彼得·凯里卓越的叙述能力和巧妙的构思，使得读者迷失在建构的"历史真实"之中，小说带来的非常效果使得澳大利亚官方不得不出来辟谣：《凯利帮真史》只是虚构的作品，历史真实不是那样的。

在《凯利帮真史》这部反映澳洲殖民历史的小说中，出场的主要人物都是爱尔兰移民或爱尔兰裔澳大利亚人。他们有流放犯、自由移民和移民的后代，他们在英国殖民者统治下的澳大利亚这块新大陆上都处于社会的底层，为了生计艰苦地劳作着，但不时为警察所纠缠和迫害，受到政府极不公正的对待。这种历史处境使得爱尔兰裔澳大利亚人产生一种抗拒性认同[①]（Resistance Identity），对殖民地政府的压制和警察的不公正及其迫害做出抗争之后，更加促进了爱尔兰人的民族认同。凯里笔下的爱尔兰裔澳大利亚人是一群个性鲜明、情感激烈、爱憎分明的生活在殖民地澳洲底层的苦难深重的人们。用凯里笔下人物内德·凯利的说法就是，奎恩家的兄弟姐妹们虽然有着酗酒、打架等诸多不良习惯，但他们都以强硬的态度与殖民当局抗争，秉承了爱尔兰人的优良传统，没有

---

① 曼纽尔·卡斯特将认同分为合法性认同（Legitimizing Identity）、抗拒性认同（Resistance Identity）和规划性认同（Project Identity）。见［美］曼纽尔·卡斯特《认同的力量》（第二版），曹荣湘译，社会科学文献出版社 2006 年版。

丝毫的奴颜媚骨。内德自己拒绝远赴美洲和妻女过上幸福生活而选择了留在殖民地澳大利亚与殖民政府抗争，直到弹尽粮绝也决不屈服的精神彰显的就是这种抗拒性认同。因此，爱尔兰裔澳大利亚人成为"白澳"内部的有力挑战者。

二 内德·凯利：历史话语权的争夺

彼得·凯里试图让今日的澳大利亚人，了解他们可怜的爱尔兰裔澳大利亚人的祖先曾经遭受的苦难和不公，了解那些发生在他们身上的事情，这些事情是今日的许多澳大利亚人闻所未闻的，因此难免会感到古怪而陌生。正因为这样，主人公才对作为读者之一的自己的女儿凯特·凯利说："亲爱的女儿，你现在年龄太小，对我写下的这些东西，一个字也不懂。然而，这是我留给你的历史，没有一句谎言。倘若我对你说了谎话，我会在地狱里被烈火烧成灰烬。"[1] 凯利借内德·凯利之口宣誓的这个"保证"对读者构成不小的诱惑。它实际上也是作者对自己这部小说的人物所做的一个规定。在小说的一开始内德·凯利就被置于历史话语权争夺的峰尖浪口之上。从读者接受的角度来看，凯利预设了一个悬念，官方的和民间的究竟哪种声音会在这部小说中胜出。但是，在接下来的阅读中，读者毫无疑问会发现凯利毫不留情地打破了读者的这种期待视域，他力图在澳大利亚的官方历史和民间声音中挖掘第三种声音——内德·凯利自己的声音。

内德·凯利自述了他出生、成长和生存的环境。内德出生在爱尔兰裔流放犯家庭里，他父亲为了过上安宁的日子而改过自新，老实本分地经营着小块土地和少量牛羊以养家糊口，但是一遇上旱灾全家人马上陷入饥馑状态。在内德偷杀了牧场主的一头小牛之后，他父亲蒙冤入狱受尽折磨，出狱后性情大变，不久死去。内德在父亲死后，失去了受教育的机会。他走向社会后经历了种种生活磨难，在母亲的安排下不情愿地做了丛林大盗哈里·鲍威尔的学徒。内德虽然跟着哈里·鲍威尔走遍了崇山峻岭和深沟大壑，获得了丛林人所需的生活常识，但生性善良的他不甘心这种亡命之徒的逃亡生活，念念不忘回家过诚实劳作的生活和

---

① Peter Carey, *True History of the Kelly Gang*, NSW: University of Question Press, 2000, p. 5.

建设美好家园的梦想。因此在发觉自己并没有开枪打死遗弃他母亲的比尔·福罗斯特之后，为自己的上当受骗感到十分愤怒。他毅然离开哈里·鲍威尔回到家乡，重新收拾荒废的家园，希望能过上平静、安稳的日子。可是乡邻的误解，警察的纠缠和迫害使得内德一次又一次地蒙冤入狱。走出佩恩特里奇监狱后的内德在一家木材厂做工，开始了一段相对安静的日子。

内德自述了殖民地社会现实对他生活的影响和民族与阶级意识的觉醒。内德的"丛林导师"哈里·鲍威尔认为，只要了解了澳洲大陆的山山水水，他就可以在这块殖民地上成为一个自由自在的人。但遗憾的是，哈里由于叛徒的出卖最终落入警察手中，被殖民地的政府判处死刑。哈里的悲惨结局对内德是很好的教训。他认识到，即使自己对澳洲大陆的山山水水了如指掌，丛林也无法成为他可靠的隐蔽之所。内德渐渐明白丛林保护不了任何人，真正能够保护他的只有人，并且是依赖于他保护的穷人。他必须让穷人吃饱，做穷苦人民的依靠和保护人。只有这样，凯利帮的安全才有可靠的保障，自己才能驰骋于澳洲大陆的山水之间。但是，如何才能处理好与贫苦人民的关系？如何才能在法律的范围内使自己的冤屈得以申诉？如何才能摆脱这种逃亡生活？出路何在？命运将如何？这些是内德·凯利用生命在殖民地澳洲探索的问题。殖民统治对澳洲大陆的穷苦人民说来是外在的、非本质的东西，它给他们带去的不是安居乐业而是种种苦难。被殖民的澳洲穷苦人们在自己的生活中常常不是肯定自己，而是否定自己，不是感到幸福，而是感到不幸，不是自由地发挥自己的体力和智力，而是使自己的肉体受折磨、精神遭摧残。他们只有在远离警察与大牧场主之后，在袋熊岭的崇山峻岭之中才会感到某种程度的自由自在。但在山区贫瘠的土地上，他们的生活非常艰辛。

内德·凯利叙述了他们全家，如何遭受警察的迫害与威逼被迫走上反抗的道路，如何误杀警察被迫逃亡丛林的经历。在逃亡的过程中目睹了殖民地警察的横行和底层人民的极端贫困，他意识到如果他可以拥有八千英镑，然后就像给久旱的平原浇水一样，把钱分发给山区的穷人，那么，那些饱受警察欺压、牧场主剥削，土地被强占之后只好逃到山里苦度日月的穷苦人就会成为他的庇护所。于是，内德按照他恋人玛丽·赫恩的计划带领凯利帮兄弟去抢劫了尤罗阿银行，并且取得了成功。凯利帮在尤罗阿银行抢到了两千二百六十英镑，警察因此四处搜捕他们。陷入困境的内德，依然想通过合法途径来获得殖民政府的谅解和宽恕。内德认为立法议会议员卡梅伦是一个可以信赖的政治家，他通过书信使卡梅伦得知凯利帮走上斗争之路的原委，希望在卡梅伦的帮助下，政府能够用法律的渠道给予他正义，还他母亲一个公道。但是，卡梅伦看过内德写给他的书信后，将书信交予《墨尔本守卫者》的编辑过目。结果这伙人就在《墨尔本守卫者》上撰文公开嘲笑了内德。显然，卡梅伦已经没有什么指望了，内德决定抢劫一个印刷厂自个儿印传单，将真相宣布出去。他还打算用自己抢劫得来的钱雇用律师、买通警察，把他母亲艾伦·凯利从墨尔本监狱救出来。最后内德被他所信任的校长出卖，带领凯利帮兄弟与警察战斗到用尽最后一颗子弹，他被捕后在墨尔本被殖民政府处以极刑。

以上就是彼得·凯里笔下塑造的那个在民间被当成英雄广为传颂的，在官方历史记载中抢劫、杀人的魔头内德·凯利。在他的身上既有善良、勇敢和正直的品性，也有好勇斗狠、偷窃等品性，他帮助过不少贫苦人民，也抢劫过无辜、杀害过罪不至死的人。总之，凯里笔下的内德是一个性格极为复杂的集合体。凯里就是这样在《凯利帮真史》中带着同情的语调叙述了内德短暂而又轰轰烈烈的一生。显然，他认为民间话语和官方话语相遇的历史时刻并没有胜出者，有的只是两者碰撞交融之后的变体——批判性整合后的第三种声音。

三　玛丽·赫恩：我见证的他种历史真实

彼得·凯里在一次采访中说："我以为我们的国家仍有待构造，甚至有待于发现。我们澳大利亚人还没有被塑造出来。"[①] 在凯里看来，澳大利亚人至今还停留在如此不确定和矛盾的状态中，这只归咎于一个原因，即人们并没有认真而深入地思考自己的认同问题。要成功地解决这个问题，一个可靠的途径就是面向历史，剥去谎言和欺骗的面纱，还历史以本来面目，如其所是地呈现给世人。凯里的思考使其在当今的澳大利亚

---

① Peter Carey, "In an Interview with Edmund White", *The Sunday Times* (London), March 20, 1988, pp. 8 - 9.

作家中最接近于这个问题,他认为,只有摧毁或者说颠覆殖民主义者的一切带有强烈欺骗色彩的话语,澳大利亚人才有可能找到这个问题——在未来的发展中澳大利亚究竟要何去何从?——的某些答案。正因为这样,凯里才在《凯利帮真史》一书的扉页中引用了威廉·福克纳的一句话:"过去的并没有死灭,甚至还没有过去。"从历史中寻找缺失的民族认同感,这是凯里写作《凯利帮真史》一书的目的。

殖民者通过法庭、监狱和警察局等暴力机构,发表他们"高尚"的意见,评判和裁决普通人的命运。他们堂而皇之地攫取了矿工和穷苦农民的血汗,而矿工和穷苦农民得不到任何保护。殖民者可以让普通人破产,可以把普通人送上绞刑架。当出现任何敌对因素时,殖民者就借助各种手段想方设法将之丑化,并扑灭之。官方报纸大肆报道凯利帮的消息,他们把内德·凯利描绘成了一个旷古未有的恶魔,并在版画上将内德鼻梁两边的眉毛连到一起,把嘴唇扭歪。殖民当局的唯一目的就是让那些从来没有见过内德的人,把他当成一个可怕可恨的恶人。官方历史记载的是上层的声音,底层的人们被剥夺了话语权。官方的历史总是在小部分人喧嚣和大部分"失语"的状态下生成的。凯里就是要让这些"失语"的群体发出自己的声音。但是失语群体如何发出自己的声音呢?为此坚称言说历史"真实"的凯里虚构了玛丽·赫恩这个人物形象。

玛丽·赫恩买了一个剪贴簿,它是绿皮本儿,里面盖着一个章,表明是贝纳拉帕森印刷厂印刷的。玛丽把《黎民新闻报》《杰瑞尔德瑞报》《墨尔本守卫者》《墨尔本先驱报》《贝纳拉军旗报》等报纸上刊登的关于凯利帮的报道都贴在了这个剪贴簿里。作为一个疾恶如仇的人,玛丽当然不能容忍殖民当局的任何谎言和错误的报道,她不仅在那些报道文章上一一作出标识,并在文章的空白处仔细加以纠正,她还手抄了一些消息。在检索这些报纸时,玛丽就像"早晨阳光下落在篱笆上的笑翠鸟,张开一副铁嘴,随时准备啄出一条虫子,或者别的什么东西"。① 因为她认为在久远的未来,她的儿女理所当然应该知道他(她)们的父亲的真实故事,知道他(她)们的父亲是一个怎样的男人。当这个剪贴簿堂而

---

① Peter Carey, *True History of the Kelly Gang*, Queensland: University of Queensland Press, 2000, p. 389.

皇之地放在儿女的书架上时，他（她）们自然能够了解真相，了解这段历史。

显然，对殖民当局不再抱有幻想的玛丽早就预见内德·凯利的结局，他将会被殖民当局迫害致死。而深爱着内德的玛丽认为自己要做的不是陪着爱人送死，而是要为内德留下英雄的血脉以致将来揭示这段被涂抹过的历史。因此她才一边无限慈爱地抚摸着自己渐渐隆起的肚子，一边鼓励没有受过多少教育、连语法都不熟悉的内德拿起笔将自己的苦难经历一一记录下来。在爱的推动之下，玛丽让内德和敌人斗争的方式更加多样化，也更加逼近殖民者的要害了。"这和死亡根本没有关系，恰恰和与死亡相对立的生关系密切"①。从内德用笔写下第一行字开始，玛丽腹中的婴儿就是他的未来。事实上，在凯里看来，正是因为有了玛丽为辟谣而做出的努力，后世的澳大利亚人才得以穿透殖民当局制造的迷雾，揭开谎言与欺骗的面纱，去捡拾早已失落的历史真实。

澳大利亚评论家罗伯特·休斯曾写道："历史过去一直意味着伟大的人物，激动人心的事迹，实用的探索以及有价值的牺牲；这些都是我们的历史所缺乏的。"② 彼得·凯里对此深有感触，因此他把内德·凯利当作澳大利亚的英雄来塑造。在小说的最后有这样一个情节：内德在误杀警察被逼上绝路之后抢劫了银行，他有机会逃往美国和妻女一起过上另一种生活。但是他一心牵挂着还在牢狱里的母亲艾伦（殖民统治下的澳大利亚③），对故土的深情和眷恋使得他宁愿舍弃生命，也不愿离弃苦难深重的祖国。最后内德为殖民澳洲的历史殉了难，成为澳大利亚的民族英雄。为了彰显英雄牺牲的价值，凯里虚构玛丽这一人物形象，以此来衬托、丰富和完善内德的英雄形象。

在《凯利帮真史》的结尾，内德·凯利被英国殖民者送上了绞刑架，凯利帮的其他成员也都一一壮烈牺牲，枪与火的斗争岁月已告一个段落，但文化阵地中真相与谎言的较量远没有结束。内德是官方历史记载中青

---

① Peter Carey, *True History of the Kelly Gang*, p. 355.

② Robert Huges, *The Fatal Shore*, Melbourne: Collins Harvill, 1987, pp. x – ii.

③ 有研究者从弗洛伊德－拉康精神分析角度把《凯利帮真史》（2000）中的内德·凯利对母亲艾伦·凯利的眷恋归结为俄狄浦斯情结，把作品内容概括为"英雄恋母""英雄救母"和"英雄落难"。见黄源深、彭青龙《澳大利亚文学简史》，上海外语教育出版社 2006 年版。

面獠牙的强盗、抢劫犯和杀人狂魔，还是民间传诵的侠义、英勇的民族英雄？对此，彼得·凯里的回答是，官方的报道、内德的自述和玛丽见证和揭露的"真相"构成的"多声部"才是这段历史的"真实"。

第四节　凯里小说中的澳洲华人认同

据澳大利亚正史记载，中国人第一次踏上澳洲大陆的时间是 1848 年。那时一百多名中国人乘坐尼姆罗德（Nimrod）号轮船从福建厦门起航，在他们抵达悉尼港的第一天开始就被人悄悄写进了澳大利亚的历史、小说、诗歌和其他题材的作品中。[①] 一百多年来华人活跃在澳洲大陆的各个角落，他们在澳洲大陆上繁衍、生存、奋斗，但是他们在澳大利亚的历史和文学中始终是沉默的，他们只是被言说、被审视的一群。从"黄祸论"到"白澳政策"的实施，华裔一直是澳大利亚最受排挤、最受歧视的群体之一。澳大利亚的文学塑造了不能吸收、难以同化、形象丑陋的华人群体，他们肮脏、他们赌博、他们抢占了白人的工作机会，他们把挣到的钱寄回中国，他们是不信基督教的异教徒，他们娶白人女子使之堕落，他们对澳大利亚没有认同感……华人成为澳大利亚社会问题的指向，成为政府解决社会问题的牺牲品。澳大利亚历史学家杰弗里·布雷尼教授曾指出："即便没有中国人，澳大利亚人也会把他们发明出来。每个社会都需要替罪羊，需要打击的对象。澳大利亚的英国人几乎把中国人作为衡量他们自己的标准，衡量之下，他们觉得自己还挺不错。"[②] 因此，澳大利亚历史上的华人成为社会上最受排挤和压制的，生活得最为卑贱、痛苦的一群，他们的安全、生命、财产都得不到保障，随时都有可能成为社会冲突、殖民政府和联邦政府政策的牺牲品。

一　凯里小说展现的中国镜像

对于在澳大利亚历史上曾经受到不公正对待的土著人、爱尔兰裔，

---

① ［澳］欧阳昱：《表现他者：澳大利亚小说中的中国人 1888—1998》，新华出版社 2000年版，第 1 页。

② 同上书，第 5 页。

彼得·凯里都给了他们申诉的机会，他让爱尔兰裔在《凯利帮真史》（2000）中发出自己声音，让土著人在《奥斯卡与露辛达》（1988）中唱出自己的歌。但是在澳大利亚历史上曾做出重大贡献的华裔则依然是被注视、被评判的群体，即使在《魔术师》（1985）中，凯里给予华裔叙说自己的历史和故事时也让其披上魔幻和谎言的色彩，而且始终是白人眼中的华裔形象和白人耳中的华裔声音。在《奥斯卡与露辛达》中凯里让澳洲土著人"看""评""说"白人入侵澳大利亚的历史，"唱"出环境被破坏、生命被屠杀后心中那悲伤愤懑的歌。《凯利帮真史》让爱尔兰裔澳大利亚人自己说话，揭示他们被殖民、遭迫害的历史。虽然《魔术师》通过郝伯特·拜杰葛瑞（Herbert Badgery）转述了谢英刚（Goon Tse Ying）关于华裔在澳大利亚历史上所受到的不公正待遇，以及华人自己的有关龙的文化，但是他们的梦想，他们的喜怒哀乐，他们对澳大利亚又爱又恨的心理则没有直接宣泄的途径。《魔术师》的叙述人一出场就申明自己是个惯于说谎的大骗子，这与《凯利帮真史》中叙述人一出场就申明自己所说的是"真史"，是澳大利亚殖民统治下的爱尔兰裔的真实遭遇，《奥斯卡与露辛达》中叙述人以史为证来纠正官方历史记录之偏差的态度完全不同。

　　华裔在彼得·凯里的作品中形象较为复杂，短篇小说集《历史上的胖子》《战争罪行》和12部长篇小说中的半数以上都把中国因素或华裔作为或轻或重的表现主题。彼得·凯里短篇小说《美国梦》（1974）中反复提到中国工人，他们在澳大利亚任劳任怨地干着体力活，澳大利亚人不管高兴或不高兴的时候都可以对他们扔石头。在这个彼得·凯里最为得意的短篇中，中国人作为被看和被描述的对象成为一种不可忽视的存在。"格利森雇了批中国工人开始修围墙"；"格利森又回去指挥他雇的中国工人修围墙"；"有时候看到中国工人用长木板抬着砖块吃力地慢跑"；"有一回我们拆了一节砖墙，还有一回我向中国工人睡觉的地方扔石子，以发泄对这难以理解之物的不满之情"；"那群中国工人又回来了"；"他们看见中国工人跑来跑去"；"中国工人卖力地工作着，拆除了第三道、第四道墙，清理着砖块，然后再一垛垛排得整整齐齐"。① 读者可以从以

---

① Peter Carey, *The Fat Man in History*, London: Faber and Faber, 1980, pp. 147 – 157.

上的描述中看出，不管是建立小镇模型还是拆除围墙，所有的工程都是由中国工人完成。凯里在此隐喻澳大利亚的现代化进程，离不开中国劳工的辛勤劳动。他们也许没有地位，他们也许很卑微，他们可以受排挤、他们可以任劳任怨，但是不可否认的是，他们在澳大利亚社会中起着重要的作用。中国工人的存在已经成为澳大利亚社会不可或缺的部分。彼得·凯里由此指出澳大利亚历史上抹杀华人存在的"白澳政策"，不管是从道义上还是从现实上来说都是行不通的。

彼得·凯里的长篇小说刻画了澳大利亚历史上的中国人群像，展现了他们较为真实的历史境遇。《幸福》表现的是 20 世纪六七十年代澳大利亚社会生活方式的转变，这一时期的美国已经代替英国对澳大利亚社会产生重大影响，美苏争霸、北约和华约的对峙，这些浓厚的意识形态色彩也反映到凯里的作品中。因此小说中除了提到中国食物和中国功夫——太极，使人能联想到中国和中国人的就只是反复提到共产党，澳大利亚人把癌症都看成是共产党的阴谋。《魔术师》里拜杰葛瑞的中国养父和魔术老师聪慧、狡黠、世故、神秘。凯里在这部作品里把中国人分为两类，一类是英语说得很好与白人没有交流障碍的被同化了的华人，另一类是保持人自己的民族文化特色包括语言而抗拒着同化的华人，后一类人往往为白人所憎恶。《奥斯卡与露辛达》里出现的华人赌场，《特里斯坦·史密斯不寻常的生活》中出现了中餐馆和埃菲克华裔，《凯利帮真史》中的华裔则是作为处于社会底层的爱尔兰裔出气和捉弄的对象。《偷窃：一个爱情故事》（2006）中提到了中国人，"唐人馆"，唐人陵墓，唐人商品菜园，中国爆竹，中餐馆东百老汇的唐人街，唐人街满地的烂卷心菜，开出租车的中国人。总的来说，在凯里的长篇小说中，中国人和中国因素的出现有三种历史境遇和状态：（1）白人视听下的华裔为自己的历史文化作辩解；（2）被注视、被评判、被消音的群体；（3）作为小说历史文化存在的中国因素。

二 破解澳大利亚文学中的中国形象套话

西方对中国的美好印象到了 19 世纪来了一个大逆转，中国由开明、富饶、发展、繁荣而变为专制、贫困、停滞、腐朽，中国人由聪明、勤奋、坚强、质朴变成愚昧、奸诈、怯懦、保守，西方的中国观由钦佩、狂热、仰视到批判、憎恶、蔑视。① 当然，19 世纪西方世界的中国观并不是凭空而来的，在"中国热"盛行的 18 世纪就已经有了这种不和谐音符的存在。例如，笛福在《鲁滨孙漂流记续编》中对中国的指责和不屑，黑格尔"中国停留在历史进程之外"的论断，孟德斯鸠对中国专制制度的谴责等。澳大利亚文学中的中国形象有别于英国文学中中国形象的地方就是，澳大利亚的文学没有经历 19 世纪之前的"天堂"中国形象而直接进入了"地狱"中国形象。异国形象有言说"他者"和言说"自我"的双重功能。巴柔在对比较文学意义上的形象进行定义时说："'我'注视他者，而他者形象也传递了'我'这个注视者、言说者、书写者的某种形象。"② 异国形象作为镜像既呈现了异国的某些景象，也呈现了塑造者自身的欲望、恐惧和梦想。由于澳大利亚民族认同建构的需要，澳大利亚历史上的文学尤其是《公报》开创的澳大利亚现实主义文学传统一直在丑化华人。美国作家布勒特·哈特在他的《中国佬约翰》（*John Chinaman*）中发明了"中国佬约翰"，作为被鄙视的华人形象的"套话"（Stereotype），这个词在澳大利亚文学史上常盛不衰。

以《公报》为中心的澳大利亚民族主义作家刻意制造的丑陋的华人形象对澳大利亚人影响深远，也造成了现实生活中在澳大利亚对待中国人态度的矛盾和两分。《魔术师》中的拜杰葛瑞作为华人的养子，他对华人、中华文化的看法是相当矛盾的。澳大利亚白人文化中的华人形象和现实中的华人形象不断交织碰撞，肯定、否定着他的前见和先见。一方面，拜杰葛瑞从与华人的现实接触中消除了社会灌输给他的某些先在偏见，"我从父亲那里知道的中国人是那样丑陋的画像，以致当我第一次遇到中国人的时候我希望他杀了我"③；"是中国人发明了火药"；"这里竟没有一个灵魂比得上中国佬"。④ 另一方面，拜杰葛瑞又为社会灌输给他的先在定见所深深地影响着，"我不相信运气。我不那么走运地被一个中国佬收养了。我被一个中国佬收养是因为我选择那样。我那样做，你可能要说，那是对我父亲的侮辱。我那样做因为我喜欢他温和的声音，因

①　蒋志芹：《当东方与西方相遇——比较文学专题研究》，齐鲁书社 2008 年版，第 278 页。
②　梦华主编：《比较文学形象学》，北京大学出版社 2001 年版，第 157 页。
③　Peter Carey，*IllyWhcker*，London & Boston：Faber and Faber，1985，p. 39.
④　Ibid，p. 55.

为我看见他抚摸一个中国小男孩的头，轻拍他并给他一些吃的"。① 由于受到生活中白人对华人的败坏的影响，拜杰葛瑞的脑袋里充满了关于中国佬约翰的故事："这些鸦片鬼和奴隶是用怎样的方式吃掉手中的基督教婴儿的。"② 因为澳大利亚的民族文学将华人塑造成无恶不作的恶魔、品性低劣的野蛮人和会吃人的异类，所以在这种文化影响下成长的拜杰葛瑞才会在夜里经常梦见中国人来吃他的手。

　　中华文化和西方文化的冲突在彼得·凯里的这部小说中表现得极为突出。凯里在《魔术师》中，表现了曾经出现在澳大利亚历史上的，对华人和华裔的各种歧视和侮辱性的话语。杰克编了一首挖苦和讽刺华人的歌谣，"扭动并且傻笑"，"转动并且旋转/蠕动、吐痰、咧嘴笑/就像一个令人讨厌的中国佬/当一个人伸直腰杆的时候"，"中国佬的猪尾巴也被看到了"。③ 为此凯里给予作为华裔的拜杰葛瑞以申诉的话语权，他说他不是那种给立法机关写："亲爱的好心的先生，我们中国矿主求你们对我们公正一些，就像我们以最尊敬的方式祈求您们一样。我们工作努力，我们没有害处……"④ 的信或说类似效果的话的华人。他对这样卑躬屈膝的华人，包括他的养父——黄皮白心的谢英刚很是蔑视。在西方人眼中，中国人是伪善的。当谢英刚成为在格拉夫顿（Grafton）有着成功生意的老人后，他就否认那些使他感到尴尬的年轻时候的所有事实。他加入中澳联谊会，给曾孙起了海瑟（Heather）和沃尔特（Walter）这类的英国名字。他吃牛排和香肠，在星期天烤牛肉面包，而只有在看不见的时候他会才承认来自那个所有的人都穿一样衣服的地方（"文化大革命"时候的中国）。凯里借谢刚英的口说明华人在澳大利亚受到排挤的原因：

　　　　他们不喜欢中国人，那些小英国佬，因为我们聪明。他们把
　　废矿卖给我们。他们想他们可以欺骗我们，但我们挣了钱。他们
　　在挖矿的地方画了界限说我们不能越界。但我们还是挣了钱。我
　　们努力工作，甚至我们的孩子也这样。……但英国佬想那是他们

---

① Peter Carey, *IllyWhcker*, London & Boston：Faber and Faber, 1985, p. 41.

② Ibid., p. 209.

③ Ibid., p. 122.

④ Ibid., p. 210.

的国家，他们的金子，他们联合起来驱赶我们。他们把中国人赶到河岸。……他们会说他们给中国佬约翰一个下马威，但他们说谎。①

　　谢英刚在教拜杰葛瑞魔术之前声明那是一个礼物，"它既善又恶。因为我爱你也恨你"。② 彼得·凯里暗示中华文化里面本身包含着既善又恶的因素，有着强烈的爱憎情感。拜杰葛瑞回忆他的中国养父，"他拍着我的头告诉我那些他必须在死之前回到中国的故事"。③ 华人在澳大利亚历史上受到了不公正的待遇，他们被欺骗、被驱逐、被无辜欺压，同时华人对中华文化有着强烈的依恋之感，赚了钱寄回家，人死之前必返乡的很多习俗都为澳大利亚的主流社会所不容。可以说在澳大利亚历史上，华裔的认同的心理过程最为复杂，他们是被社会排斥、压制的一群，认同在一定程度上是被迫走向主流社会的反面。如果说认同是社会发展和文化交流的结果的话，那么这种交流首先必须克服文化交流时的种种障碍。20 世纪 60 年代产生和发展起来的不可通约性理论正好能阐释历史进程中不同文明或不同文化相遇之初的诸多文化现象。谢英刚对拜杰葛瑞说："你太慢并且太愚蠢了。你太英国化了。"④ 拜杰葛瑞和情人利厄在小莫德大街上跳舞的时候，因为华人在围观，以至于利厄害羞地说"中国佬在看"。拜杰葛瑞说，"中国佬不会跟任何人说话"，"除了跟其他中国佬"。⑤ 最初到达澳大利亚的华人是没有什么文化的农民，要在那片陌生的土地上与其他族裔的人融洽相处，最大的障碍是相互间的语言不通。深受欺压的华人在被社会排斥的同时，自己也排斥其他族裔的人，"其他中国人也不想我在那里。他们不赞成谢英刚收养一个英国人"。⑥《偷窃：一个爱情故事》中也有类似的情节，"鉴于他是个中国人，我就把地图摊开在手上，确保他能认识路，但他朝另一个方向开去，最后他把他的窗

---

① Peter Carey, *IllyWhcker*, p. 215.

② Ibid. , p. 216.

③ Ibid. , p. 219.

④ Ibid. .

⑤ Ibid. , p. 123.

⑥ Ibid. , p. 211.

子关上，这样我就不能和他说话了"。① 中华文化与西方文化之间的隔膜造成了许多的误解。

在两种异质文化相遇的最初，凸显了差异的同时也在相互的碰撞中突显了某些同一性的东西，文化间的交流、对话、互识、互证、互补就是在这种境况中发生的。谢英刚力排众议，收养了拜杰葛瑞。他说，"我会告诉你如何用大蒜和姜治愈头痛。我将教会你读和写。我会教你所有的一切。五种语言"；"因为我也曾经是一个孤儿。你理解吗？"② 因此，拜杰葛瑞从谢英刚那里学到了如何变大和变小，如何神秘消失，如何剥牛皮、屠杀生猪，如何搭配衣服和鞋子，如何改变自己的口音，如何调节步行节奏。历经沧桑的拜杰葛瑞再次见到这位中国养父时说："你不记得吗？你说'我教你这些因为我爱你，但也因为我恨你。'你将不像英国人或澳大利亚人。"③ 拜杰葛瑞对中国文化、中国人的了解也随着时间的推移而加深，"他笑了，但我知道那是中国人的微笑。没什么意思。我告诉自己"。④ 尽管华人努力融入澳大利亚社会，他们在学习和消化西方文化的同时也在传播中华文化，"这本书，我必须用汉语和英语两种语言来写。年轻人不能理解汉语——他们确实懂得很少的汉语"。⑤ 但是，身处海外的第一代华人有着浓厚的乡愁，"亲戚们回到中国老家去了，我父亲买了商店是因为他母亲从中国写信唠叨直到他去做为止"。⑥ 母亲的念叨，浓浓的乡情，始终召唤着远方的游子，但是游子已经在他乡扎根、深深融入了他乡的文化，便把他乡作故乡。第二代华裔谢英刚的儿子查理·刚是格拉夫顿中国商业和文化协会 1923—1926 年的主席，他已经是地道的澳大利亚人了。

《奥斯卡与露辛达》写澳大利亚 1861 年之前的历史，那时候新南威尔士发现了金矿，有大批华人来到澳大利亚淘金，彼得·凯里在这部小

---

① ［澳］彼得·凯里：《偷窃：一个爱情故事》，张建平译，人民文学出版社 2008 年版，第 192 页。

② Peter Carey, *IllyWhcker*, p. 211.

③ Ibid., p. 369.

④ Ibid..

⑤ Ibid..

⑥ Ibid., p. 370.

说中反映了华人来到澳大利亚的生活状况。虽然，这一时期的殖民政府还没有制定明显的反华、排华政策，但华人已经遭受到了种族主义和种族歧视。英国人可以随时拿华人作为出气筒，"码头上那位伦敦口音的领航员在对一条小船上一名华人大发雷霆"。① 在白人的普遍意识里对华人都是用蔑称，例如"她回头看了一眼——一个中国佬被拽出了水面。她替这中国佬感谢上帝"。② 这一时期，华人在澳大利亚除了在矿上淘金，就是开设赌场。凯里描述道：

> 在乔治街上可以看到中国人所经营的彩票生意，那位天朝臣民一只眼半睁着以避开嘴里叼着香烟的烟雾，抓出了 10 张黄色的象牙牌子，把它们放在木盘子里。露辛达情绪低落的时候经常光顾这些场所，她给桌旁的中国人 6 便士，拿到了票子，中国人把钱给了她，不过对她很不以为然。她无法想象他竟会对他的妻子温柔。③

华人在英国殖民政府的管制下，老实本分、战战兢兢地经营着赌场过日子：

> 此刻屋子里并没有静得鸦雀无声——这个中国人开始动手清理他的杯子和铜板。毫无疑问，他们误解了——他生怕另一个皇家巡视来到了赌场。在这种时刻顾客都走光了，只剩下两个中国人正搬着梯子往墙上挂英国国旗。他们毕恭毕敬地行了个弯腰礼，尽管在摇晃的梯子顶上这么做可不太容易。其中一个失去了平衡，也许他是故意跳下来的。他是个手脚麻利的老人，着地时略微施展了一点"轻功"。④

露辛达因为孤独和对所继承的遗产的重负，来到华人的赌场寻求解脱，但是"她看了看那位中国人——她发现他可是孤伶伶的，年纪很

---

① ［澳］彼得·凯里：《奥斯卡和露辛达》，第 166 页。
② 同上书，第 167 页。
③ 同上书，第 364—366 页。
④ 同上书，第 360—371 页

轻——不过她观察时并不带任何情感或同情之心"。① 凯里的这部小说也反映了澳大利亚华人在当时的婚姻生活，那时离开中国来到澳大利亚的几乎是清一色的男性，在新大陆上站住脚跟，通过在金矿辛勤工作和开设赌场赚钱后，经济上好转的中国人最紧迫的就是解决婚姻问题，因此他们中的佼佼者就会娶上欧洲白人女子——这也是中国人在澳大利亚受到攻击的原因之一。

> 　　隔壁房间里婴儿圆润的哭声传了进来。她听说许多中国人都娶欧洲人为妻。据说中国男人对他们的老婆很温柔。这些都是堕落的女子，为社会所不容。据说——她尊敬的牧师朋友这么告诉她的——她们得到了爱和幸福。②

在种族主义盛行的 19 世纪，华人被看成劣等民族的状况下，不管是娶白人女子的中国人还是嫁给中国人的白人女子，都要承受社会的重压和众多鄙夷的眼神，他们的生活并不轻松。华人在澳大利亚历史上受到攻击的另一点是——肮脏的中国佬，凯里颇为幽默地解构了澳大利亚社会这一对华人的偏见，"霉臭味根本不是那个中国人的，而是来自一个长着乱蓬蓬的黄眉毛、上了年纪的苏格兰人"。③ 简言之，在澳大利亚历史上，这一时期并不是华人遭受苦难最多的时期，但《奥斯卡与露辛达》已经凸显了几乎是所有他们遭受白人攻击的事实。

三　展示华人在澳大利亚历史上的真实处境

《凯利帮真史》这部反映 19 世纪七八十年代澳大利亚殖民历史的小说，展示了华裔澳大利亚人的另一种历史处境。他们作为底层社会冲突的受害者的形象——倒霉的华人而出现，无论是在丛林大盗抢劫的过程中还是在底层白人发泄愤懑的时候，他们都是首当其冲的受害者。

---

① ［澳］彼得·凯里:《奥斯卡和露辛达》，第 368 页。
② 同上书，第 365 页。
③ 同上书，第 369 页。

……一个高个子、红头发的爱尔兰人挂着从桉树上砍下来的一根树枝，沿着那条小路走了过来。他显然不是个有钱人。哈里让他把口袋都翻出来，自然空空如也。……一个中国人徒步走了过来，后面不远处还跟着一个胡如莱来的奶制品商人。……到"天朝人"交出钱的时候，哈里已经抢到三镑。①

彼得·凯里在这部小说中把华人设定为爱尔兰裔的一个参照，以此来衬托爱尔兰裔的贫穷——连处于社会最底层的华人都有钱可以被用来抢劫，爱尔兰裔则穷到只可以去实施抢劫。这是澳大利亚殖民历史中的一大悖谬，凯里的这种做法给不同的读者群以不同的感受，爱尔兰裔读了这部小说也许会为凯里的态度感到欣慰，华裔读了这部小说免不了愤愤然，其他白人读这小说大概会觉得"原来如此"，而作为研究者的我们需要叩问"究竟怎样""为什么"。下面是《凯利帮真史》中描绘得最为详尽的抢劫冲突的场景：

第二个包裹里面装着一个英国座钟。哈里看见这个钟，立刻火冒三丈。他恶狠狠地咒骂那个国家，还威胁说，一旦有机会，他一定好好地收拾英国人。车上的乘客一定吓坏了。他们都想转移视线，大声嚷嚷着，说车上有个中国人，而且眨眼间便把那位"天朝君子"推了出来。中国人夹着一个手提包站在哈里·鲍威尔面前。

"你是矿工？"

这个中国人当然是矿工。他和哈里·鲍威尔十分相似，也是膀大腰圆，两条腿像柱子一样。

"我不是矿工，但我可以给你十先令。"他从钱包里掏出几枚硬币，送到哈里面前。

"黄金！"哈里声嘶力竭地喊道，他把马枪插在腰带上，抽出一把鲍伊猎刀，用牙齿打开，然后左手拿刀，右手拿枪，向中国人逼去。

中国人非常勇敢，他为他那个种族挣了光。"十先令，你拿去。"

① Peter Carey, *True History of the Kelly Gang*, p. 108.

　　"我把你那颗黄心掏出来!"哈里挥舞着匕首,朝中国人扑过去。

　　中国人身手敏捷。哈里刺破手提包那一瞬间,他一闪身跳到旁边,包里装的玻璃球像丰收的小麦一样哗啦啦地撒在地上,滚得到处都是,有玛瑙、猫眼儿、血轴儿、柠檬钻儿、玻璃眼儿。就是没有黄金的影子。

　　"坏!坏!你太坏了!"中国人喊叫着。"我杀了你这狗娘养的!"哈里朝他小腿上踢了两脚,用抢逼着他,把他赶回到车里。①

　　面对危险和危机,人们总是把它转嫁给弱者,华人在当时的澳大利亚就是处于这样的地位,在每次的抢劫场景中,他们都毫无例外地被拽出来推到歹人的枪口前。华人在殖民地澳洲处于最卑下的地位,干着最辛苦的活,他们的生命和财产却得不到殖民政府的保护。凯里再次解构了澳洲殖民政府界定的"中国人是社会不安定的主要因素",指出他们是殖民地澳大利亚的弱势群体。

　　在《凯利帮真史》中,彼得·凯里主要是刻画爱尔兰裔澳大利亚人在殖民历史境遇中所遭受的不公正的待遇,但是却有着比他们更为悲惨地生活在那个社会的华人作为参照。下面是发生在内德·凯利家中的针对华人的暴力事件。一个带着玛瑙、猫眼儿、血轴儿、柠檬钻儿、玻璃眼儿的华人阿福来到内德家,他想买酒喝但被内德的母亲拒绝。内德担心阿福是被他们抢劫过的那个华人,害怕被认出来,因此在躲闪间他把阿福递给他的玻璃球甩得满地都是,阿福叫他捡起来但遭到拒绝。虽然内德意识到,阿福本想把玻璃球当作礼物送给他,但倔强粗暴的凯利家的孩子们把无辜的阿福痛打了一顿。阿福只得奋起反击,内德母亲为了平息事态用酒和十先令安抚阿福,阿福不能忍受他所遭受的屈辱而控告于警察,内德因此被捕入狱。毫无疑问,此事件主要的错误在内德及其家人,但凯里充分调动他的叙事之能事,让人觉得内德是无辜的而阿福是背信弃义的。吉米·奎恩也是因为偷了一个中国人的东西而被关进监狱。由此可见在这个不公正的殖民地社会,遭受最大不公正的不是爱尔兰裔而是华人。

---

　　①　Peter Carey, *True History of the Kelly Gang*, pp. 96 – 97.

　　彼得·凯里在这部小说中给予爱尔兰裔澳大利亚人过多的同情心，以至于他以赞赏内德勇武和同情他入狱遭遇的态度建构小说的价值和情感取向。凯里的这种让华裔和中国读者反感的情感取向却最真实地反映了中国人在当时的澳大利亚社会被极端边缘化的处境。

　　华人是勤劳的，不管是在开发东南亚，还是在澳、美等白人殖民地上，他们以自己的辛勤汗水浇灌着文明之花，但同时他们身上也有着好赌、懒散的特质。《凯利帮真史》以特写画面的形式，展现了中国人的这种矛盾集合体。

> 　　在这偏远的山谷里，我们还碰到一群中国人，他们正打着灯笼在洗矿槽里干活。这是很早以前白人矿工废弃的矿井，"天朝人"重新淘洗、筛选过的矿砂。他们不停地干活儿，连渐渐逼近的丛林大火也无法把他们赶走。……茅屋外面，几个中国人正围坐在一块很宽的木板四周打麻将。这些人个个精瘦，就像准备拿盐腌了长期保存的肉干儿。①

辛勤干活的淘金工和爱好打麻将的赌鬼是并存的。凯里在《凯利帮真史》中，解构了澳大利亚文学用二分法表现华人的传统，打破了无恶不作的恶棍和拥有无比优越性的类型化华人形象的界限。但是，凯里在解构类型表达的同时也在运用和加深这种类型化的表达方式，例如中国人的贿赂，"我放下马蹄的时候，中国人凝视着我。……我出来的时候，看见哈里·鲍威尔正给那几个中国人钱。这是我第一次亲眼看见，实施犯罪前行贿"②；中国人的难以理解、高深莫测，"……老练得就像两个年长的中国人，性情也变得格外和平"③；以及"她是个女人，我无法想象她心里到底打什么主意，就像琢磨不透一个中国人的心思"④；因为凯利家兄弟对阿福的粗暴，内德因此入狱后，他们在寻求解决的方法，"我要找人给

---

①　Peter Carey, *True History of the Kelly Gang*, p. 154.

②　Ibid., p. 155.

③　Ibid., p. 260.

④　Ibid., p. 82.

那个中国人做翻译。在我找到合适人选之前，你要在这儿待上一两个月"。① 这些都加深了读者对类型化的华裔形象的印象。

因此，如果说澳洲殖民地是建立在对澳洲土著人的屠杀、驱赶和掠夺之上的，那么澳大利亚国家（联邦）是建立在排华浪潮的巅峰之上的。

《我的生活犹如冒牌货》（2003）把小说的背景放到东南亚，那是一个华人活动频繁的区域，因此在这部小说中的中国因素较多，而且很大程度上是作为小说的社会历史文化背景存在的。彼得·凯里在这部小说中，提到了形形色色的华人。他们是中国管家，用塑料袋提着一条红色的鱼的中国妇女，中国男孩，中国邻居，亲英派的中国诗人，中国绅士，中国侍者，消瘦的中国"宅男"，中国强盗，等等。这部小说也描写了中国人的菜园，中国人公墓，中国卡车，中国人的鲜货市场，中国小茶杯，中国人的长脸，新加坡华裔的老祖母、老祖父。小说有对华人等东南亚人种属性的判断，"既不是中国人也不是马来人，可能是印度人，但不是泰米尔人，因为她的皮肤太过于苍白"②；描写了中国语言多方言的风俗，"在槟城，他说，那里也有一条坎贝尔街。中国人叫作新街：Sin Kay"③；以及东南亚风情中的中华因素，"两个女孩和一个中国匪徒在一个巨大的白色组合装置里跳舞"④；也有中国人多生孩子和重男轻女的风俗，"皇后大街住着一个中国老妇人，克里斯多夫（Christopher）。中国人生了太多的孩子，不需要这些女孩子"⑤；还有一些对中国人的不好的描写，"中国女人的脸是如此的奇怪。到现在为止我很清楚，即使对我，她也不希望我好"；⑥ 以及咒骂中国人的话，如"那些中国杂种"等。总的来说，华人开发东南亚的历史比较早，华裔在东南亚的社会地位较高，因此很明显地在《魔术师》中被蔑视地叫作"中国佬"的华人在这部小说中则都是"中国人"了。

---

① Peter Carey, *True History of the Kelly Gang*, p. 132.

② Peter Carey, *My Life as a Fake*, London：Faber and Faber, 2003, p. 132.

③ 原文为"In Penang, he said, there is also a Campbell Street. The Chinese called it New Street：Sin Kay."见 Peter Carey, *My Life as a Fake*, p. 178.

④ Peter Carey, *My Life as a Fake*, p. 181.

⑤ Ibid. , p. 191.

⑥ Ibid. , p. 263.

　　总之，华裔和中国因素是贯穿彼得·凯里小说创作的一个重要因素，在他的小说中较为真实地再现了华裔在澳大利亚历史上的真实处境。凯里的创作在打破了澳大利亚文学史上对华裔和中国的类型化表述的同时也强调了某些类型化表述。凯里创作的创新性和局限性都在这里得到了充分的表现。在澳大利亚的民族认同中，由于白澳政策的长期存在和深远影响，使得备受压制的华裔的族裔认同走向了社会主流认同的反面。但同时，华裔的这种反向认同也促进了澳大利亚以白人为主的民族认同的形成。

第 三 章

彼得·凯里小说中国家认同的含混与澄明

现代意义上的"国家"一词是指政府，又指这种政府所支配下的整个社会体系。韦伯认为，"国家概念只有在现代时期才达到全面的发展"。① 正如恩里克·普拉特·德拉利巴在《加泰罗尼亚民族主义者》中所说："国家必定根本上不同于民族，因为国家是一种政治组织，一个对外独立、对内统治的政权，拥有人力和金钱的物质力量来维护其独立和权威。"② 因此，"国家认同"也从根本上不同于"民族认同"，民族认同是偏向于民族心理的认同建构，而国家认同涉及的是权力政治这种认同政治建构。从共时的横轴上说，民族国家和多民族国家相对应③，澳大利亚是个多民族国家，这在澳大利亚的社会政治文化中都能体现出来，并且有着区分。因此，我们研究彼得·凯里小说中的认同问题时，必须把民族认同和国家认同区分开来。

如果说民族认同的形成是在共同的土地上经历漫长融合自然形成的话，那么国家认同则有更多的人为因素，是人类政治活动的结果。正如霍布斯鲍姆所指出的，在一个国家中"很多时候，显现出来的或人们宣称很古老的'传统'在起源上说是非常晚近而且有时候是发明出来的"。④ 哈贝马斯也认为，现代社会中的"集体认同与其说是先天就有的，

① Max Weber, *Economy and Society*, Berkeley：University of California Press，1978，Vol. 1, p. 56.

② 恩里克·普拉特·德拉利巴：《加泰罗尼亚民族主义者》，转引自［美］曼纽尔·卡斯特《认同的力量》（第二版），曹荣湘译，社会科学文献出版社 2006 年版，第 44 页。

③ 王晓路：《文化批评关键词研究》，北京大学出版社 2007 年版，第 335 页。

④ John Hutchinson and Anthony D. Smith, eds. , *Eric Hobsbawm：Introduction：Inventing Traditions*, London and New York：Routledge，2000，p. 375.

不如说是后来人为制造出来的"。① 因此，认同政治必须放回到历史情境中去研究。然而，英语中"国家"的概念与民族的意义紧密相连。它在英语中的产生、形成，与近代民族国家一样，都与其他民族形成与融合的进程同步。民族意识的形成促进了国家主权意识的形成，民族国家的建立又反过来促成了民族的独立与发展。"民族"和"国家"不是简单的组合关系，它们是互相建构的，因此我们研究澳大利亚的国家认同也不能完全离开其民族认同。

澳大利亚的国家认同是指澳大利亚作为一个国家区别于英国、美国、日本等国家，成为澳大利亚人心目中的祖国的认同。从大英帝国的殖民地到澳大利亚人的澳大利亚再到澳大利亚公民的澳大利亚，这期间澳大利亚人的国家认同也很复杂。1901 年澳大利亚联邦成立之前，澳大利亚人首先把自己看成一个英国人，然后才是新南威尔士或澳洲其他地方的人，最后才是澳大利亚人。澳大利亚联邦成立之后依然是英联邦的成员，澳大利亚没有自己的国歌，澳大利亚人走出国门时用的是英国护照。二战后澳大利亚的国家认同明显地增强，很多人开始意识到自己是澳大利亚人，并且不断地在政治、经济和文化中加强这种意识。这是从《魔术师》《奥斯卡与露辛达》《杰克·迈格斯》《凯利帮真史》《我的生活有如冒牌货》《偷窃：一个爱情故事》《他的非法自我》等彼得·凯里的长篇小说创作中可以清楚地发现澳大利亚人国家认同成长的线索。

以色列学者艾森斯塔特说，暴力、恐怖和战争的意识形态化——在法国大革命中第一次、最清楚地得到了验证——成了现代国家延续的最重要的、实际上是唯一的公民责任的构成要素。倾向这种暴力的意识形态化趋势，与民族—国家成了集体认同的象征的焦点紧密联系到了一起。② 因此，通过集体行动建构起来的、通过集体记忆保存下来的地方共同体，是认同的一种特殊来源。这些认同建构的，不是天堂，而是避风港，澳大利亚的国家认同就是在数次战争中逐渐建构起来的避风港。一个国家整片大陆四面环海，从地缘政治上来说澳大利亚是最不容易卷入

---

① [德] 哈贝马斯：《后民族结构》，曹卫东译，上海人民出版社 2002 年版，第 22 页。

② [以色列] S. N. 艾森斯塔特：《反思现代性》，旷新年、王爱松译，三联书店 2006 年版，第 50 页。

战争的国家，但是从欧洲白人与澳洲土著人之间的战争，到第一次世界大战、第二次世界大战和朝鲜战争、越南战争，甚至伊拉克战争，澳大利亚无不卷入。基于认同的这种建构性，彼得·凯里的创作通常从现实中澳大利亚的国家神话遭遇的挑战，回到澳大利亚的殖民历史和现当代历史中探讨澳大利亚国家认同是如何发轫以及将走向何方等问题。

第一节　澳大利亚的国家神话遭遇新挑战

在 20 世纪六七十年代漫长的政治动荡之中，先是保守党崩溃，接着是狂热的惠特拉姆政府被提前解散，在这之后的岁月（1975—1991）澳大利亚的两任总理马尔科姆·弗雷泽和鲍勃·霍克致力于满足选民的要求，他们都采取中间立场，澳大利亚政坛也相对稳定和平静。澳大利亚的历史学家麦金泰尔把 1975—2004 年看作是澳大利亚国家重建的历史阶段。[①] 这一时期的金融市场迅速扩展、资本流动性增强、工业生产由劳动密集型向高技术信息产业转变，新的工业秩序产生，澳大利亚进入了后工业时代。随着经济的发展和国力的增强，澳大利亚人的民族—国家认同感增强，他们对澳大利亚没有自己的国歌、没有自己的护照的状况越来越不满意。澳大利亚人对他们生活的社会中的英国影响和美国影响也越来越感到焦虑。因为，殖民是一种信任的欺骗，一种身份错置，忍受谬误的游戏，不管是旧帝国主义全方位的殖民，还是新帝国主义的经济文化上的殖民都是如此。

由于经济和社会的发展和新移民的涌入，"白澳政策"废除之后多元文化政策的实施，澳大利亚官方致力于宣传新的"澳大利亚的生活方式"等吸收和同化新移民的新口号，加强了澳大利亚的国家认同。1975 年澳大利亚经过全民公投，把《前进吧，美丽的澳大利亚》与《上帝保佑女王》一起作为澳大利亚的国歌，分别在不同的场合使用。但是，这些都没能改变澳大利亚依然是英联邦的成员国，并且受到英国和美国影响的现实。接下来，澳大利亚的失业率又一次上升，1992 年突破了 10%。澳

---

① ［澳］麦金泰尔：《澳大利亚史》，潘兴明译，东方出版中心 2009 年版。

大利亚以博学著称的学者巴里·琼斯在他的《沉睡者的激醒》（*Sleepers Wake*）中，指出国家的未来是在后工业化世界中囚徒的困境。① 而这种国家困境早在彼得·凯里1985年的《魔术师》中，就以文学的形式予以形象地揭示出来了。

彼得·凯里在《魔术师》中，从谎言和欺骗入手解构澳大利亚的国家神话。小说的标题Illywhacher是澳大利亚的一个俚语（根据 *A Dictionary of Australian Colloquialisms*，illywhacher源自"spieler"，是神话的讲述者和Swindler），它的含义引申为赢得受骗人的信任而骗取钱财的职业骗子。小说的主人公拜杰葛瑞毫不忌讳地声称自己是职业骗子，彼得·凯里借这个人物表现澳大利亚是一个建构在谎言之上的充满了谎言的国家。在这个国家，拜杰葛瑞"看到到处都是谎言，而澳大利亚本身就是一个最大的谎言：人民假装自己是英国人或美国人，建筑假装是欧洲的，历史建立在'这片大陆，一开始殖民的时候，是被占领的无主土地'——显然那是属于澳洲土著人的"。② 很明显，凯里采取了以谎言对抗谎言的方法，"用另外一种方式看待生活，用另外一种方式看待澳大利亚"。③ 在凯里看来，澳大利亚的发展自始至终都与其他经济强势的主体——首先是英国，然后是美国，以后还可能是日本——相关。此外，《魔术师》中提到鹦鹉、玫瑰鹦鹉、笑翠鸟、小鹦鹉等澳大利亚本土的动物，目的在于加强澳大利亚读者的认同感。可见，凯里在这部时间跨度最长、内容极为丰富的《魔术师》里，最主要的是探讨澳大利亚的国家认同问题。

同时，《魔术师》揭露了澳大利亚现在是一个独立自主、民主文明的国家的谎言。在凯里看来，"澳大利亚人总认为他们自由自在、独立自主，其实，他们只不过是在铁栅栏后面来回跑动着、狂叫着"。④ 澳大利亚人的这种被捆绑和囚禁状态来自于大英帝国和美帝国等国家的强势影响。郝伯特·拜杰葛瑞回忆他的父亲时说，他发现他父亲那一代的澳大

---

① ［澳］麦金泰尔：《澳大利亚史》，潘兴明译，东方出版中心2009年版，第227—228页。

② Nicholas Spice，"Phattbookia Stupenda"，*London Review of Books*，Vol. 7，No. 7，1985，pp. 20 – 21.

③ Ibid. .

④ Peter Carey，"in an interview with Edmund White"，*The Sunday Times*（London）March 20，1988，pp. 8 – 9.

利亚人总是把自己看成或想象为英国人。他说："这个故事关系到我的父亲，他总是把自己想象成为一个英国人，是那种具有只有我知道的英国性的人，他总是不错过任何一个机会说，'我是一个英国人'或'作为一个英国人'。"① 因而，当拜杰葛瑞发现他的父亲出生在澳大利亚的约克大街上而且是一个店员的儿子时感到十分吃惊。一个长期以来存在认同问题的国家谈何独立自主？

拜杰葛瑞的父亲是英国纽比公司专利18lb初级产品在澳大利亚的代理商，他把英国看成自己的祖国，即使阻隔重洋依然与之有密切的联系。在小说中，拜杰葛瑞继续揭露澳大利亚不仅没有从其宗主国英国的影响下走出来，而且把他们所谓的国家想象建立在对其他族裔的排斥之上。他说："总有一些分散的群体想团结起来或——而且这必定是已经发生的事实——我的父亲想通过劝说他们一起购买大炮而从俄国人、中国人和剪羊毛的人那里保护自己。"② 拜杰葛瑞这样评价他的父亲："谈论帝国和忠诚时他是一个好人，但是并不是帝国或忠诚使得他成功：他是一个说谎的、一个吹牛的、渴望嚼头的人。"③ 当时的澳大利亚人被英国人看成低贱的二等公民，他们把这种屈辱和自卑转嫁给其他族裔的移民，"对那些来自英国的朋友她看得至高无上，而那些来自阿萨姆邦（Assam）的朋友则被看成非常卑贱的"。④ 澳大利亚人以自己的英国性为荣，为殖民地历经时空阻隔之后与英国在某种程度上的疏离而感到忧伤，"康特威夫人（Mrs Kentwell）哀叹爱尔兰农民自大时的伦敦腔表明在这个社会英国文明标准的凋零和垂死"。⑤

拜杰葛瑞与他的父亲不同，他不再为英国的一切着迷，而是深深地焦虑于英国的影响，一心想通过建立澳大利亚民族工业来摆脱殖民地在诸多方面仰仗宗主国庇护的处境。拜杰葛瑞明白澳大利亚人的英国情结很重是有其历史渊源的，"这是发生在这个国家的事情。他们从开始制造英镑的那一刻起就变成了英国人"。拜杰葛瑞感慨，澳大利亚人以自己是

---

① Peter Carey, *IllyWhcker*, p. 38.

② Ibid. , pp. 38 – 39.

③ Ibid. , p. 51.

④ Ibid. , p. 112.

⑤ Ibid. .

英国人甚至是"比英国人还英国人"为荣。凯里这样描述澳大利亚人的这种心理现象："那个老男人像布袋一样粗大，但他很骄傲因为他首先是一个英国人。"① 一心想发展民族工业的拜杰葛瑞明白，一个想象中的英国人是不可能制造出澳大利亚的飞机来的。英国人和英国的工业就像泛滥的兔子一样在这个国家没有容身之地，如果他们没有本地化就成不了"澳大利亚人"，只会像兔子一样毁坏这个国家。如果说拜杰葛瑞的国家认同较之其父已经有了加强，那么其情人利厄则已经完成了澳大利亚的国家认同。

彼得·凯里借拜杰葛瑞的情人利厄说出他心中所想的："如果你想做英国人感兴趣的事情，你就去做英国航空工业的代理商，你的孩子将会终身咒骂你。"② 利厄还质问拜杰葛瑞："为什么在你肩膀上会有英国的标记？亲爱的上帝，你是英国人。你讲英语。你像一个英国人。你有一个英国人的名字。"③ 从利厄的质问中我们可以看出，像拜杰葛瑞这样具有爱国主义和澳大利亚民族主义思想的人也是不纯粹的，因为他们一样与英国保持着生意上的往来和纠葛。在澳大利亚创建自己的民族航空工业是非常艰难的，拜杰葛瑞试图说服他的生意合作人：他们都是澳大利亚人，他们应该有澳大利亚自己的飞机。但是，他的提议遭到了大多数人的否决。显然，造成这种困境的原因是当时澳大利亚人的国家认同感不强烈。澳大利亚不仅曾是英国的殖民地，而且是当下美国文化殖民的对象，二战后美国的消费文化在澳国逐渐取代老牌帝国英国的影响。因此，凯里在这部小说中借人物反思澳大利亚的历史处境，"当他们告诉我们，我们也好似英国人的时候，我们为什么要相信英国，当美国人告诉我们，他们会保护我们的时候，我们为什么要相信美国人"。④

《魔术师》不仅解构了现代澳大利亚的国家神话，也解构了其国家的起源神话。利厄对拜杰葛瑞说："忘记了我们所做过的，这是很明显的事实。土地是偷来的。整个民族建立在谎言之上，说什么当英国人到达时，

---

① Peter Carey, *IllyWhcker*, p. 126.

② Ibid., p. 136.

③ Ibid., p. 137.

④ Ibid., p. 186.

这里是无人居住的地方。如果它是属于人的地方那么它是黑人的土地。"①
拜杰葛瑞则平静地争辩，这里即使"不是你的国家它也是我的国家"。利
厄则进一步指出历史的谎言和欺骗的性质，他们是有一个国家但这个国
家是偷来的。利厄说，这个国家没有历史，它就像婴儿一样脆弱，不得
不自己发现所有的东西，"只是现在人们学着像统治阶级一样对待我们，
关于工人的天堂我们必须说谎、欺骗，我们需要更幸运才能拥有自由。
所以如果你还在 1931 年，寻找金子来解决你的问题，我必定会说你找错
了树"。② 拜杰葛瑞尝试对利厄解释这个国家的历史，指出为什么工人阶
级总是忙活着，好像明天他们会成为老板似的。从拜杰葛瑞和利厄的对
话中可以看到澳大利亚国家认同中复杂纠葛的情感。这种解构澳大利亚
国家神话的做法延续到了《奥斯卡与露辛达》中。

第二节　澳大利亚国家认同从含混走向澄明

美国独立之后，澳大利亚成大英帝国的另一块罪犯流放地。在英国
人看来，"自发明了苏打水之后，澳大利亚是他们最大的发现，一度成了
饮酒纵乐后的去处"③，也是"比死更可怕的地方"④。但是这块曾经的罪
犯流放地和被看成地狱般的去处确确实实是千万澳大利亚人的家园。在
《凯利帮真史》的末章，内德·凯利在误杀警察被逼上绝路抢劫了银行之
后，对故土的深情使得他宁愿舍弃生命，也不愿离弃祖国。在《杰克·
迈格斯》中，彼得·凯里通过对大英帝国的经典小说狄更斯的《远大前
程》的改写，重新赋予马格维奇以新的身份和全新的生活经历，颠覆了
康拉德的《黑暗之心》、简·奥斯丁的《曼斯菲尔德庄园》、萨克雷的
《名利场》、狄更斯的《大卫·科波菲尔》等西方帝国的传统殖民书写。

---

① Peter Carey, *IllyWhcker*, p. 307.

② Ibid., p. 229.

③ Henry Kingsley, *The Hillyars and the Burtons*, Sydney：Sydney University Press, 1973,
pp. 238 – 239.

④ 奥斯卡·王尔德：《认真的重要性》（1835），第一场。见巴特穆尔－吉尔伯特《后殖民
批评》，杨乃乔等译，北京大学出版社 2001 年版，第 299 页。

在帝国文豪狄更斯看来，流放就是被驱逐、被除名和被抹杀，作为流放犯的马格维奇，一旦走出英国就被这个国家给遗弃了。但是，马格维奇始终眷恋大英帝国，从来就不把帮他净化罪恶，让他发财致富的澳大利亚当作自己的祖国，念念不忘自己是大英帝国的臣民，他的结局只能是死在他深爱的故国不合理的法律之下。彼得·凯里版本的马格维奇——杰克·迈格斯则最终认同了澳大利亚，成功后的杰克·迈格斯在英国经历了失望和迫害之后偕同恋人回到澳大利亚过上了幸福的生活。

一　各色人物视角下的国家认同

彼得·凯里 12 部长篇小说中涉及民族国家认同的主要是与澳大利亚历史有关的 4 部：《魔术师》《奥斯卡与露辛达》《杰克·迈格斯》《凯利帮真史》，而其中的《奥斯卡与露辛达》和《凯利帮真史》都是布克奖的获奖作品，由此可见凯里对澳大利亚的民族国家认同的探讨是极为成功的。他的这些作品展示了澳英关系，展示了英国对澳大利亚影响的诸多方面，展示了作为英国的殖民地历史时期的澳大利亚人民是如何萌生民族国家意念的。同时，这些作品展现了第一代移民如何在怀念故土和扎根新世界的矛盾中生存，第二代移民如何从情感上疏离宗主国，在新大路上找到了自己的归属感。我们首先要探讨的《奥斯卡与露辛达》就通过 19 世纪澳大利亚和英国的关系展示了澳大利亚民族国家形成之前的国家认同。梳理小说中的人物我们可以看到奥斯卡眼中的澳大利亚，奥斯卡回忆中的英国德文小镇，露辛达眼中的英国及其对澳大利亚的强烈情感，露辛达母亲对英国的怀恋以及其他人物视角下的澳大利亚与英国。我们可以通过这些人物视角来看《奥斯卡与露辛达》对澳大利亚民族国家认同的建构，以及第一代移民和第二代移民对宗主国与殖民地的不同情感。这些人物视角下的澳大利亚和英国带有强烈的感情色彩，表征了人物各自的认同倾向。伊丽莎白和奥斯卡对英国的认同，露辛达对澳大利亚的认同，都在他们各自的"看"和"说"中表现得淋漓尽致。

作家对叙事作品的情境、事件、人物等进行描述时，总有一个看待一切的观察点，并通过这一观察点将所看到的一切呈现出来。这个观察点就是叙事学中的叙事视角。赵毅衡认为："叙事角度的问题实际上是一个叙述者的自我限制的问题，而全部叙述也就可以分成两大类：全知叙述角度是有权从任何角度拍摄花瓶的摄影师；有限叙述角度只是允许自己在一个特定角度上工作的摄影师。"[1] 传统小说大多采用上帝般超然的全知全能叙事视角，全知叙事者的目光无所不在、无所不及，叙事者对发生在不同时间、不同地点的事件了若指掌，对人物的内心活动也能明察秋毫。与此相对应的是有限视角，叙事者转用故事中或故事外某个人的眼光来观察事物，对事件发展知之甚少，对人物认识有局限，作品因而充满了悬念和空白。有限视角是对全知全能叙事视角的"陌生化"。有限视角中最常见的是人物有限视角，人物视角叙述的奇特性在于它是一个双重视域，具有双重叙述功能，它既可以表现人物视角下的人物个性，也可以表现视角使用者的个性。彼得·凯里在《奥斯卡与露辛达》中，采用了有限人物视角，通过奥斯卡、露辛达、伊丽莎白等人物的视角看英国和澳大利亚，以此再现殖民地时期澳大利亚人国家认同复杂和丰富的特征。

（一）伊丽莎白和奥斯卡的乡愁

弗雷德·戴维斯说："怀旧对于我们是谁、我们在做什么以及我们将往何处去之类的问题，大有深意。"[2] 因此，怀旧是我们用来不断地建构、维系和重建我们的认同的手段之一，或者说，是一种毫不费力即可获得的心理透镜。怀旧所精心呵护的认同感的连续性，对个人来说具有情感意义，对社会而言则又是必需的。因此，怀旧体验与认同的形成、维持及重建有关。戴维斯进一步分析：

> 怀旧在持续追求个人认同的过程中——在这一过程中，个体尝试着从一堆无序的原初经验的混沌中拯救出一个自我来——如何发挥作用呢？显然，在生活赋予我们的连续性与不连续性的冲突之中，怀旧更偏向于我们内心深处对于连续性的诉求，偏向于让我们感到舒适的前后一致，偏向于一种虔敬的统一——至少是在肯尼思·伯克（Kenneth Burke）使用这个词语时所带有的微妙意义上。[3]

---

[1]　赵毅衡：《当说者被说的时候》，中国人民大学出版社 1998 年版，第 121 页。

[2]　［美］弗雷德·戴维斯：《怀旧和认同》，载周宪主编《文学与认同：跨学科的反思》，中华书局 2008 年版，第 105—119 页。

[3]　同上。

从英国到澳大利亚的移民过程中，地理时空的转移使得移民在时间和空间上中断了与英国的联系，已有的认同出现了裂隙而新的认同还没有形成，因此造成了认同的断裂。而怀旧则延续了过去的认同，抵制着新的认同的形成，奥斯卡与伊丽莎白就是通过他们对英国的怀恋来抗拒着他们逐渐形成的澳大利亚认同。

　　露辛达的英国寻乡之旅只是受其母伊丽莎白的影响而替她完成遗愿的行动。露辛达的母亲伊丽莎白·莱普拉斯特里尔是一个充满浪漫和幻想而又精力充沛的女性。她追随丈夫来到新南威尔士一起经营农场，在这片新大陆上生养女儿，但她始终心向英国，念念不忘要返回祖国。在伊丽莎白留给露辛达的遗产安排中，可以看出她希望自己的女儿能回到英国认祖归宗。伊丽莎白听到丈夫由于意外事故身亡的消息后，彼得·凯里写了她一连串的心理活动：

　　　　我可要回祖国了，她想到。留在这里已经没有什么意思了。愿上帝拯救我。
　　　　她搓着双手。这双手皮肤干裂、全是硬茧。她想到，我是一个写随笔的，我是个知识分子，可不该有这么一双手呵。
　　　　她想：我在新南威尔士浪费了 11 年，居然落得这么个下场。这个傻男人竟然使我成了寡妇。
　　　　伊丽莎白想到了伦敦。她想：没有什么可以留住我了。我自由了。我留在这里的理由不复存在。①

　　为了浪漫爱情而来到新南威尔士，为了守住爱情和实现办工厂的理想而留在了澳大利亚，而丈夫的去世让她曾有的梦想破灭，回乡的愿望愈加强烈。压抑了多年的思乡之情在瞬间爆发，伊丽莎白的言行在读者看来总有一点别扭，凯里在小说中渲染伊丽莎白的思乡之情超越丧夫之痛，这种精心而巧妙的安排一方面解构了浪漫爱情，另一方面表明了人物情感的复杂性和其强烈的认同感。

_____

① 〔澳〕彼得·凯里：《奥斯卡和露辛达》，第 104—105 页。

　　作为从英国来到澳大利亚的第一代移民，露辛达的母亲伊丽莎白以挑剔的眼光打量着澳大利亚这片新大陆。伊丽莎白在写给玛丽安·伊文思的信里充溢着情绪。说她发现新南威尔士腐败、物欲横流、堕落；不堕落时便是愚蠢之至之刻。一方面，对于曾经是知识分子的伊丽莎白，新南威尔士是令人无法忍受的文化荒漠，因为在那里整整四年，除了《圣经》和《祈祷书》以外，她什么书也没读过。另一方面，殖民地的超负荷的劳作剥夺了人们的闲暇，当伊丽莎白在她苦涩的内心深处开始憎恨农活的时，她变得更落落寡欢。伊丽莎白是一位不服输的、坚强的女性，她越是恨，就越想通过奋斗拼搏以证明自己能把它干好，但殖民地贫乏的精神生活和超负荷的劳作使得她打定主意一定要回家。伊丽莎白所说的家指的是英国，她念念不忘的始终是自己要回到母国，尽管直到最后她都没能够实现自己回家的梦想，长眠在这块带给她梦想和快乐也带给她辛劳和愤懑的土地上。对于澳大利亚这个曾经有过殖民历史，由移民构成的国家，伊丽莎白的故事不断为后来的移民所重复，后殖民国家的历史也就是由他们在实现梦想和无限乡愁的交织中建构的。

　　奥斯卡在给父亲的信中含蕴了浓浓的乡愁：

　　　　如果你愿意的话，写上几笔汉纳可姆我们三人曾经愉快散过步的小巷。我思乡心切，想念那些篱笆和优雅的鸟语，想念英格兰可爱、浑浊的蓝天。这个殖民地似乎如此生硬，一切都是新的，新近开垦的土地，到处是泥土和沙石。没有什么能使土壤松软。鸟儿的歌声响亮可沙哑得很，一切都不够优雅，缺乏照料。这里的社会总的来说似乎对公共福利不感兴趣，只关心个人利益（尽管这里的人穿的要比任何英格兰人所想象的都要好）。①

在英国牧师奥斯卡的内心里，时刻拿澳大利亚与英国做比较，这使得他更加思念家乡的一切。奥斯卡很想家，喜欢谈论英格兰。他所谈的英格兰和那个曾使他深感失望的地方大不一样。那是个亲切的、绿油油的地方。露辛达不可能知道教养奥斯卡的斯特拉顿夫妇的房子又潮又冷，浸

---

　　①　［澳］彼得·凯里：《奥斯卡和露辛达》，第401页。

礼教的孩子曾逼迫他吞了一块石子。奥斯卡深情地谈论着斯特拉顿夫妇，称他们是"我的监护人"。奥斯卡没有告诉露辛达，斯特拉顿在赛马场上的成就和他在农场上获得的相当。斯特拉顿在采用了奥斯卡的那套赌博套路之后，把所有的资本都输得一干二净。斯特拉顿债台高筑，离开奥里尔后向那些不认识的人乞讨借钱。的确，"怀旧情绪让人神情恍惚，把记忆中值得赞叹的方面提取出来，而把与之相连的确凿无疑的痛苦和悲剧抹掉"。[①] 乡愁是净化了所有不愉快经历的一种美好回忆，它是一个人内心里最柔软的部分，有如田园牧歌满蕴着诗意、微带着忧愁。

（二）奥斯卡眼中的澳大利亚

因为没钱交大学学费，奥斯卡在同学沃德莱－菲什的引诱下涉足赌博，并以此获得的收入维持学业。但奥斯卡为自己对待赌博的激情负有深深的罪责，他的澳大利亚之行就有赎罪和自我放逐的意味。奥斯卡以英国牧师的身份来到了新南威尔士殖民地。他看到自己为之赎罪的赌博活动正在殖民地如火如荼地展开，"在乔治街有玩番摊，有抛双币的，玩扑克的；在帕丁顿的酒吧里，纸牌的玩法应有尽有"。[②] 奥斯卡在英国还没见过这样狂热的赌博行为，这是他在新南威尔士殖民地的第一个发现。在这片新大陆上，赌博不局限于任何类型的人或任何阶层，为此奥斯卡深为感慨，"赌博似乎是殖民地的支柱产业"。[③] 澳大利亚人爱赌博，澳大利亚的赌博业发达。在沿革了一百多年的墨尔本杯赛马节中，赌马是其最主要的、最受热捧的活动。奥斯卡在船上与澳大利亚少女露辛达相遇，抑制不住赌博的欲望，他向露辛达大谈赌博无害的道理。在悉尼再次与露辛达相遇，他们又狂赌起来，奥斯卡终于因此丢掉了神职。奥斯卡对殖民地的第一观感来源于他自己对赌博的爱好，殖民地的赌博狂热重又点燃了他原本是要来这片新大陆埋葬和净化的罪感。彼得·凯里通过赌博活动指出澳大利亚历史上的罪与恶是其宗主国罪与恶的延续。

奥斯卡住在巴塞斯特街的公共寓所里，他体验到了人其实是地位的衍生物。也许刚才还过着舒适、温暖的生活，得到路人的爱和尊重，别

---

① ［美］弗雷德·戴维斯：《怀旧和认同》，载周宪主编《文学与认同：跨学科反思》，第105—119页。

② ［澳］彼得·凯里：《奥斯卡和露辛达》，第378页。

③ 同上书，第378页。

人不假思索地会对你表示出敬佩，溢美之词不时在耳边响起。可一转眼，就可能成了最卑鄙的小人，人人可以唾骂的破旧房子的邋遢主人。奥斯卡无奈地感叹道，"澳大利亚真是个让人厌恶的地方。他希望他从来不曾来过"。① 本来是想到澳大利亚净罪和继续上帝的伟大事业的奥斯卡，在悉尼遭受了第一次挫折。而当一封带着霉味、沾着油腻的信告诉奥斯卡，他的同学沃德莱－菲什也要来澳大利亚追随他时，他更为此负疚不已，觉得是自己拖累了同学。沃德莱－菲什对澳大利亚也有同样的感情，当他调侃地说一位澳洲人是骗子时，被调侃的人争辩道："不许你叫我骗子，先生，我是个船长。"英国式的幽默遭遇到了澳洲式的较真，让沃德莱－菲什感觉很无奈。他感慨，"假如所有的新南威尔士人都是如此，那可真让人受不了——什么事也办不了。你无法和一个人去辩论他是否是个骗子"。②

在奥斯卡的眼中澳大利亚人是那么的不客气、不自谦，"这就是博罗戴尔先生。他用自己的名字命名街道"。澳大利亚作为大英帝国的殖民地是帝国名副其实的物资储备仓库，"殖民地里的羊肉已堆积成山"。③ 澳大利亚的殖民地特征随处可见，波特港到处是满口秽言的锯木匠，无一例外都是些刑满释放的罪犯。按丹瑟主教的理解，这地方是地球上的小地狱。④ 澳大利亚曾经是罪犯流放地，处于南半球的澳大利亚地理气候与英国正好相反，是被英国人称为地狱的去处。在悉尼这个令人眼花缭乱的地方，奥斯卡眼都看斜了。他发现在澳大利亚粗犷的风景里，福音派教堂比比皆是。那些教堂游移不定，和人们的信仰没有任何联系。基督教远渡重洋来到这块殖民地，在这里留下了历史的见证，但宗教的精神似乎并没有给殖民地的人们带来多大的影响。殖民地的边边角角都粗糙不平，犹如囚犯所开采的岩石。流放犯所遭受的苦难似乎并未能在基督教中找到慰藉和救赎。奥斯卡对殖民地的初步印象是：澳大利亚人在这片新大陆上行使着只有上帝才有的命名的权利，这里是一个堆满羊肉的、充满罪犯气息的人间地狱，这里的人大多不信仰上帝，宗教没有在殖民

---

① ［澳］彼得·凯里：《奥斯卡和露辛达》，第448页。
② 同上书，第566页。
③ 同上书，第296页。
④ 同上书，第340页。

地扎根，流放犯在澳洲只是在肉体上从罪犯改造为劳动者、在精神上没法净罪。

　　透过奥斯卡的眼，读者还可以看到新南威尔士的其他情状。殖民地的环境卫生只能用脏、乱、差来形容，"奥斯卡牧师坐在自己难闻的味道里，下面是悉尼街还不时飘过来阵阵的粪臭。愤怒和沮丧交替折磨着他"。① 殖民地的生活环境也非常恶劣，"他们提醒他注意蛇、蜘蛛，告诫他夜里最好把窗户关了"。殖民地的白人和澳洲土著居民有着天然的鸿沟，基督教文化和土著文化碰撞之后没有交融而是隔绝。虽然殖民地的生活很艰辛，但是在这片新大陆上充满了机会。罪犯不是在宗教中寻求救赎，可他们以通过自己的辛勤劳动，用自己的汗水洗净自己的罪孽，"贾德先生的父亲可能是被放逐至此的，不过贾德先生是一个成功的运输业业主，拥有多个横贯殖民地的运输队"。② 流放犯的下一代在澳大利亚已经是各方面的成功人士了，但是他们在英国人的眼中还是打上了"罪"的印痕。澳大利亚还吸引了大批英国自由移民，"9 月和 10 月被认为是新移民抵达悉尼的最佳时机。"③ 随着新移民的涌入，殖民地澳大利亚也在发生着缓慢的变化，那是英年早逝的奥斯卡所不能看到的。

　　奥斯卡不遗余力地批评殖民地盛行的实用主义。他说："实用。在悉尼，当他们企图做出伤害灵魂的事情的时候，他们就使用这个词。"露辛达认可奥斯卡的这种批评，她无奈地说："不，不。不过你不能认为我必须对悉尼负责。"奥斯卡心中时刻拿英国与澳大利亚进行比较，他说，"在家乡，我从来没有这么攻击过这个词。可在这里，这个词是那些无聊的人用的，用来掩饰贫乏的想象力……"④ 的确，维多利亚时代英国实用主义被殖民地澳洲发挥得淋漓尽致。在新南威尔士殖民地的奥斯卡深深地怀恋着英国的一切，就是在与露辛达视察玻璃工厂的时候，奥斯卡也在用记忆中的英国德文郡的乡景与澳大利亚的工厂做比较：

　　　　他没想到一个制作过程会有如此美妙。如果你一小时前让他告

---

① ［澳］彼得·凯里：《奥斯卡和露辛达》，第 432 页。
② 同上书，第 380 页。
③ 同上书，第 398 页。
④ 同上书，第 473 页。

诉你什么才称得上是美的，那他会大谈自然界，列举一些德文巷里长的植物，或搜索枯肠向你描述他父亲画的和命名的银莲花。这些精致的、没有灵魂的小生物同样也是上帝创造的。他会对你描绘斯特拉顿夫妇丰收后的禾垛（全然忘却这些禾束曾划破了他手上的皮，痒得他彻夜难眠）。要不就是那透过有着两英尺厚窗台的窗户所望见的澎湃、骇人的大海。①

弗雷德·戴维斯认为，怀旧培育出对先前自我的赞赏态度的倾向，是从记忆中消除不愉快、不开心、惹人厌的经历，尤其是先前自我中潜伏的那些让我们感到羞愧、负罪或卑贱的阴影，即使不能消除，也要绝口不提。于是这些阴暗的残留物就从怀旧重构中被清除掉了。② 的确如此，奥斯卡对英国的回忆就是完全净化了童年和青少年时期的一切不愉快的经历，使其在英国德文郡的岁月充满诗情画意。戴维斯总结说：

> 怀旧总是抹去了痛苦的记忆，用过去的美好服务于维持认同连续：（1）培养对先前自我的赞赏姿态；（2）从记忆中过滤掉不愉快和不体面的成分；以及（3）借助于一种常态化的过程，重新发现和恢复早先自我中边缘的、短暂性的和异常性的层面。③

怀着拓展上帝事业的梦想来到新南威尔士的奥斯卡深深地怀恋英国及其那里的一切，因此把过去简单化和浪漫化了。对奥斯卡来说，怀旧颂扬了过去，又削弱了过去，同时还把过去转化为一种应对当下处境的工具。然而，奥斯卡的怀旧情绪虽然能帮助他应对在新南威尔士遭遇的挫折和失意，却也阻碍了他对澳大利亚的认同。

（三）露辛达眼中的英国

由于深受母亲伊丽莎白的影响，露辛达对英国、对工业化都有着美好的憧憬。露辛达从她成长的小镇来到悉尼，购买了帕特鲁王子玻璃工

---

① ［澳］彼得·凯里：《奥斯卡与露辛达》，第 453 页。
② ［美］弗雷德·戴维斯：《怀旧和认同》，第 105—119 页。
③ 同上。

厂，她发觉工厂并非只是母亲眼里可以给妇女带来机会和方便生活的地方，还是重新制造阶级，充满压榨、汗水，以及无休止地劳作的地方。虽然露辛达年幼的时候迫不及待地想去了解她母亲所谓的"劳动世界"，但接管帕特鲁王子玻璃工厂之后所看到的"一幅朦胧、可畏的画面，犹如印刻在 W. G. 尼克塞黑炉子上的那些画面：工厂、烟囱、煤灰，帝国"① 才是真实的工厂世界。对工厂产生失望情绪之后，露辛达决定去英国寻找母亲睡梦里也忘不了的充满温馨和诗意的家园。但是，与身在澳洲心在英国的母亲伊丽莎白正好相反，露辛达身在英国心在澳洲。到达英国之后的露辛达感慨道，能从船上下来，和实实在在的人在一起，她很快活。因为这里有实实在在的气味——煤、焦炭、无烟煤、石油，使她想起了她的玻璃厂。露辛达刚刚踏上英国的土地，就"突然急不可耐地想回去了——就像她急不可耐地要离开一样——她想回去嗅闻那烧焦的梨木和石油所挥发的芬芳味，去嗅那氧化成黄绿色的硫酸盐和铬酸盐所发出的化学酸味"。② 第二代移民露辛达对生养她的那片土地充满了深情，她对澳大利亚的乡土情有如伊丽莎白和奥斯卡对英国的感情。

　　露辛达对英国的方方面面都感到失望。首先，她对英国人感到非常失望。露辛达原指望她母亲的朋友乔治·艾略特也会有她母亲那样的狂热激情。虽然，作为英国著名作家的乔治·艾略特鼓励她母亲伊丽莎白写一些文章和小册子，但她却没有"伊丽莎白对工厂的狂热劲"。其次，露辛达对英国这个"家"感到无比的失望。露辛达来到伦敦时是把这里当成了"家"，因为这里是她母亲念念不忘，想方设法要把她送回来的"家"。但是，没过多久，她就清楚这污秽的大机器根本不是什么家。露辛达离开悉尼时是怀着到英国结婚生子的念头。那时候她坚信在伦敦会有许多人向她求婚，即便是仅仅看中她的家产。她打算磨炼自己，准备狠着心肠打发许多不尽如人意的求婚人。然而什么也没有发生，只有面孔铁板的帕克斯顿先生有过两次很不得体的举止。露辛达对英格兰人厌倦到极点。充满幻想的澳大利亚少女在伦敦经历了一番梦幻破灭的异国他乡之旅，然后回到她自己认可的"家"——澳大利亚。露辛达觉得自

---

① ［澳］彼得·凯里：《奥斯卡和露辛达》，第126页。

② 同上书，第246页。

己在英国遭遇的所有事情，她碰见的所有的人，她所穿过的浩瀚的海洋，都是不值得一写的，她能写下的只有"那是一间极其豪华的公寓，可让我给搅了，因为我跑到哪儿，过度的烦恼和焦虑就跟到哪儿。很钟爱纸牌游戏"。[①]

在英国，露辛达只是生活在他乡的游子，没有归属感。她在伦敦感到寂寞难熬、心烦意乱，无名之火常常萦绕心头。就是乔治·艾略特，且不去管她的小说是怎么说的，她也只习惯于那些见了她眼睛就不敢朝上看的女士。[②] 殖民地和宗主国的生活无论是在日常生活礼仪还是人们的观念上都有很大的不同。露辛达发觉自己在体面的社会里使所有的人都难堪，包括她母亲的朋友，那些热情洋溢地写信邀请她到英国去的人。当他们请她到他们的客厅去作客时，他们发现热情投错了地方。他们感谢上帝——那些自诩不是无神论的人——因为他们没有把女儿丢弃在殖民地。在返回澳大利亚的途中，露辛达之所以对英国牧师发生了兴趣，是因为霍普斯金先生把自然和个人的景观结合起来。更叫她欣喜的远不是任何外部景观，而是他手的一招一式，一点也不像英国人。他似乎充满活力，他的身躯已经无法容纳他勃勃的生机。英国人苍白无力，而露辛达精力充沛，殖民地的儿女与宗主国母亲之间已经有了精神上的裂隙。露辛达已经有了澳大利亚认同——民族—国家认同的萌芽。

以上通过《奥斯卡与露辛达》中主要人物的视角分析了 19 世纪澳大利亚开始萌芽的国家认同。对彼得·凯里来说，这些主要的人物的声音还不能说明其认同的全部内涵，因此他通过小说叙事者的声音和其视角来补充这种不足。叙事者（奥斯卡的曾孙）说，"我们的历史是孤儿的历史，我母亲（米里亚姆·查德威克）就喜欢这么说"，《奥斯卡与露辛达》的叙事者认为他母亲在这里用的是"孤儿"这个词的本义和它的感伤情调。她并不想说这适用于整个国家，但它适用于家族史的三个分支——奥斯卡的，露辛达的，米里亚姆·查德威克的，米里亚姆·查德威克的母亲在"格拉弗顿号"过贝林峡触礁时遇难。叙述者诉说着澳大利亚自然地理环境的恶劣，"澳大利亚的太阳会把你的教民烤焦，他们

---

① ［澳］彼得·凯里：《奥斯卡和露辛达》，第 251 页。

② 同上书，第 248 页。

仿佛置身于地狱一般"。① 以下则是叙事者描述的白人入侵者、征服者形象：

> 杰弗里斯先生不喜欢教堂，不过他当然也不是一点历史感都没有的人。他认为每块玻璃都会穿过没有、一次也没有见过玻璃的乡村。这些玻璃板将开创新的历史进程，将撕开遮蔽地面的白色粉尘覆盖物，揭示出下面的地图。地图上有山川、河流、地名、他出生地波罗姆雷的街道，把它们与澳大利亚的原始河流连接在一起。②

叙事者的声音让读者对殖民地的世态人情有较清楚的了解。"史密斯先生具有典型'可爱的老英格兰'的那种甜美、文化和教养——尽管他热衷于任何与澳大利亚有关的事物，对'祖国'却情有独钟"③，说明刚到殖民地的居民有着强烈的英国认同感。奥斯卡的懦弱折磨着他的心灵，博罗戴尔先生跑来大谈殖民地之间的税务引开了他的思路，使他感到如释重负，"博罗戴尔先生说居住在沃东噶的人从墨尔本进货要付关税，这实在是欺人太甚。奥斯卡既不懂政治，也不懂地理"。④ 从这里可以看到，在澳大利亚，殖民地的税务是被白人移居者广泛谈论的话题。叙事者的声音转达出了比其他人物视角下的澳大利亚展现的国家认同更为复杂的层面。

二　从马格维奇到杰克·迈格斯

赛义德在他建构的后殖民主义理论体系中对文化和帝国进行了考察。澳大利亚是一个典型的后殖民国家，赛义德考察了其与大英帝国的文化关系。以狄更斯《远大前程》的帝国叙述为例，赛义德指出澳大利亚有似爱尔兰，是英国的一块"白色"殖民地。而马格维奇和狄更斯在这部小说里的相遇，肯定不是事出偶然，映照出了英国与其海外殖民地的悠久历史。正如澳大利亚著名诗人和批评家罗伯特·休斯（Robert Hughs）

①　［澳］彼得·凯里：《奥斯卡和露辛达》，第524页。
②　同上书，第545页。
③　同上书，第284页。
④　同上书，第286页。

在《致命的海岸》中分析的，狄更斯对待马格维奇的态度，与大英帝国对待流放澳大利亚的罪犯如出一辙。他们可以成功发财，但鲜能期望回来。他们可以赎清前罪，前提是只能老老实实待在澳大利亚，他们是被帝国永远除名了的人。彼得·凯里对帝国文学中的这种叙述极为不满，他受到巴塞尔姆对欧洲经典童话《白雪公主》重写的启示，重写狄更斯的《远大前程》为《杰克·迈格斯》。凯里希望通过他的重写帝国经典来颠覆经典内部的殖民地/宗主国、殖民/被殖民、中心/边缘等二元对立的等级结构，赋予人物以复杂丰富的情感和不同的国家认同。

从狄更斯的《远大前程》到彼得·凯里的《杰克·迈格斯》，马格维奇变成了杰克·迈格斯，匹普变成了亨利·菲利普斯，而作家狄更斯则变为小说中的另一位主要人物托拜厄斯·欧茨，虽然小说的历史场景依然是19世纪维多利亚时代的伦敦，但是这种对过去历史的回写已经带上了20世纪末人类的认识。凯里对待狄更斯的经典的做法已经不是改写所能说明的了，而是对这部小说进行了彻底的重写，借狄更斯的题材及其历史影响构思澳大利亚小说。从大英帝国的罪犯和流放犯，到新南威尔士殖民地的新生者和成功者，然后偷渡回到英国去看望他所培养的英国绅士匹普，执迷于大英帝国至死不悔的马格维奇在狄更斯的《远大前程》中自始至终都是一个出场不多的边缘性人物。马格维奇是狄更斯为小说设置的一个历史时代背景式人物，他是一个被剥夺了言说权利的人物，只能被人看、被人说的人物。而《杰克·迈格斯》中的杰克是小说的主人公，是一个在经历、在看、在想的，能够表达自己的沧桑，能够为自己申辩的人物。凯里在这部小说中把《远大前程》中的主人公匹普置于狄更斯曾经给予马格维奇的位置，让他成为被看、被评判、被言说的人物。从马格维奇到杰克·迈格斯，人物的认同发生了根本性的改变，从最终认同大英帝国到最终认同澳大利亚。当然，杰克·迈格斯在完成他最终认同的过程中也经历了复杂的情感博弈。

在《奥斯卡与露辛达》中，彼得·凯里借助叙述者之口说"我们的历史是孤儿的历史"，的确如此。孤儿更容易为社会的罪恶面所污染，更容易流落到社会的边缘。《杰克·迈格斯》的主人公杰克也是个孤儿，从小就成为孤儿，后被玛丽·布莱顿收养，长大后在玛丽的引诱和逼迫下成为小偷。玛丽和她的儿子汤姆为了控制杰克，达到永远利用他的目的，拆散了杰克和他青梅竹马的恋人索菲娜，并把她送上了断头台，而杰克自己也被迫流放到新南威尔士。在流放的过程中杰克受尽殖民者的欺压和折磨而满身伤疤，与澳大利亚粗糙的自然环境艰难搏斗之后，洗心革面的杰克成为诚实的劳动者，并因此在这块新大陆上发了财。为了感谢曾经给过自己帮助的菲利普斯，杰克用自己辛辛苦苦挣来的钱送他到牛津大学深造，把他培养成一位大英帝国的"绅士"。由于挂念养子菲利普斯和深切怀念大英帝国的一切，这位新南威尔士的流放犯——被判终身不得再踏上英国土地一步的杰克·迈格斯偷偷地溜回了英国。

认回养子——亨利·菲利普斯、怀念养母——玛丽·布莱顿，是杰克·迈格斯冒着被帝国绞死的危险回去的理由。当杰克踏上久别重逢的英国故土，找到曾经养育过他但也给他的生命带来重大灾难的养母——玛丽·布莱顿，然而养母并不欢迎这位在帝国被除名、被抹杀的养子。下面是历经时空阻隔之后的杰克回到故里与其养母的一段对话：

> "回家的感觉真好。"
>
> "不要到这里惹麻烦，"她说。
>
> "你是受到了应有的尊重。"
>
> "你来是为了敲诈?"
>
> ……
>
> "……我来这里是为了文化。"
>
> "是为了戏剧?"
>
> "戏剧，剧院，我有的是时间来补上这一课。"
>
> ……
>
> "你来伦敦干什么?"
>
> "这是我的家。""这就是我想要的，我的家。"
>
> ……
>
> "妈，我会回来的。"①

---

①　[澳]彼得·凯里:《杰克·迈格斯》，彭青龙译，上海译文出版社2010年版，第5—6页。

　　显然，彼得·凯里在此用这对母子之间的情感比喻澳大利亚与大英帝国之间的关联。杰克·迈格斯深深地眷恋着玛丽·布莱顿的母爱。他深情地表白："对我来说，如果可以的话，我愿意放弃所有的功课来换取玛丽·布莱顿的爱，并叫我儿子。"杰克也深深地感激着玛丽对他的养育之恩，"除了对我粗暴和凶狠、一看到我就揪住我生了冻疮的耳朵之外，她在我小时候也算尽了责任，她把我抚养成人"。杰克回忆自己成为孤儿，被玛丽·布莱顿收养之后的童年经历：五岁的时候，变成了一个拾荒者，把捡来的煤块在河边冲洗，地板擦得跟家务杂工一样好；六岁的时候，会洗骨头和杂碎，并把它们放在桌子上，摆成她喜欢的样子。澳大利亚对大英帝国的眷恋之情一如杰克·迈格斯对玛丽·布莱顿的赤子之情。彼得·凯里借托拜厄斯·欧茨写道："他们也许是罪人，但是在他们心里他们是英国的罪人。不管是背井离乡于农村还是心在化脓的伦敦，他们不能忍受永远再看不到他们亲爱的祖国的前景。"① 虽然欧茨充满了大英帝国子民的自豪和自大，但他所说的也并非夸大之词，这些流放犯被从帝国本土驱赶出去，但他们的根还在那里。但是，英国对澳大利亚的情感则是另一番景象。在英国人眼中，澳大利亚是罪犯流放地，是大英帝国二等公民汇集的地方，因此他们通过辛勤劳作挣来的钱是肮脏的。因此珀西·巴克尔说：

　　　　……流放犯拥有隔壁的房产？假装做我的佣人，而实际上拥有不动产？因此，菲利普先生……他的儿子。为什么？我打赌他所有的财产都来自杰克·迈格斯。是流放犯的钱，这就是事情的原委。②

　　对于流放犯来说，有些回忆是痛苦的、不堪回首的。但是，托拜厄斯·欧茨利用杰克·迈格斯做实验，引发他痛苦的回忆从中挖掘创作题材。彼得·凯里在此解构和重构了作家及其笔下的人物之间的关系。欧茨逼问："1813 年伦敦有一个名叫杰克·迈格斯的人被终身流放。这是你的情况吗？先生。"杰克悲叹："我是一个屎壳郎，是吗？我很清楚地知

---

① ［澳］彼得·凯里《杰克·迈格斯》，第 270 页。
② 同上书，第 299 页。

道一旦再一次踏上英国的土地将会发生什么。我被终身流放。不就是这些事实吗？难道上帝要把我踩死不成？"欧茨进一步深入人物的内心："但是，确实有一个叫杰克·迈格斯的人于 1820 年在莫顿湾获得有条件宽恕。因此我们一致认为，如果你能够重新回到新南威尔士就好了，为了所有的一切……哎呀，没有人希望你被绞死。"杰克虚弱地自我辩解："我知道。见鬼去吧。我确实知道，先生。但是，你看，我是他妈的英国人，我有英国的事情要解决。我不会背负歹徒的恶名就这样生活一辈子的。我到了属于我的伦敦。"① 大英帝国的流放犯一方面对流放他的故国满是怀念之情，另一方面愤恨于曾经遭受的悲惨境遇。冒死回到母国的流放犯为了不被绞死，只得想方设法隐瞒其不光彩的过去。

托拜厄斯·欧茨叙说道："……我们的这个澳大利亚人把他的生活装在自己的脑海里。他带来了伽蓝鸟、鹦鹉、鱼、幽灵和那些皇家植物学家愿意花一两英镑得到的东西。当他提到那双股九尾鞭……"② "在炙热的太阳下，皮肤被抽打、烤焦，此时的杰克·迈格斯依然想到英国夏天那柔和的阳光。"③ 欧茨的阴谋得逞了，杰克痛苦地说：

> 但我本来就不是一个聪明人，托比。我是一个恶棍，通过黏土挣了一万英镑。在悉尼有一栋豪宅。有一个街道以我的名字命名，在我乘船出发前。我有一辆车，两个佣人。我是杰克·迈格斯绅士，我抛弃了那里的一切，换来的就是今天这样的结局。你欺骗了我，托比，就像我过去被欺骗了一样。④

从上我们可以看出，彼得·凯里写流放犯的真实生活和心理历程的水平也是一流的。流放犯的情感世界是二分的，他们或在故国陷入生活困顿之后被迫走上犯罪道路，或被故国"制造"成罪犯而被迫流放，在流放地他们可以通过辛勤的汗水来净罪，因此过上绅士生活。但是殖民地的绅士在帝国依然是十恶不赦的流放犯。

---

① ［澳］彼得·凯里《杰克·迈格斯》，第 149 页。

② 同上书，第 103 页。

③ 同上书，第 376 页。

④ 同上书，第 327 页。

　　如果说托拜厄斯·欧茨是杰克重新踏上英国那片土地之后遭遇的噩梦，那么梅西则是杰克在那片充满敌意的土地上的唯一的善。梅西在与杰克接触的过程中逐渐了解了他的生活、他的过去、他的情感，并在他有危险的时候挺身而出救了他。梅西是殖民地自由移民的原型，她在大英帝国是普通的劳动者——侍女。她没有任何犯罪记录，只是有过被主人玩弄抛弃的污点。梅西努力追寻生活中的真、善、美，她理解、同情杰克并在关键时候帮助他。最后，梅西追随杰克回到澳大利亚，开始了他们的新生活。梅西帮助杰克认清楚自己的真实处境，并帮他指出澳大利亚才是他真正的归属地，那里有他自己的儿子，而不是像亨利那样的"不同心"的养子。这为杰克最终完成对澳大利亚的国家认同打下了心理基础。

　　　　"你家里有孩子。"
　　　　"我的儿子是个英国人。"
　　　　"我的意思是你的亲儿子。"
　　　　"我不是那个血统的人。"
　　　　"什么血统？"
　　　　"澳大利亚血统，"他说，"澳大利亚民族。"
　　　　"但是你的孩子呢？"
　　　　"见鬼去吧，不要这样看着我。我是一个英国人。"
　　　　"你是他们的爹，杰克……"
　　　　"在他们出生之前，我就对亨利做过承诺。"①

　　在梅西的追问下，杰克·迈格斯道出了他在澳大利亚与两个女人生下了两个儿子约翰和迪克而寄养在朋友家里的事实。他把自己的亲生儿子丢在一边，想找到一个地位更高的儿子，他对亨利的教育和生活都投入了巨额资金。当时的澳大利亚对他们这些流放犯来说是国王看不到但是有国王的臣仆在奴役他们的地方，是一个连上帝也很难看到的地方。当杰克·迈格斯从英格兰回来的时候，"杰克·迈格斯已经十一岁了，他

————————

①　［澳］彼得·凯里：《杰克·迈格斯》，第 365 页。

已经被法官传讯过两次。小约翰，比他小四岁，也和他一样，有一张非常好斗的脸，一双黝黑和困苦的眼睛"。① 梅西·拉金的到来让整个家庭摆脱了悉尼的不良影响。在他们住得时间还不长的温汉姆新城，梅西不仅让前两个孩子变得文明礼貌，而且还陆续生了五个"那个血统"的孩子。杰克·迈格斯在悉尼卖砖制品；在温汉姆他建起了伐木场；当生意兴隆之后，他又开了一个五金店；当发达后，又开了一个酒吧。他做了两届的郡长，还是乒乓球俱乐部的主席。② 帝国已经成为杰克遥远的过去和偶尔的梦魇，澳大利亚才是他的现实生活和真正的归属地。

三　祖国母亲——内德怎能弃你而去

在《凯利帮真史》的结尾，尽管妻子玛丽·赫恩反复劝说内德·凯利离开澳大利亚去美国和妻女一起过幸福的生活，但是内德一心牵挂着还在监狱里的母亲艾伦·凯利，放弃了逃生的机会。内德选择了带领凯利帮兄弟为了公平和正义，为了受压迫的千千万万的爱尔兰裔澳大利亚人，与殖民当局抗争到底，与殖民地警察战斗到弹尽粮绝，最后他被殖民政府送上了断头台。小说中多次提到内德几乎是"俄狄浦斯情结"式地对其母亲艾伦·凯利有着深深地依恋之情。弗洛伊德-拉康式的精神分析又可以在此找到文学例证，但是彼得·凯里绝不只是为"俄狄浦斯情结"提供例证，他运用一种带有回归意味的解构方法赋予其更多的后精神分析的内涵。古今中外的文学作品以母亲喻祖国，以对母亲的爱喻对祖国的爱是常见的表达方式，凯里在《凯利帮真史》中戏拟"俄狄浦斯情结"表达内德对祖国母亲澳大利亚的深沉爱恋。内德从容赴死的时候，正是澳大利亚民族主义运动如火如荼地展开的时候，因此他这种生死以许的爱国情怀是来之有处的。尽管内德对于殖民政府的不公正、殖民地警察的苦苦纠缠和迫害感到非常愤怒，但是他深爱着这片新大陆。尽管在内德的成长过程中一次次离家，但每次回到家里他都会重新侍弄土地、整理荒芜的家园，就是在他被迫追随丛林大盗哈里·鲍威尔和后来在警察的追击下，深入崇山峻岭中也时刻不忘澳洲这片土地的美好与

① ［澳］彼得·凯里：《杰克·迈格斯》，第381页。
② 同上书，第382页。

神奇。

对内德·凯利来说，母亲的关注和鼓励是他这一生前进的动力和最为怀念的温情。在母亲艾伦·凯利的悉心教育下，内德从小就非常懂事，经常帮助母亲干家务活和农活，照顾弟弟妹妹。内德还是一位品德高尚的孩子，谢尔顿先生的儿子在大雨中掉进奔涌的河里，内德奋不顾身地救了他一命。谢尔顿先生非常感激内德，他亲自到内德就读的学校当着全班学生和老师的面赠送了他一条绶带。绶带上面写着："送给爱德华·凯利，感谢他的勇敢。谢尔顿全家赠。"① 内德将这条绶带视为莫大的荣誉，艾伦对这项荣誉也颇为赞赏和珍视。后来，因为哈里·鲍威尔抢了牧场主迈克比恩的名马——"日光"。正当警察像炸了窝的蚂蚁四处寻找哈里和内德时，内德骑着"日光"回到了家里，艾伦·凯利知道儿子将难逃惩罚，决定连夜让詹姆把"日光"送到温敦，拴到认领栏的栏杆上。艾伦从洁白的薄纸包中拿出了当年的那条绶带帮内德戴上，坚毅的眼里充满泪水，她陪着儿子静静地坐在家里，等待韦兰警长的到来。内德的遭遇能够引起众多的同情，但他的整个人生也并非毫无指摘，比如他对华人的欺侮和那些"被迫"的偷盗和抢劫。凯利给他安排的种种被误解的场景和由他的母亲教导他正直和有错就认、有错就改的情节有助于丰富人物性格的内涵。

内德·凯利为了结他和"野人"赖特的仇怨，两人决定在皇家旅馆附近的一块绿草如茵的高地上通过公平的拳击一决高下。比赛那天，吸引了不少人来围观。艾伦·凯利"坐在观众席最好的位置上"。② 当赖特在比赛未正式开始之前忽然猛击内德的头部致使其流血倒地时，艾伦·凯利扯开嗓门大声叫喊："犯规！犯规！犯规！"如果不是皇家旅馆的老板、裁判爱德华·罗杰斯和内德·凯利的妹妹玛吉抓住她的胳膊，艾伦早就冲入了比赛场地。另一个裁判乔·贝尔纳在赖特膝部踢了一脚，以此作为他犯规偷袭的惩罚，艾伦看见为此大声喝彩。由此可见，虽然母亲教导内德要正直、诚实，但不反对"以牙还牙，以眼还眼"的针对恶行的报复性行为。在比赛中，艾伦发了疯似地朝人群大声叫喊，说她的

---

① Peter Carey, *True History of the Kelly Gang*, p. 39.

② Ibid. , p. 238.

儿子将会把他们统统打败。当赖特处于下风时，坐在观众席上的艾伦"看起来非常高兴，腰板儿笔直，坐在比尔·斯凯林为她撑起的雨伞下面，一双手交叉着，放在膝盖上"，[①] 一种母亲为儿子的自豪毫不掩饰地流露出来。在《凯利帮真史》中，凯里多次提到艾伦·凯利对内德·凯利的言行教导，这正如自然环境恶劣且人文环境对爱尔兰人不利的澳洲教导她的子民，为了在这片土地上生存，必然会有流血与冲突，也必然会有欺诈和不公。

内德对母亲艾伦的"俄狄浦斯情结"充分表明了澳大利亚人对澳洲这片土地的深情。但是在子民——儿子内德和祖国——母亲艾伦之间还阻隔着殖民者，可恶的殖民统治给母亲和儿子带来了深深的痛苦。"现在，隔在我和妈妈之间的当然不只是一个男人。不只是比尔·福罗斯特或者乔治·金，而是总督、警察局长、尼科尔森警官、哈瑞警官，以及他们下面由警察菲兹帕特里、霍尔、富拉德组成的巨大金字塔。只有彻底打败这一百多人，我们母子才能团聚。"[②] 殖民统治阻隔了澳大利亚自由、平等、民主的产生和发展，澳大利亚人要获得他们梦寐以求的，美国人已经初步实现的这一切，必须改变被殖民的历史现状。但是不管殖民政府如何不公，不管殖民地警察如何可恶，内德对祖国澳大利亚的深情是不变的。内德说：

> 我这一辈子始终站在妈妈这边。十岁那年，为了让她有肉吃，我杀了莫里家的一头小牛犊。可怜的父亲去世之后，我和她一起干活儿。我是长子，十二岁就辍学回家，帮她经营那个小农场。后来，为了让她有金子，我又跟了哈里·鲍威尔。家里没有吃的，我就出去打工，没钱花，就去偷。卑鄙的福罗斯特和金像两条野狗一样纠缠妈妈的时候，我挺身而出保护她。[③]

正如内德·凯利所宣称的他始终站在他母亲的一边，他的母亲艾

---

① Peter Carey, *True History of the Kelly Gang*, p. 241.

② Ibid. , p. 381.

③ Ibid. , p. 307.

伦·凯利也始终站在他那一边，不管是和"野人"的搏斗还是在他数度入狱与殖民地警察的较量中都如此。警察悬赏五百英镑捉拿哈里·鲍威尔。为了赏金，内德的姨夫杰克·劳埃德出卖了哈里·鲍威尔——他向警察提供了线索。老尼科尔森警官在奎恩家的藏身之地中捕获了哈里·鲍威尔。心怀鬼胎的凯特·劳埃德将叛徒的罪名嫁祸给内德，并不遗余力地散布谣言。艾伦·凯利虽然不相信自己的儿子是叛徒，但是在众多兄弟姐妹的非议中她势单力薄，只能眼睁睁地看着儿子含冤受屈。"众口铄金，积毁销骨"，作为母亲的艾伦和内德一样忍受着内心的悲痛，承受着周遭的白眼。作为殖民地澳大利亚象征的艾伦与殖民地忠实但受苦的儿子内德之间有一种互相信任、互相依靠的亲密母子关系。那种血浓于水的亲情象征着生活在澳洲这片土地上的爱尔兰裔澳大利亚人尽管遭受着种种不公正，受到殖民政府和警察的迫害，但他们对这片土地依然充满了深情和依恋，他们已经完全认同澳大利亚这个祖国——母亲。内德对母亲艾伦的依恋、内德至死也不愿遗弃在"囚牢"中的澳大利亚、内德为了救出母亲而战斗到最后，这些都表明了爱尔兰裔澳大利亚人对澳大利亚这个祖国母亲的深情和强烈认同。

　　在彼得·凯里看来，在一个以移民和移民为主的后现代国家里，民族—国家认同的形成是从第二代移民开始的。杰克作为第一代移民其国家认同的转变异常的艰难，但是他的"那个血统"——澳大利亚血统的孩子，则有着强烈的澳大利亚认同。从《奥斯卡与露辛达》到《杰克·迈格斯》再到《凯利帮真史》是凯里探讨澳大利亚国家认同的三部最重要的作品。在这些作品中，有着各色人物视角下的国家认同；流放犯完成了对殖民地的最终认同；爱尔兰裔澳大利亚人矢志不移的国家认同，揭示了澳大利亚国家认同的不同维度。首先，第一代移民倾向于认同宗主国，第二代移民则几乎完全认同殖民地国家，流放犯的国家认同比自由移民的国家认同更为复杂。其次，读者从对这些作品的阅读中发现，澳大利亚人的国家认同感在不断增强。从奥斯卡的不认同，到杰克开始不认同到最终认同，再到内德至死不渝的认同，彼得·凯里以他的小说清楚地揭示了澳大利亚国家认同从含混走向澄明的过程。

第三节　凯里小说中的母亲形象解析

在彼得·凯里的长篇小说中刻画了一系列的母亲形象，她们是《奥斯卡与露辛达》（1988）中露辛达的母亲伊丽莎白，《特里斯坦·史密斯不寻常的生活》（1994）中的特里斯坦的母亲菲雷瑟特，《杰克·迈格斯》（1997）中杰克的养母玛丽·布莱顿，《凯利帮真史》（2000）中的殖民地母亲艾伦·凯利和新澳大利亚人母亲玛丽·赫恩。这些母亲形象代表了各自不同的文化内涵，伊丽莎白是澳大利亚白人移民的母亲；玛丽·布莱顿是澳大利亚流放犯的母亲；菲雷瑟特是澳大利亚民族主义者的母亲；艾伦·凯利是爱尔兰裔澳大利亚人的母亲；玛丽·赫恩是新澳大利亚人的母亲。伊丽莎白象征着英国移民在澳大利亚扎根；玛丽·布莱顿象征大英帝国；菲雷瑟特象征着澳大利亚民族主义运动高涨时期的澳大利亚；艾伦·凯利象征着苦难深重的殖民地澳大利亚；玛丽·赫恩预示了澳大利亚的明天将会更加美好。通过对凯里创作中的母亲形象的解析能够更准确地把握澳大利亚的国家认同在不同历史时期、不同社会语境下的不同表征。

一　伊丽莎白——澳大利亚的起源

澳大利亚是一个以移民为主的国家，澳大利亚官方书写的他们的历史通常是从 1788 年开始的，澳洲土著在这片土地上几万年的历史被排除在外。作为一个现代国家，澳大利亚的国家认同从第一代移民的开发和拓殖就已经开始萌芽。在彼得·凯里的小说中，有很多人物是第一代白人移民，我们以《奥斯卡与露辛达》中的伊丽莎白为例分析澳大利亚国家认同的起源。从前文的分析中，我们已经知道了露辛达作为澳大利亚的土生子已经完成了澳大利亚的国家认同。露辛达的母亲伊丽莎白则对大英帝国始终念念不忘，但又难以舍弃澳大利亚，最终长眠在那块曾给她浪漫爱情、事业憧憬和温馨家庭，也曾带给她无休止的辛劳，剥夺了她丈夫的生命，她曾经抱怨不休发誓要离开的土地上，最终成为殖民地自由移民第一代母亲。

露辛达的母亲伊丽莎白·莱普拉斯特里尔带着浓厚的宗主国文化印记，她珍藏着一大堆漂亮的书籍，那是卡莱尔、巴尔扎克、塞内加、狄更斯、乔治桑、约翰·斯图亚特·米勒以及她的老朋友玛丽安·伊文思的小说。伊丽莎白在露辛达的父亲死后，公开了她内心的另一面，"我可要回祖国了，她想到。我留在这里已没有什么意思了。愿上帝拯救我"。①第一代移民对宗主国文化的强烈认同，民族的、国家的情感和认同都是指向过去的。在丈夫埃贝尔·莱普拉斯特里尔迷恋上新南威尔士之后，伊丽莎白认为她所想的发明创造在一个正在形成的社会里更容易实现，而且可以把英国那幢祖传的房子当作包袱一样甩掉，作为新的生产资本。以至于叙述者感慨："她对殖民地一往情深的背后仅仅是这么一个动机。她将会创办她自己的工厂。在她的遐想中，工厂并不是恐怖、四壁光溜、5只大烟囱口吐着黑烟的怪物，而是像有些人所认为的那样，是光芒四射的宝石。"② 丈夫死后本来打算回英格兰的伊丽莎白，因为欧哈根的一句："把土地卖了，这样的话，你们这些太太就不必为丰收之类的事情折腾你们漂亮的脑袋瓜"，决定和露辛达一起留在新南威尔士经营农场。

伊丽莎白搓着皮肤干裂、全是硬茧的双手，慨叹自己从一个写随笔的大英帝国知识分子，变成了殖民地澳大利亚的农场经营者。她为自己当初追求浪漫的爱情来到这片全新的土地而今成为寡妇而感到命运无常。伊丽莎白觉得自己是在新南威尔士浪费了11年，丈夫的死成为她回伦敦的最好的理由。伊丽莎白与憧憬和追求浪漫，向往和热爱乡土生活的露辛达父亲埃贝尔·莱普拉斯特里尔不同，她虽然有着对浪漫爱情的憧憬，但她喜欢工厂，她认为工业化给妇女带来了莫大的希望。将来的某一天，那些令唯美主义者、浪漫主义者魂不守舍的工厂将奠定妇女自由的经济基础。在她的眼里，工厂里有保育室，用的是工厂火炉的火，这些厨房会把妇女每天上午带去的家庭晚餐烘烤好。她心目中的工厂像是车轮的毂，关怀之情就像是辐条向四周放射。③ 工业化初期给人们生活带来了便利，生活条件得到改善，妇女开始接受教育、走出家门。可以说是工业

---

① ［澳］彼得·凯里：《奥斯卡和露辛达》，第104页。
② 同上书，第106页。
③ 同上书，第105页。

化给女性带来了迥异于传统的相夫教子的生活的可能性。伊丽莎白对女性身份的认同，对现代工业的认同是非常明确的，但是她的国家认同则更为复杂。

当伊丽莎白在她苦涩的内心深处开始憎恨农活时，她变得落落寡欢；她越是恨，就越想通过奋斗拼搏以证明自己能把它干好；她在写给玛丽安·伊文思的信里充溢着她的情绪。她发现新南威尔士腐败、物欲横流、堕落；不堕落时便是愚蠢之至之刻，并且那里文化极度贫乏。伊丽莎白想解救她的女儿，把她带回伦敦，因此她把农场卖了，换成了英镑希望女儿露辛达能够借此回到英国过上幸福的生活，但是作为澳大利亚土生的女儿露辛达对大英帝国倍感失望。伊丽莎白的国家认同是矛盾、撕裂的，她对英国有着强烈的情感，她对澳大利亚又难以割舍；她终身都在怀念着故土英国，但却长眠在澳洲大陆这块她为之奋斗过的土地上。伊丽莎白这种充满矛盾的情感预示着澳大利亚国家认同的复杂性，排除英国性而认可澳大利亚不是一代人就能完成的，而是要经过两代、三代，甚至更多代人来淡化英国情结，完成澳大利亚的国家身份建构，明确其国家认同。

二　菲雷瑟特——澳民族主义者

菲雷瑟特·史密斯（Felicity Smith），澳大利亚的民族主义者。在《特里斯坦·史密斯不寻常的生活》中，彼得·凯里把特里斯坦的母亲菲雷瑟特塑造成澳大利亚民族主义者。面对维特斯坦国文化对埃菲克国的渗透，菲雷瑟特领导的福伊佛雷特剧团奋起反抗，努力建立和发展本土文化。福伊佛雷特剧团遭到维特斯坦殖民者的打压而处境艰难，在悲愤中菲雷瑟特自杀。此小说的创作背景是越战爆发后，当时，特别是20世纪80年代，澳大利亚民主主义重新高涨，澳大利亚人反对当局对美国亦步亦趋的政策。凯里惯用的手法就是打破历史和现实的界限，以历史讽谏现实、以现实反思历史，把澳大利亚历史上的民族主义运动融贯于他的小说之中。菲雷瑟特出生在维特斯坦国，移民到埃菲克国之后就融入这个国家之中，转而认同埃菲克国而其主张摆脱维特斯坦国的殖民统治，实现埃菲克国的民族独立和国家强盛。

尽管菲雷瑟特热爱埃菲克国，愿意为它付出自己的生命，但她终究是在维特斯坦国出生的，浸淫着那里的文化也带上了那里的文明印记，因此她对维特斯坦国的文化是相当矛盾的。穿着借来的袍子而要成为真正的自我，这就是殖民地民族主义者两难处境的核心；对于殖民地的当地人来说就格外如此。民主主义的精英分子从他们诞生的那一刻起，就已经被笼罩在一个"分裂的感知"或"双重的世界"之中。① 他们操双语，有两种文化背景，如同门神有两张面孔，既能保留都市文化，亦能进入地方文化，却又游离于两者之外。这些精英分子在对帝国统治的某些方面进行挑战的同时，也发现自己能从与之妥协中获得好处。这就是殖民地的民族主义者所处的困境。

　　作为埃菲克国的民族主义者的菲雷瑟特出生于维特斯坦国，这说明了殖民地民族主义者与宗主国之间有着剪不断、理还乱的关系。他们在文化传承和情感倾向上都还不能完全脱离宗主国的影响。因此尽管菲雷瑟特带领着她的剧团为埃菲克国的独立不断地努力着，甚至付出了自己的生命代价，但她对维特斯坦国的文化有着矛盾的情感。19世纪末澳大利亚的民族主义运动就是处于这种境况，以《公报》为中心，聚集的澳大利亚民族主义作家，一方面宣称"澳大利亚是澳大利亚人的澳大利亚"，他们要创建澳大利亚自己的文学传统。尽管这些民族主义作家力图写澳大利亚本土的风土、人情，创造有别于英国传统文学的新人物形象，反映澳大利亚的丛林生活和伙伴关系等表征"澳大利亚性"的生活内容。但是，这些作家也只能用承载着英国文化精髓的英语进行创作，他们的反叛只能是有限度的，而不可能是全然超脱的。

　　同样，二战后由于美国消费文化涌入澳大利亚，新的民族主义掀起反对美国消费文化对澳大利亚传统文化的腐蚀和侵扰的浪潮。澳大利亚的民族主义者在建立本民族文化和保持民族文化纯洁性方面所作的努力，增强了澳大利亚的民族认同、文化认同和国家认同。菲雷瑟特作为母亲孕育了埃菲克国民族主义的下一代——特里斯坦·史密斯。特里斯坦继承了母亲的遗志，继续为母亲未实现的梦想而努力，但是他也继承了母亲对待维特斯坦国文化的矛盾心态。当他流落到维特斯坦国，身处困境

---

① ［英］艾勒克·博埃默：《殖民与后殖民文学》，盛宁、韩敏中译，辽宁教育出版社1988年版，第131页。

的时候，是扮维特斯坦国人喜爱的布拉德猫渡过难关的。在这里不管是菲雷瑟特还是特里斯坦，他们的国家认同都是明确的，但是文化认同是矛盾的。菲雷瑟特的处境就是澳大利亚民族主义者的困境，他们在新的国家认同形成的同时受制于旧有文化的影响。

三 玛丽·布莱顿——大英帝国

《杰克·迈格斯》中的杰克·迈格斯的养母布莱顿（Ma Britten）隐喻大英帝国（Mother Britain）这个澳大利亚的母亲。布莱顿威逼十岁的杰克做偷鸡摸狗的勾当。为了拆散杰克和索菲娜这对恋人，布莱顿强迫索菲娜吃堕胎药，接着又把索菲娜送上了断头台，目的只是不想让杰克过上幸福自主的生活，终身作为她们母子俩赚钱和提高社会地位的工具。这样布莱顿毁了杰克原本可以很幸福的生活，一步一步把他推向了罪恶的深渊。历史上的澳大利亚成了大英帝国的罪犯流放地，那些被流放的罪犯大多数是在帝国母亲那里为生活所逼而走向犯罪的社会底层人民。很明显，彼得·凯里对澳大利亚曾经是英国的流放犯人的罪恶之地的历史的解释是：这一切都是大英帝国造成的，罪犯是他们送来的，更可恶的是这些"罪犯"是他们制造出来的，他们或者"逼良为盗"，或者制造出一些"政治犯"——如许多爱尔兰裔澳大利亚人的祖先就是如此。布莱顿自己的生活本身就带着罪的印记，在贫民窟里靠偷盗、欺骗起家，她不仅自己有罪而且把罪带给了她的儿子汤姆和养子杰克。后来汤姆成了恶棍式的人物，而杰克多少还保持着善良，还有改过净罪的可能。

尽管布莱顿收养杰克·迈格斯是为了让他长大后偷盗很多钱财，最终让她和汤姆能够脱离贫民区，走向上流社会，而且布莱顿对待杰克和她的亲生儿子也是亲疏有别。但杰克还是非常感激布莱顿的养育之恩，对这位抚养他成人的养母充满了依恋之情。杰克在回忆他辛酸的童年的生活时发觉，他所做的一切都是在为讨布莱顿的喜欢，希望得到她的爱。尽管布莱顿和汤姆对杰克有时候很不好，杰克对他这个养母和兄弟汤姆都很有感情，把他们当作自己真正的亲人。但是玛丽·布莱顿并没有给他这个机会，杰克·迈格斯和索菲娜的爱情被汤姆和布莱顿破坏后，杰克也被流放到新南威尔士。杰克身上的罪来源于养母布莱顿，他所参与的一切偷盗都是在她的安排之下进行的，甚至最后他被判处流放的罪责口实都是布莱顿和汤姆这对母子诬陷他而强加给他的。在彼得·凯里看来新南威尔士的流放犯是大英帝国制造出来的，澳大利亚历史中一切不光彩的因素都来自于大英帝国，澳大利亚成了一个被污名化了的国家。凯里为澳大利亚作为罪犯流放地的历史所能做的，就是以对大英帝国文学经典改写的形式，解构澳大利亚这个国家被污名化的历史建构。

被大英帝国判处终身流放的杰克·迈格斯为了忘恩负义的养子亨利·菲利普斯再次踏上英国这片土地。杰克来到自己被流放前的家，去见自己的养母布莱顿，"玛丽·布莱顿：这是一位老妇人，至少有七十岁了，但以她的举止和气质，在这样的灯光下看来不过五十岁的样子"。[①]帝国相对于年轻的、充满朝气的澳大利亚，已经是垂垂老矣的妇人。回到祖国、回到家乡的杰克·迈格斯感慨万千，但是他的这位养母似乎并不欢迎他，并希望他不要带给自己麻烦而没有一点母子亲情。杰克表明他回到放逐了他的母国是为了文化，他要补上戏剧、剧院这一他成长过程中缺失的课程。这一方面表明了英国有悠久的历史文化，辉煌的文化成就，而作为罪犯流放地的澳大利亚当时只是"文化荒漠"，一种文化上的"剪不断，理还乱"，使得那些被判刑被迫离开英国的"罪犯"们对岛国魂牵梦绕。他的养母布莱顿反复逼问"你来伦敦干什么？"杰克深情地说"这是我的家"。但是布莱顿催他赶紧离开，生怕他给自己惹麻烦，临行前杰克还恋恋不舍地说："妈，我会回来的。"[②] 这里上演的儿子恋母，母亲不认儿子的戏剧，表明了尽管澳大利亚人首先把自己看成是英国人，但是英国人把他们看成二等公民，排除在国门之外，这一种失去了平衡的情感造成了人物内心的分裂，唯一的解决办法就是人物自己建构新的国家认同。

杰克、汤姆和布莱顿之间的关系是含有隐喻义的，它们隐喻了传统的英国文化和工业化之后的英国与当时作为罪犯流放地和殖民地的澳大利亚之间的关系。英国传统文化里面本身就包含着恶的成分——玛丽·布莱顿在贫困中的生活本身含有恶的成分。所以她的后代汤姆——英国，杰克——澳大利亚都包含着"罪"，唯一的区别就是：一种为隐，一种为

---

① 　[澳] 彼得·凯里：《杰克·迈格斯》，第 5 页。
② 　同上书，第 5 页。

显。在彼得·凯里看来英国"罪"文化的传承并不亚于曾经是"罪犯流放地"的澳大利亚，因为汤姆和杰克是一个母亲教育出来的孩子。而他们与布莱顿的亲疏关系，也决定了在澳洲大陆那片神奇而广袤的土地上净罪之后的杰克要比依然在布莱顿的直接影响下的汤姆要干净、正直得多。凯里在重写狄更斯的《远大前程》为《杰克·迈格斯》的过程中赋予人物以隐喻含义，用以揭示澳大利亚国家认同的形成。随着时间的流逝和人世的换代，澳大利亚人渐渐地把认同的天平从大英帝国倾向了澳洲新大陆，澳大利亚是"澳大利亚人的澳大利亚"。新的国家认同是在对旧的国家认同的背离和反叛的基础上形成的，其力量来自时空阻隔之后新大陆经济的繁荣昌盛。

四　艾伦·凯利——殖民地澳大利亚

有研究者从弗洛伊德－拉康精神分析角度把《凯利帮真史》（2000）中的内德·凯利对母亲艾伦·凯利的眷恋归结为俄狄浦斯情结，把作品内容概括为"英雄恋母"、"英雄救母"和"英雄落难"[①]。显然，这种概括有其合理性，能够揭示小说某一层面上的含义。虽然凯里曾说过，《凯利帮真史》是写作一个儿子的对母亲的深沉眷恋，凯里的这种说辞只是把小说中的字面意义告诉读者，但如果只是这么阅读和理解凯里的作品，读者的理解囿于作者预设的框架，那么读者的自主性和创造性将被限制。正因为阐释的主体所处的环境、受教育的水平和个性气质不同，所以"一千个读者就有一千个哈姆莱特"。结合19世纪澳大利亚的殖民历史来看，凯里显然把《凯利帮真史》中的女主角艾伦塑造成饱经沧桑、受尽磨难、惨遭囚禁的苦难母亲——殖民地澳大利亚形象。艾伦·凯利身上有着殖民地澳洲的一切特性，她的美丽和憔悴犹如澳洲大陆是优美的自然风光和恶劣粗糙的自然环境的综合体；她的爱尔兰、英国、美国丈夫代表了染指澳洲大陆的爱尔兰人、英国人和美国人，以及这三个国家与澳洲的关系和它们对澳大利亚的影响；她的情人哈利·鲍威尔是澳洲大陆的"土特产"——丛林强盗。

内德·凯利的母亲艾伦·凯利是奎恩家族的成员。奎恩家传承了爱

---

①　黄源深：《澳大利亚文学史》，上海外语教育出版社2006年版，第176页。

尔兰人的传统，他们热爱土地，喜欢骏马。但是奎恩家的人并未能在澳洲大陆过上安宁富足的生活，因为在这块殖民地上，"统治者最大的嗜好就是让穷人跪在地上任他们宰割"。① 艾伦·凯利的几个兄弟都非常粗野，经常喝得酩酊大醉。他们也会偷鸡摸狗、打架斗殴，还经常恶毒地咒骂内德·凯利。但内德认为他们是非常了不起的，因为他们秉承了祖先不向任何人低头的品性，他们的宁折不弯的品性在殖民地是罕见的。内德曾说："我最痛恨的不是贫穷，也不是永无休止的卑躬屈膝，而是比吸血鬼的盘剥更让人心碎的侮辱。"② 内德·凯利的舅舅——15 岁的吉米·奎恩，被指控偷了一头眼睛上长了瘤子的小公牛而被关进牢房里。母亲艾伦·凯利带着三岁的内德到贝弗里奇警察局给他舅舅送糕饼，但警长掰碎了她烤好的糕饼。艾伦·凯利往石板牢房的缝隙塞糕饼，可是塞了半天也没塞进去。她哭了："上帝帮帮我们！吉米，我们怎么惹他们了？为什么总是这样折磨我们？"③ 艾伦·凯利从来不哭，可是那天，她哭得非常伤心。她一边使劲塞一边诅咒："上帝帮帮我！我要是个男人，非把那些杂种杀了不可！"④ 有无数的穷人戴着镣铐被流放到澳大利亚，他们的灵魂深处埋藏着一种狂暴。那是英国殖民政府在穷人心里一手点燃的愤怒之火。

内德的父亲有时坐牢，有时逃难，有时则要按契约被打发到外地打工，有时给人家剪羊毛，有时做合同工，只有艾伦·凯利在家照顾孩子。他们住的那间小茅屋拥挤不堪，艾伦就用破布缝成一个个帘子，然后挂起来当墙。六个孩子一年四季就睡在这些帘子隔成的"迷宫"里，就仿佛生活在一个挂满破衣服的橱柜中。在内德的父亲含冤入狱之后，艾伦常常在晚上把孩子们叫到身边，给他们讲爱尔兰民间故事。她的记忆之中有着丰富的宝藏，知道康纳尔王、狄德瑞尔、梅布迪和库丘林的故事。她讲的都是那些爱尔兰老家的故事，故事里有许多刚烈的女子，"这些女人满腔热血，一身侠骨，敢于斗争，敢于胜利，敢把国王拉到自己的婚

---

① Peter Carey, *True History of the Kelly Gang*, p. 203.

② Ibid., p. 7.

③ Ibid., p. 8.

④ Ibid..

床上"。① 爱尔兰人在自己的家乡有着令人尊敬的先祖，即使是女子，也有可歌可泣之处。但在澳洲的阿维内尔，爱尔兰女子被叫作"爱尔兰垃圾"。内德的母亲给孩子讲这些故事，既是在鼓励和教育孩子们，也是在激励自己勇敢地面对悲惨的生活。内德的父亲坐牢之后，整个家庭的重担就落到了她的肩上。正因为这样，当孩子们围坐在她身旁时，"她目光凶狠，就像一只勇敢的母猫在保护一窝没有父亲的小崽儿"。② 在内德的眼中母亲艾伦"目光敏锐，一双眼睛又黑又亮。她足智多谋，笑声爽朗，喜欢和我争论马的血缘。这个话题能把我们带到古罗马之前遥远的岁月"。③

　　艾伦·凯利对土地充满深情。在 19 世纪中期的澳大利亚，根据《达菲土地法》，每个男人或寡妇都可以选择一块 50 到 640 英亩的土地，每英亩一英镑；确定之后支付一部分款项，其余部分分八年还清。内德家原本在埃维内尔有一块地，但那里既没有水塘也没有泉水，每天都得把母牛赶到休斯湾饮水，遇上大旱这块地就颗粒无收。内德家的日子越来越艰难，艾伦很想买地，但遭到内德父亲的坚决反对。内德的父亲死后，艾伦对《达菲土地法》又一次表现出极大的热情，她每天晚上都把孩子们聚拢在身边，讲不久的将来他们一家将要拥有的土地："我们将找到一条从山间奔涌而来的大河，河边是辽阔的平原，那里的土地十分肥沃，用不着精耕细作，双手插到泥土之中，就闻得到一股泥香。"④ 艾伦憧憬着他们即将开始的美好新生活，他们将要驯马，驯好之后再卖出去，他们还要种玉米、小麦，把牛养肥壮。艾伦渴望脚下的土地是属于自己的，这样她可以自由自在地在土地上行走，在澳洲大陆上有归属感。不久之后，艾伦向政府买了格瑞塔附近的 57A 号地。这块地虽然只有 88 英亩，但她总算拥有了一块属于自己的土地，她再也用不着靠耕种租来的土地过日子了。她带领孩子用斧子砍、鹤嘴锄刨、马拉、火烧，早出晚归地拼命清理土地，用树枝、树桩扎篱笆。可惜的是那里的地理环境非常糟糕："一条小河流过干涸的溪谷，没有一堆堆闷燃着的树叶，没有死树和

---

①　Peter Carey，*True History of the Kelly Gang*，p. 30.

②　Ibid. .

③　Ibid. ，p. 230.

④　Ibid. ，p. 47.

被剥了一圈树皮的树木。"① 显然，环境的恶劣使得他们侍弄土地的梦想未能实现。艾伦在买这块地时，也考虑了它的商业价值。因为他们住的棚屋靠近大路，她可以在那里开小酒店。艾伦靠非法贩卖掺水烈酒来维持全家的生活。

　　艾伦一生结了三次婚，她的第一任丈夫是爱尔兰人内德·凯利的父亲，第二任丈夫是英国人比尔·福罗斯特，第三任丈夫是美国人乔治·金。她生了 10 个孩子，七个是老凯利的，一个是比尔·福罗斯特的，两个是乔治·金的。与艾伦纠缠不清的男人还有内德的叔父和丛林大盗哈里·鲍威尔等。显然，凯里把艾伦·凯利当作殖民地澳大利亚来塑造，这些与她有关联的丈夫和情人，代表着 19 世纪中期后期澳大利亚社会的各个阶层和各种力量。

　　艾伦的第一任丈夫从爱尔兰的提波瑞拉流放到澳大利亚塔斯玛尼亚岛，并在那里被关进监狱。他在监狱里遭受了无数的苦难和非人的折磨。获释之后，在殖民地澳洲依然被警察苦苦纠缠。警察认为他生来就是个罪犯，职业就是犯罪，婚姻也改变不了他的本性。内德·凯利的父亲曾经发誓，"绝不再和与法院打交道。因此在墨尔本看见满大街警察，他觉得比看见苍蝇还难受"。② 警察经常来察看凯利家养的牛马身上的烙印，还用筛子筛过他们家的面粉，希望找到内德父亲的罪证但没有结果。"干这些勾当的时候，他们非常认真，好像一心盼望闻到耗子屎的臭味儿"。③爱尔兰人历来最鄙视叛徒，因此内德·凯利在贝弗里奇天主教学校上学时，他们对叛徒的了解远比对圣人的了解多。他们能够背出一大串叛徒的名字：约翰·刚凯因、爱德华·艾比、安东尼·佩里，等等。"我很小的时候，人们就极力让我痛恨父亲，因为他们说，父亲是'那种人'。"④不仅如此，内德还找到了父亲所穿过的女人的裙子，从而瓦解了父亲在他心目中的高大形象。后来由于内德偷杀了牧场主的一头小母牛，他父亲因此而蒙冤入狱受尽折磨，出狱后变了一个人，成了扶不起的醉鬼，并且最终悲惨死去。

---

① Peter Carey, *True History of the Kelly Gang*, p. 128.

② Ibid., p. 5.

③ Ibid., p. 8.

④ Ibid., p. 195.

艾伦死了丈夫，成了可怜的寡妇。她还有七个孩子，他们一家过着动荡不安、惊魂不定的生活。年轻漂亮的寡妇又成了男人们追逐的对象。有热情如火的凯利叔父，他因追求不成而放火烧了内德姨妈的旅馆，被殖民地警察抓了投入监狱判处死刑，后来在哈里·鲍威尔的帮助下获救。其他的追求者有莱斯巴伊的特克·莫里森，喜欢整洁的英国人比尔·福罗斯特。在内德看来，老特克喜欢给妈妈唱情歌，比尔则坐在他们那张桌子旁边，对着妈妈的耳朵喋喋不休，教给她如何克服少雨干旱带来的困难。他不过是个骑着马东游西荡、游手好闲的家伙，却把自个儿打扮成熟悉农业生产的行家里手。在内德眼中，整个夏天都穿着一件粗花呢外套，打扮得像个牧场主的比尔·福罗斯特，是一个纠缠他妈妈，说大话的令人讨厌的人。比尔·福罗斯特与艾伦结婚后生下一个孩子，然后无情地抛弃了他们母子，这与英国人把爱尔兰政治犯无情地抛弃到千里之外的新大陆而弃置不管有着共同之处。在欧洲有英国人对爱尔兰人的征服，在澳洲也有英国殖民者对爱尔兰裔的统治，在爱尔兰人的历史中英国人是他们铭刻在心的痛与恨。

丛林侠盗哈里·鲍威尔深爱着内德·凯利的母亲艾伦·凯利。他对这位饱受折磨的女人非常关心，他可以不惜一切代价帮助艾伦，但是艾伦却选择了比尔·福罗斯特。哈里·鲍威尔是个非常高傲的人，但即使是他这样的堂堂男子汉也会被爱情困扰，离开艾伦重返丛林后的他瘦骨嶙峋，几乎变了个人。哈里·鲍威尔会绕过瓦贝山跋山涉水去三里湾看望艾伦。比尔·福罗斯特不想承担任何家庭责任，他遗弃了已有身孕的艾伦·凯利，哈里和内德一起教训他。哈里·鲍威尔只能算作是艾伦的情人，他是一位劫富济贫的，有着正义感和善良心地的丛林人，《凯利帮真史》中描写哈里打劫的场面都像是荒诞派戏剧。无能为力、气急败坏的往往是强盗，理直气壮、振振有词、瞒天过海的往往是那些被抢劫的富人。有着强盗之称的哈里和贫穷的爱尔兰裔澳大利亚人一样是处在社会底层的人，他们为了生活而奔忙，忍受着恶劣的自然环境，躲避着殖民地警察的追剿与迫害。艾伦选择了哈里做内德的"导师"，她小则希望内德能够为家庭带来抢劫的黄金以改善家庭经济状况，大则希望内德·凯利能够改变爱尔兰裔的处境，让他们从贫穷以及不公正中解脱出来。

艾伦的第三任丈夫乔治·金是一个比内德·凯利大不了多少的年轻

人。"现在，她坐在窗户旁边的一把小椅子里，那位'新任'情夫坐在桌子旁边，细长的腿一直伸到壁炉格架旁边，脚上穿着美国佬喜欢的那种半高跟靴子，更像时髦女郎的高跟鞋。"① 乔治是在内德·凯利入狱的那段时间里和艾伦好上的，内德出狱后他们就结婚了。乔治是美国人，他是内德母亲艾伦的第三任丈夫，也是内德妻子玛丽曾经的情人。他伤害了内德一生最爱的两个女人，为内德所痛恨。他偷窃和转卖牧场主的马匹而又逍遥于殖民地的法律之外。最后乔治·金也离开了身心疲惫，憔悴年老的艾伦和一双幼小的儿女独自逍遥去了。乔治是彼得·凯里笔下的美国花花公子，他没有责任感、随意玩弄女性，有如在世界各地大展雄风、乱施淫威的年轻的美帝国。美国作为后起的新帝国与老牌的大英帝国有着根本的不同，大英帝国的传统文化召唤着澳大利亚人，而美国的消费文化腐蚀着澳大利亚人，但他们有着共同的特点就是都染指着澳大利亚的历史，造成了澳大利亚人国家认同的诸多问题。

　　历经三任丈夫、生了十个孩子的艾伦，经历了生活的种种磨难，一如殖民地澳大利亚，是一个受难母亲的形象。"1872 年夏天，妈妈 42 岁。她的两个儿子、一个弟弟、一个叔叔、一个妹夫被关进了监狱，两个亲爱的女儿长眠在大柳树下面。"② 因为不堪殖民地警察的迫害，奋起抗争的凯利家人被警察菲兹帕特里克出卖，然后艾伦蒙冤被殖民当局关进了监狱。艾伦一次又一次地被欺骗、遭厄运，吃尽了苦头，但她始终对那些糟糕的追求者如比尔·福罗斯特、乔治·金等抱有幻想。她总认为没有一个男人作为依靠，她的生活、她的家庭就无法维持下去。但这只是她在苦难深重的殖民地生活中幻想的一线光明，只是暗夜里摇曳的昏暗烛光，无法真正照亮艾伦的生命旅程，最终所有的男人都离弃了她，他们带给她的只有苦难和心碎。

五　玛丽·赫恩——新澳大利亚母亲

　　《凯利帮真史》一书主要塑造澳大利亚的"失败之英雄"内德·凯利，因此出场人物主要是男性，但也有几个令人过目难忘的女性，小说

---

① Peter Carey, *True History of the Kelly Gang*, p. 226.
② Ibid., p. 224.

主人公内德的妻子玛丽·赫恩就是其中之一。在这部长达十三章的小说中，作者彼得·凯里直到第八章才让玛丽·赫恩进入读者的视域。内德在他24岁的时候认识了玛丽，两年之后即26岁时，就在墨尔本被警察推上了绞刑架。玛丽是这部色调晦暗、音调感伤的小说中的一大亮点，作者在她的身上寄寓了澳洲大陆未来的希望。凯里笔下的玛丽·赫恩是一个个性颇为复杂的女性，她有聪明智慧、优雅大方的一面，也有大胆泼辣、敢爱敢恨的一面，更有柔情似水、满蕴母爱的一面。她是在殖民地的压迫与欺骗所构成的夹缝中艰难生存并成功出逃的优胜者和历史见证人。她的性格与这部小说中另外几个女性如艾伦·凯利、安妮、凯特、玛吉等内德的母亲、姐妹和姨妈们的性格有很大的差异。读完这部小说之后，总有这样一幅画面：英勇无比的澳大利亚"丛林大盗"内德·凯利，在广袤无垠的澳洲大陆上纵马驰骋，身边总有那聪慧、友爱的玛丽·赫恩相伴相随，即使玛丽后来去了美国，依然情系内德，情系澳大利亚那片神奇的土地。毫无疑问，小说的真正女主角是内德·凯利的母亲艾伦·凯利。比起艾伦·凯利，玛丽·赫恩在小说中出场的次数不算太多，但彼得·凯里赋予玛丽这个人物以深刻的寓意，因而不容忽视。

作为一个母亲，玛丽·赫恩共有两个小孩：一个是尚在襁褓中的儿子乔治，一个是即将呱呱坠地的女儿凯特·凯利。后者也就是内德·凯利在记录他的苦难经历时所假想的一个未来的读者。玛丽绝不是一个简单的母亲，她的母爱是光辉的，她在小说中发挥了非常重要的作用。小说情节的推进、主题的深化和彼得·凯里对玛丽这个人物形象所具有的母爱的精心描绘息息相关。小说的最后，凯里安排玛丽为了儿女的健康成长远赴美洲大陆。在英国人看来，"自发明了苏打水之后，澳大利亚是他们最大的发现，一度成了饮酒纵乐后的去处"[①]，那是一个"比死更可怕的地方"[②]。的确，在殖民地，苦难和爱尔兰后裔形影相随，在内陆水洼结冰和广阔的平原干旱的时候，不幸就像黑莓在新的气候条件下旺盛生长。但澳洲大陆这块美丽土地上的所有不幸都要归咎于英国殖民者的

[①]　Henry Kingsley, *The Hillyars and the Burtons*, Sydney: Sydney University Press, 1973, pp. 238 – 239.

[②]　奥斯卡·王尔德：《认真的重要性》，载巴特穆尔 – 吉尔伯特《后殖民批评》，杨乃乔等译，北京大学出版社2001年版，第299页。

罪恶统治。在玛丽和内德·凯利相爱之后，邪恶之神——警察更加肆虐。当警察用小乔治来威胁她，用小乔治来逼她就范，当警察追着她在澳洲大陆腹地的深山之中逃窜时，玛丽在一次次的痛苦遭遇中加深了对殖民当局、对殖民地生活的感受与认识。作为一个母亲，玛丽常常被恐怖的气氛所包围，她敏感的神经经受了无数的刺激与折磨。

警察菲兹帕特里克到阿拉代尔大街找到了玛丽，要求玛丽帮助他们抓住内德·凯利。菲兹帕特里克向玛丽表示，如果她拒绝这个要求，那他就要和地方法官勾结，将小乔治送进孤儿院。因为根据玛丽的经济状况，任何地方法官都有"十足"的理由认为她无能力抚养孩子，"按照法律术语，小东西'处于危险之中'"。① 菲兹帕特里克拿走了玛丽的存折，那是她多年来辛辛苦苦为养育小乔治积攒下来的血汗钱。玛丽绝不允许任何人将自己心爱的孩子送往孤儿院。刚强的玛丽没有顺从可恨的警察，她机智地骗过了菲兹帕特里克，急急忙忙收拾行囊，连夜冒雨逃离了阿拉代尔大街，迎着刺骨的寒风直奔十一里湾。警察布鲁克·史密斯带着两个人到十一里湾搜查内德·凯利。当时仅有玛丽和她的小儿子乔治在家中。布鲁克·史密斯担心内德·凯利藏在屋里对他们开枪。他从婴儿车里提起小乔治，把他当作"人体盾牌"，挡在自己胸前。警察抓不到内德，就反复把小乔治抛向空中，逼玛丽说出他的下落。警察在几个月大的小乔治旁放了枪。玛丽虽然没有屈服，但她就像一只无法保护被敌人袭击自己的卵的凤头麦鸡，只能发出阵阵尖叫。

玛丽带着儿子小乔治，怀着内德·凯利的孩子和内德一起逃避警察的追捕。一路匆匆忙忙地翻山越岭，风餐露宿，其生活极其艰难。还在襁褓中的小乔治根本耐不住鞍马劳顿，原本壮得像只袋熊的他已经瘦得只剩下皮包骨，身上一根根肋条清晰可见，高烧持续不断。由于在深山中缺医少药，内德·凯利只好用最原始的方法给他退烧——把他浸泡在清晨冰冷刺骨的河水中。焦急而无奈的玛丽站在河边上发出了悲鸣："啊，可怜的孩子，啊，耶稣基督，在这个国家拉扯孩子真是太残酷了！"② 可怕的遭遇给她带来的痛苦简直是深入骨髓了。世界上本没有什

---

① Peter Carey, *True History of the Kelly Gang*, p. 310.

② Ibid. , p. 376.

么不祥之物，真正给他们带来厄运的是警察和大牧场主。内德说，"我这一生，最大的希望就是能有一个家"。① 玛丽何尝不是，她渴望一个安宁、和平、富足的家园，在这样的家园里，她的孩子再也用不着忍饥挨饿，再也用不着担惊受怕。但是澳洲大陆于她而言并不是美好的家园而是一个可恨、可怕的地狱。玛丽之所以支持内德抢劫尤罗阿银行，一方面是因为内德可以用抢来的钱财帮助穷苦人民，从而使凯利帮在穷苦人民那里得到理解与同情，另一方面是因为他俩手头缺乏乘船离开澳大利亚的费用。

玛丽·赫恩深爱着内德·凯利，她也深爱着自己腹中即将呱呱坠地的女儿。对即将出生的女儿的爱，使她和内德之间出现了误解。在抢劫尤罗阿银行之前，内德主要关心的是如何在抢银行的时候最大限度地减少伤亡，并如何最终将他的母亲从监狱中救出来，而玛丽不仅关心内德的人身安全，还关心着将抢来的钱用于何种用途——她想和凯利帮的兄弟们将这笔钱用作车船费以摆脱殖民统治。抢劫银行成功之后，为了担负起母亲的责任，玛丽毅然决定远涉美国，在一个安静而和平的环境中，使孩子健康成长。爱是需要牺牲的。在小说快接近尾声时，玛丽面临着一个艰难的选择：要么留下来，陪着自己的亲人，而代价就是让自己的孩子在殖民地继续过牛马一样的生活；要么离开，到远方为孩子找一个可靠的避风湾，而代价就是夫妻长久别离。

在丈夫和儿女之间，玛丽最终选择了儿女。她"遗弃"了内德·凯利，"遗弃"了关在监狱中的艾伦·凯利，"遗弃"了受凯利帮牵连而被警察抓进监狱的 21 个乡亲，"遗弃"了澳大利亚。伟大的母爱，一个母亲对于儿女的责任——让他们脱离贫穷苦难、朝不保夕的生存处境——是促使她离开澳洲大陆的根本原因。我们没有理由在这个问题上指责玛丽的"狭隘"，简单地认为玛丽是在推卸她对于自己的民族、自己的同胞和亲人所负有的职责，正如我们没有理由对内德·凯利的最终抉择——出于对母亲艾伦·凯利的爱而带着凯利帮的兄弟们从容赴死——作出批评一样。但是如果我们因此而断言对儿女的爱是玛丽离开澳洲大陆的唯一动机，无疑有失公正。她的爱不仅是给予自己的儿女——小乔治和即

---

① Peter Carey, *True History of the Kelly Gang*, p. 229.

将出生的女儿凯特·凯利，也是给予内德的。她要在一个良好的环境中为内德延续血脉。她不仅参与了历史，而且为后世的澳大利亚儿女保留了历史，使内德的斗争在另一个层面——历史真相与当局谎言的较量上——得以继续。

现代民族—国家认同概念混合了简单而直接的乡情。1794 年，民族主义思想家埃德蒙·伯克（Edmund Burke）在英国议会发表的一次演讲中说："人类所拥有的、仅次于父母对孩子的爱、仅次于这个最强烈的本能，就是对自己国土的热爱，它既是天生的，也是道德的……这种本能使所有的生物都离不开它们的故里，永远都充满对它的回忆。"① 彼得·凯里把内德·凯利当作民族英雄来塑造，内德宁愿为了殖民地澳洲殉难，也不愿意和妻女到美国过快乐逍遥的日子。澳大利亚墨尔本大学历史学高级研究员琼·森雅德（June Senyard）② 认为，玛丽·赫恩最后去了美国，因此她的国家认同已经发生了改变。诚然，玛丽作为一个有别于艾伦·凯利的母亲形象，她的认同最终将超越民族—国家的界限，但是凯里对这个人物的巧妙安排，最终是为了强调殖民地澳大利亚人的国家认同。因为，摒弃乡愁的国家认同总是显得那么含混，玛丽·赫恩形象所蕴含的国家认同远比布莱顿、菲雷瑟特、艾伦·凯利复杂，充满了爱恨交织。

---

① 丹尼尔·德德尼：《土地上的认同：民族主义中的自然、地方和距离》，转引自约瑟夫·拉彼德、弗里德里希·克拉托赫维尔主编《文化和认同：国际关系回归理论》，浙江人民出版社 2003 年版，第 182—183 页。

② 琼·森雅德（June Senyard），中国人民大学澳大利亚研究中心特聘教授，墨尔本大学荣誉高级研究员，著有《伯奇普郡文集》《20 世纪 50 年代：澳大利亚如何成为现代国家》，参与编写《世界大百科全书》。

第 四 章

彼得·凯里小说中文化认同的
困境与超越

　　文化研究刚刚开始时的文化批判性现在已然丧失，"文化"一词被误用已久，文化何为？如何还原原初的文化？什么是作为认同的文化？文化如何关联认同？20 世纪 80 年代中期文化研究从西方引入中国大陆之后，逐渐兴盛，甚至在大学学院里也占据了一席之地。一些大学设置了文化研究学院，一些大学在中文系和外文系开设文化研究的课程。文学研究的文化转向，让一些人颇为兴奋并以此在大学校园里找到了自己的位置，也让一些人颇为紧张，他们为文学研究逐渐丧失其阵地，也为文化研究带来的文学审美庸俗化而困惑。文化研究的出路何在？文化研究真的是文学研究之敌吗？文化研究让文学研究无限泛化的同时会消解文学性吗？文化研究与文学研究真的水火不相容？周宪主编的《文学与认同：跨学科的反思》对这些问题有了新的思考：文化研究和文学研究原来并非水火不相容，而是有交接点的。文学与认同的关联就是其中的交接点之一。

　　文化认同就是对人与人、人与群体和人与社会之间的共同文化的确认。"使用相同的文化符号、遵循共同的文化理念、秉承共有的思维模式和行为规范，是文化认同的依据。"① 在 20 世纪上半叶开始从批评理论中分离出来，到世纪末的炙手可热，再到 21 世纪恢复平静的文化研究给文学研究带来了诸多困境同时也拓宽了文学研究的视域，更新了文学研究

---

① 崔建新：《文化认同及其根源》，《北京师范大学学报》（社会科学版）2004 年第 4 期，第 102—107 页。

的方法。在文化研究中，认同毫无疑问成为其关键词，文化认同也成为文学研究的一个新领域。安德鲁·埃德加和彼得·塞奇威克在《文化理论的关键概念》中说："就文化研究要考察个体与群体在其中建构、解决和捍卫自己的身份或自我理解的各种语境而言，身份问题对于文化研究来说至关重要。"① 这种看法不仅强调了文化研究与身份和认同问题的关系，更重要的是强调了身份和认同问题与语境之间的重要联系。换言之，身份与认同问题之所以重要，与 20 世纪以来全世界在政治、经济、意识形态、战争、殖民地的解体、女性主义与亚文化的兴起等语境的变迁有着非常密切的联系。这些语境变迁一方面使身份与认同问题日益成为文化研究的重要课题，另一方面，这些语境的变迁也构成了身份与认同问题研究的问题域。

文化认同的发生需要一种文化以另一种文化的存在作为参照物并能给之以警醒。萨义德在《文化与帝国主义》中提出，欧洲小说中"想象的地理和历史"，有助于"通过把附近和遥远地区之间的差异加以戏剧化而强化对自身的感觉"，"它也成为殖民地人民用来确认自己的身份和自己历史存在的方式"。② 斯图亚特·霍尔则认为："我们先不要把身份看作已经完成的、然后由新的文化实践加以再现的事实，而应该把身份看作一种'生产'，它永不终结，永远处于过程之中，而且总是在内部而非在外部构成中再现。"③ 可见把身份看成是流动的、建构的和不断形成的，重视差异、杂交、迁移和疏离，挑战和解构本质论的、普遍的身份观，已经成了当代文化研究的主潮。因此，在通常情况下，当一个人囿于狭小和封闭的视界时，是不会有自我认同的危机的；只有当他越出这一视界，认识到与别人的差异时，便获得了对自我的新看法，于是就有了对认同的追问、反思，甚至产生了认同危机。这正如莱瑞恩所说：

---

① Andrew Edgar and Peter Sedgwick, eds, *Key Concepts in Cultural Theory*, London and New York: Routledge, 1999, p. 183.

② 爱德华·萨义德：《文化与帝国主义》"前言"，李琨译，三联书店 2003 年版，第 1—25 页。

③ 斯图亚特·霍尔：《文化身份与族裔散居》，载罗刚、刘象愚主编《文化研究读本》，中国社会科学出版社 2000 年版，第 208 页。

　　只要不同文化的碰撞中存在着冲突和不对称，文化认同的问题就会出现。在相对孤立、繁荣和稳定的环境里，通常不会产生文化认同问题。认同要成为问题，需要有个动荡和危机时期，既有的方式受到威胁。这种动荡和危机的产生源于其他文化的形成，或与其他文化有关时，更加如此。正如科伯纳·麦尔塞所说，"只有面临危机，认同才能成为问题。那时一向认为固定不变、连贯稳定的东西被怀疑和不确定的经历取代"。这句话为我们理解认同的通常含义提供了一条线索。与认同相连的基本概念似乎是持久、连贯和认可。我们谈论认同时，通常暗含了某种持续性、整体的统一以及自我意识。多数时候，这些属性被当作理所当然的，除非感到既定的生活方式受到威胁。[①]

　　为什么认同问题的形成只能是在动荡、危机的时期呢？因为，认同的核心是差异，这种差异只有在与不同事物和环境的对照中才能凸显出来。因此在澳洲生存了几万年的土著人的认同不成为问题，欧洲白人入侵之后历经了两种文化的冲突和西方种族主义带来的种族歧视和种族压迫之后，土著人的认同才成了问题。白人生活在欧洲时的文化认同也不存在问题，他们到达澳洲遭遇了土著人之后，欧洲由来已久的种族主义思想迅速膨胀起来，造成了认同焦虑和认同问题。文化认同是在文化的流动过程中形成的，这就像弗里德曼所指出的那样：

　　　　文化彼此流动并混合起来。时尚通过移民、媒体传播等方式形成的文化的运动越多，那么，混杂就越普遍，直至我们拥有一个混杂的世界，从文化的角度看，它与经济全球化的进程是一致的。这种情况之所以会发生，是因为文化的本质就在于彼此的流动，它们源自各自分离的源头，但却产生了混合，不过仍然保持其原本的种种特性。[②]

---

　　① 乔治·莱瑞恩：《意识形态与文化身份》，戴从容译，上海教育出版社 2005 年版，第 194—195 页。

　　② Jonathan Friedman, "The Hybridization of Roots and the Abhorrence of the Bush", in Space of Culture, eds Mike Featherstone and Scott Lash, London: Sage, 1999, pp. 235 – 236.

差异性的表达是言说丰富性的前提。文化在流动的过程中与异质文化相遇，历经了文化从冲突走向融合的过程，这些异质文化在碰撞和融合的过程中，通过互识、互证、互补达成了一种混杂的状态，而这种混杂性彰显了不同文化交汇的"别样"状态。各种文化的混杂性是文化之间遭遇的产物，它指向一种既非内在文化又非外在文化的情景，它是一种处在边境线上的第三空间，站在这个边境线上，一个人同时既在内又在外。彼得·凯里的小说给读者呈现的正是作为"第三空间"的混杂文化样态。

　　文化认同之于澳大利亚是错综复杂的。大英帝国的文化传统——帝国文化传承在澳洲的本土化与澳大利亚土著文化共同构成了澳大利亚殖民历史文化的认同问题。土著文化与文学的兴起对澳大利亚的白人文化传统构成了挑战，造成澳大利亚文化认同的困境。二战后，美国消费文化无处不在的影响，也让澳大利亚人在享受文化盛宴时迷失自我。而多元文化政策的提出，为澳大利亚人指明了文化认同的新路径。总之，在澳大利亚的当代社会中，英国传统文化、澳大利亚本土的白人文化、澳洲土著文化、美国消费文化和各少数族裔的文化交融混杂在一起。澳大利亚人在尊重这种混杂文化状态中拥有一致的文化认同观——多元并存的同时，也可以有各自的文化认同偏好。自此，澳大利亚人的文化认同跨越种族主义设置的重重障碍，把语言文化本身所具有的不可通约性和语言文化的可交流性这两种全然不同的文化观在"多元文化政策"的实施过程中综合起来。这种中立性的、尊重文化差异的社会历史文化观给澳大利亚人的文化认同带来了一种全新的理念。彼得·凯里以他的创作对澳洲的殖民文化作了历史性的反思，对澳大利亚当代的美国消费文化做了深刻的社会批判，对澳大利亚生活方式的种种存疑进行了剖析。总之，凯里的创作完整地呈现了澳大利文化认同从困境中走出来，并超越历史局限的过程。

第一节　对澳洲殖民文化的历史性反思

　　彼得·凯里创作了澳大利亚殖民历史的三部曲《奥斯卡与露辛达》《杰克·迈格斯》《凯利帮真史》，其中的两部获布克奖，没获该奖项的

《杰克·迈格斯》也得到评论家的好评。《奥斯卡与露辛达》反思欧洲白人到达澳洲之后对土著人和土著文化所做的一切，凯里决定在这部小说中为那些被屠杀、被驱赶、被妖魔化的澳洲土著人立言。同时，凯里也思考在澳大利亚这样一个世界上信教人数比例最低的国家中，基督教到达澳洲之前、之时和之后各是什么样的境况。《杰克·迈格斯》则邀请读者重新审视新南威尔士流放犯的"真实"历史，凯里指出，在澳大利亚从"罪"到"罪犯"再到"罪犯流放地"都是英国制造的。在这部小说中，凯里从解构帝国经典狄更斯的作品《远大前程》入手，解构了大英帝国的文化等级建构。在《凯利帮真史》中，凯里邀请读者重新审视爱尔兰裔澳大利亚人的历史"真实"，他们在殖民地澳洲处于社会底层，受到殖民政府和警察不公正的对待。但是，生活在社会底层的爱尔兰裔，在澳洲保留了他们自己本民族的神话和故事。读过《凯利帮真史》的人，大概忘不了异装癖、死神班西和艾伦·凯利讲述的爱尔兰民间故事。

显然，在彼得·凯里的创作中对殖民地文化反思最有力度、最有深度的是《奥斯卡与露辛达》。凯里说："的确，在《奥斯卡与露辛达》里，我已经开始做起了这样一个白日梦，即通过对即将废黜的基督教文化入侵继而摧毁整个土著风情进行思考来创作文学作品。"[1] 当采访中的怀特问及凯里提到这个国家的囚犯的过去会不会伤害到同胞的感情时，凯里回答："是的。虽然有些人为有个囚犯先祖而假装自豪，大多数人是不愿想象我们生活的社会是由囚徒和罪犯创造起来的。情况是这样：一些先到的犯人需要袭击地位比自己更可怜的人，因此就将土著人一举歼灭了，形成了自己的社会。"[2] 彼得·凯里说："在《奥斯卡和露辛达》里我意欲表现基督教与土著哲学之间的冲突。"[3] 在凯里的作品中，玻璃教堂意味着基督教文化在入侵澳大利亚的过程中不可避免地遭到失败，而帕斯卡赌注则揭示了其失败的原因是基督教文化本身的堕落。面对基督教文化的入侵，土著文化中"梦幻神灵"对抗着上帝的威权。但是迫于基督教文化强势，土著文化终究一度被抹杀和放逐，而澳洲被殖民文

---

[1]　Peter Carey, "In an interview with Edmund White", pp. 8 – 9.

[2]　Ibid. .

[3]　Ibid. .

化统摄了近一个世纪。

一　玻璃教堂和帕斯卡赌注

帕斯卡赌注是彼得·凯里预设的贯穿《奥斯卡与露辛达》全篇的基督教信仰模式，也是凯里反思和批判基督教的利器。在牛津的时候，奥斯卡因为交不起学费在同学沃德莱－菲什的引诱下开始了赌马，他精研赌博的技术并获得了丰厚的经济收入。但是，奥斯卡并不是因为贪心或贪得无厌去赌博，他破旧的煤桶、鞋子就是佐证，他宣称自己是为了一个合理、神圣的目的而赌博。在同学沃德莱－菲什眼里，在无论经纪人把多少叠带有啤酒渍的钱塞到奥斯卡手里，奥斯卡就是不愿把钱花在他的外表上。因为，奥斯卡觉得通过赌博获得的那些钱没有一枚是他的，他认定是主认为该赐给他这笔钱让他接受教育，如果把这笔钱用在满足他所谓的世俗虚荣上就是罪过。虽然奥斯卡认为"赌博本身没有什么卑劣的"[1]，但是对于在赌场上他所感到的那种异乎寻常的激动，那种驱使他在每场赛马的赌注卡上下赌注的胃口让他惶恐不已。渐渐地奥斯卡认识到"赌博就是这样：他是头非满足不可的猛兽"。[2] 在赌马生涯中逐渐滋长的罪恶感使得奥斯卡一心想赎罪，于是他有意识地攒些钱以便和浩渺、恐怖的大海去抗争，把耶稣的话传递到新南威尔士去。但是他这种攒钱去赎罪的做法又加深了他的罪感，奥斯卡常常觉得纳闷：也许躲在这煞有介事、洗刷得干干净净的基督愿望背后的动机正是想要满足这头猛兽的欲望。

凯里调侃道："为了生存，有两个赌徒必须相遇，一个是走火入魔型的，另一个则是冲动型的。"[3] 登上"鳄鱼号"去往悉尼途中的奥斯卡结识了同样好赌成性的澳大利亚少女露辛达。"你会发现所有病态赌徒的病史都一样，一遍一遍地重复讲述着同一个故事"[4]，有如信仰。两个赌徒的相遇引发了小说的主要故事，露辛达是想为了她的嗜赌向英国牧师奥斯卡忏悔，但是这位英国牧师认为她没有忏悔的必要，还向她灌输了一

---

① ［澳］彼得·凯里：《奥斯卡和露辛达》，第 220 页。
② 同上书，第 221 页。
③ 同上书，第 274 页。
④ 同上书，第 146 页。

套赌博无害的道理。他说：

> 我们的整个信仰都是一个赌注，莱普拉斯特里尔小姐。我们打
> 赌，——帕斯卡的书就是这么说的，确实很英明，尽管英国女王可
> 能会觉得他离长老派还差得远呢。我们打赌有上帝存在，我们用我
> 们的生命作赌注。我们计算着可能性，回报率，以为这样我们便可
> 以和圣人一起进天堂。我们对这场赌博的担心使我们在黎明前惊醒，
> 浑身直冒冷汗。我们下床，跪在地上，甚至在冬天也是如此。上帝
> 看见我们，看见我们在受苦。可这个上帝，一个看见我们跪在床边
> 祈祷的上帝怎么能……①

17 世纪的数学家布莱斯·帕斯卡提出了著名的"帕斯卡赌注"，他认
为我们的信仰是一种赌注，因为如果上帝存在我们信仰上帝，世界末日
到来的时候，我们不会有什么损失；但如果我们不信仰上帝，那么到了
世界末日我们都得下地狱。T. S. 艾略特指出："帕斯卡尔是那些注定要被
人们一代代重新研究的作家中的一个，改变的并不是他，而是我们。并
不是我们对他的知识增加了，而是我们的世界和对他的态度变化了。"②
的确，帕斯卡虽然与 17 世纪的社会显得格格不入，但经过卢梭、尼采和
柏格森的继承和发展之后深深地影响了 20 世纪欧洲大陆的哲学。

帕斯卡自己是笃信上帝的，为了劝那些不信上帝的人信仰上帝，他
以利害关系诱导人们信仰。具有讽刺意味的是，这种理论在怀疑开始滋
生的年代，成了怀疑信仰的最好依据。《奥斯卡与露辛达》反映的是 19
世纪 40—60 年代的英国和澳大利亚社会，大英帝国处于极负盛名的维多
利亚时代，这是英国历史上最光辉灿烂的时期，大英帝国的财富不断增
加、版图不断扩张，成了名副其实的"日不落帝国"。科学技术的大发展
与各个领域的新发现打破了人们过去坚定的宗教信仰，宗教大厦开始坍
塌，实用主义大为盛行。因此，那些在澳大利亚传教的帝国牧师或者刚
来到那里的维多利亚牧师都分享着这种宗教怀疑主义的思想。"我不明

---

① ［澳］彼得·凯里：《奥斯卡和露辛达》，第 320—321 页。
② 周国平主编：《诗人哲学家》，上海人民出版社 1987 年版，第 54 页。

白，"奥斯卡说：

> 这样的上帝，他最基本的要求便是要我们用我们难免一死的灵魂去赌博，用我们现世生命的每分每秒都去博……真是这样！我们必须用我们所分得的每一个瞬间去赌。我们必须把我们所有的一切都押在他最终存在的这个无法证明的事实上。①

这种怀疑不单奥斯卡有，丹尼斯·哈西特也认为童贞女子的说法没有证据，它与耶稣的完美人性相抵牾；他断然否认《旧约》所提到的奇迹；对《新约》所描述的许多奇迹也深表怀疑；他否认言辞灵感说，不认为有足够的证据能证明耶稣肉体复活；他接受了达尔文的进化论，认为这个理论不仅适用于飞禽走兽而且也适用于人类。丹尼斯·哈西特把自己的立场描绘成广教会派，他反对永久的诅咒。奥斯卡出生在英国清教徒家庭里，他的父亲是普利茅斯兄弟会成员，虽然后面奥斯卡由于布丁事件改信了英国国教圣公会，但他依然有一种自己是上帝的选民的信仰基础。他对基督教信仰的进一步怀疑是在到达悉尼的时候，奥斯卡·霍普斯金的整个行为模式都是建立在这样一个信念上：即他是上帝的选民。奥斯卡的同学沃莱德－菲什扮演的则是上帝的现代选民，在大家眼中他极具现代意识。

在一次采访中，埃德蒙·怀特认为奥斯卡和露辛达这两个人物根本代表不了澳大利亚，因为凯里的这两个主人公在澳大利亚这个全世界信教人数最少的国家里，显得那样地超凡脱俗。彼得·凯里回答："……我至少创造了两个人物。我赋予他们爱的品质……至于你提到反教权主义，移居澳大利亚的囚犯当然不会尊重英国国教，他们恨它。"② 正如埃德蒙·怀特说的澳大利亚是世界上信教人数最少的国家之一，最初到达澳大利亚的是一批囚犯，他们是被放逐的人、被遗弃的人，对于英国国教有着敌对情绪。基督的事业在澳大利亚扩张时，传教牧师会遇上很多的

---

① ［澳］彼得·凯里：《奥斯卡和露辛达》，第321页。
② ［澳］埃德蒙·怀特：《将自己的心灵印在文学的版图上——彼得·凯里访谈录》，第70—71页。

危险。"杰弗里斯先生可能不清楚在那地方根本瞧不起牧师。他不可能知
道丹尼斯·哈西特的前任就是被扔进贝林杰河淹死的。"① 然而，新南威·
尔士确实很需要教士，在政府地图上标明的"教区"里，那里的人全都
生长在没有上帝的环境里，孩子们从来没看见过学校。他们亵渎神明，
满口秽言，就连最世俗的人看了都瞠目结舌。因此，上帝的荣耀使得牧
师们不畏艰险、前仆后继，在杰弗里斯远征队护送下的"玻璃教堂从下
游而上，它的墙犹如闪光的冰块，如文明一样精妙、高雅"。② 当肯贝恩
杰里·比利的姑姑看到玻璃教堂时，她成了基督徒，"就在这一天，基督
第一次降临贝林杰。她看见了基督、玛丽、约瑟夫、保罗和约拿——所
有她以前不认识的人"。③ 在这个土著姑娘的眼中，苍白无力的奥斯卡是
个勇敢的人，因为她看见他身上和那些圣人一样有道光环。

　　新南威尔士的丹瑟主教是一位跟在猎狗后面的猎人，一名偏激的保
守党人，对格辉党神学的玄妙之处从不宽容。丹尼斯·哈西特因为与他
的信仰见解不同而被他流放到贝林艮，成了基督教内部教派斗争的牺牲
品。就像丹尼斯牧师说的，"上帝将我发配到了亵渎圣灵的人那里，又转
而把我送交给罪孽深重的人的手中"。④ 基督教内部的帮派斗争并不是在
其移植到澳大利亚才开始的，在英国的时候，这些教派的明争暗斗就达
到了白热化的程度，更不用提之前或之后的宗教改革和宗教战争。奥斯
卡由布丁事件，开始意识到父亲信仰中的偏执和错误，因为"他父亲不
能容忍任何对他信仰的怀疑。他以为上帝只和他一人交谈"。⑤ 奥斯卡的
父亲为儿子改信圣公会而痛苦不已，在此后的日子里父子形同陌路。奥
斯卡离开英国，奔赴新南威尔士之后，这位一生经历了丧子、丧女、丧
妻的悲痛之后又经历了儿子的叛变的老人全心全意地打算拯救他的儿子，
不单单是把他从澳大利亚，而是从圣公会的异教邪说中拯救出来。为了
实现这个目的，他孜孜不倦地捧读《圣经》。奥斯卡听从他认为的上帝的
指引投入的圣公会又是什么样的境况呢？圣公会教徒说个没完，除了钱

---

① ［澳］彼得·凯里：《奥斯卡和露辛达》，第 589 页。
② 同上书，第 608 页。
③ 同上书，第 605 页。
④ 同上书，第 259 页。
⑤ 同上书，第 44 页。

他们什么都不谈。可斯特拉顿先生的脸却布满疑云。这张脸自然明白世界并不是人们通常所看到的，国王的，甚至还有乡村教长的。在这里，彼得·凯里同时批判了英国国教的堕落和新教的偏执。

自认为是上帝选民的奥斯卡在许多地方是个谦卑的人，可他也有新教徒的思维习惯，他认为自己将获得拯救而他的邻居都得下地狱。跟随杰弗里斯远征队护送玻璃教堂的奥斯卡时刻不忘上帝的事业，他说，"我将宣讲我信仰的东西"；"我讲的是耶稣为我们的罪孽而献身，这样我们就可能借助他的血得到拯救，我们就可能在天堂里，坐在他身边"。① 在随着杰弗里斯的远征队把玻璃教堂带到贝林昆的路上，奥斯卡目睹了远征队对土著部落的屠杀，对森林资源的破坏，对土地的占有，他开始反思他一生的信仰和作为。奥斯卡想："我整个一生都在追随魔鬼在我耳畔的私语，我让它说服了我，把赌博、抛弃父亲、使可怜的斯特拉顿掉入陷阱这些举动都当成了圣神之举"。② 奥斯卡发现真正的信仰是那么脆弱，他说，"我发现我的基督教信仰如同蜘蛛网，被轻而易举的拨到了一边"③，那些取得胜利的都是诸如杰弗里斯这类打着宗教的名义，行血腥杀戮的人。彼得·凯里以奥斯卡在英国和澳大利亚的信仰经历为主线，展现基督教到达澳大利亚之前、之时和之后的种种情状，对于随着宗教一起登陆澳洲的怀疑主义和实用主义这些造成澳大利亚现在信仰状况的历史原因进行反思。

《奥斯卡与露辛达》是彼得·凯里唯一一部以基督教信仰结构全篇，把澳大利亚人的信仰问题作为主题的长篇小说。在这部小说里，凯里前后描述了 7 次"神迹"。第 1 次发生在小说的第 2 节"基督降临的花环"里。小说的叙事者——奥斯卡的曾孙家里因为雷击坏了保险丝而熄灭了电灯，叙事者的父亲不得不在烛光下找备用的保险丝，但是备用保险丝已被叙事者的母亲——奥斯卡的孙女用来做基督降临的花环，供在圣约翰教堂。为此本来对妻子的虔诚信仰和家族迷恋就有看法的叙事者的父亲大发雷霆，咒骂基督，叙事者的母亲为丈夫亵渎基督而愤怒和惧怕，

① ［澳］彼得·凯里：《奥斯卡和露辛达》，第 349 页。
② 同上书，第 620 页。
③ 同上。

叫全家人跪下请求宽恕。就在她大显威风之际，电灯突然亮了，叙事者的母亲至死都相信是上帝修复了保险丝。第 2 次神迹是在小说的第 5 节"祷告"中，小奥斯卡家因为新来了一个仆人范妮·德拉布尔，她和老仆人威廉姆斯夫人想方设法在圣诞节让小奥斯卡尝尝他从未吃过的圣诞布丁，正当他品尝布丁的美味时，被奥斯卡的父亲西奥菲勒斯·霍普斯金发现。西奥菲勒斯是普利茅斯兄弟会成员。基督教内部信仰的分化，教派的区分让教众之间产生了很大的隔阂，为了不让魔鬼引诱奥斯卡，从未动手打过奥斯卡的西奥菲勒斯粗暴地动手打了奥斯卡直到他把所吃的布丁全部吐出来。为此奥斯卡非常愤怒，在西奥菲勒斯在海边做科学实验时，请求上帝惩罚父亲的粗鲁，结果父亲真的挨了上帝的揍，他被自己做实验的锤子砸伤。

第 3 次神迹是在小说的第 11 节"变节"中，奥斯卡因为布丁事情与父亲的感情有了隔阂，也开始怀疑父亲灌输给他的信仰。他在自己制作的图示上，用石头投石问路，把自己的命运交给上帝。上帝指引给他的不是他父亲的普利茅斯兄弟会而是休·斯特拉敦的圣公会，在信仰上他变节了。第 4 次神迹是奥斯卡为自己的赌博充满罪感而决心赎罪，准备到新南威尔士去传播上帝的福音，拓展上帝的事业。奥斯卡也知道自己的恐水症可能会要了他的命，他再次把自己的命运交给上帝决定，用抛硬币的方式去决定。结果上帝指引他的路是去新南威尔士履行他的使命。第 5 次神迹是在"鳄鱼号"上与露辛达相遇的奥斯卡在向这位嗜好赌博的澳大利亚少女灌输了一大通赌博无害的道理之后，两人狂赌一通之后，奥斯卡的内疚越来越强烈。这时候海上突起狂风，他在颠簸摇晃中开始晕船。船外狂风怒吼，巨浪滔天，奥斯卡认为这是上帝在发怒，在惩罚他引诱露辛达赌博的行为。第 6 次神迹是在悉尼，奥斯卡再次与露辛达相遇后，他们在奥斯卡的牧师住宅里狂赌起来，被人发现后奥斯卡丢掉了他的神职。穷困潦倒的奥斯卡幸为露辛达收留。露辛达为了帮助奥斯卡，让他到她的帕特鲁王子玻璃工厂任职。心情矛盾的奥斯卡在决定去还是不去的时候再一次用抛硬币的方式求助上帝的指引，结果上帝的指引是让他去。

第 7 次神迹是，随着杰弗里斯远征队护送玻璃教堂到贝林良的奥斯卡备受折磨，目睹了杰弗里斯大肆屠杀无辜的土著居民。在忍无可忍杀了杰弗里斯后，奥斯卡变得恍恍惚惚、神志不清，这样到达贝林艮之后被寡妇米里亚姆引诱与她成婚。怀着对露辛达的爱和愧疚，奥斯卡来到贝林杰河上的玻璃教堂做最后的祈祷：

> 他祈求上帝宽恕他，他以为是他爱慕虚荣导致了无数黑人惨遭屠杀。
> 他祈求上帝宽恕他，是他促成了斯特拉顿先生的死亡。
> 他祈求上帝宽恕他，是他杀了杰弗里斯先生。
> 他祈求上帝宽恕他，是他诱奸了查德威克夫人。
> 他祈求上帝宽恕他的自满，他的自傲，他的任性无知。不过甚至就在他祈祷的时候，他都感觉到自己已经被玷污得不可救药了。①

就在这时玻璃教堂渗水开始往下沉，被吓得清醒了的奥斯卡祈求上帝救他，但是他的上帝用他的生命作了这最后的信仰赌注。

在这 7 次"神迹"中，"电灯的神迹""挨上帝揍的神迹"以极大的巧合演绎了上帝最令人信服的圣灵降临。"海上风暴神迹""临终祈祷神迹"在巧合与笃信的情况下对信仰之笃信和怀疑作出了形象的说明。3 次"投币问路神迹"则是把信仰阐释成为完全是帕斯卡赌注式的行为。奥斯卡一次又一次地把自己的命运交给"上帝"裁决，为了上帝他转投圣公会，为了上帝他远赴新南威尔士，为了上帝他才接受露辛达的帮助，走进了玻璃工厂，结缘那他为之送命的玻璃教堂。彼得·凯里从基督教内部的分裂与维多利亚时代的信仰已经受到了进化论和实用主义冲击的事实入手，阐释了澳大利亚人的宗教信仰状况之历史原因。凯里在这部小说中分析了澳大利亚现代化过程中，基督教到达澳洲大陆的种种遭遇，也揭示了基督教在澳大利亚不能深深扎根、影响大部分民众的原因：英国传教士和英国基督教信仰本身存在问题，即教派之间的斗争，怀疑思想的产生，传教士和牧师自身信仰的不坚定等。

彼得·凯里的小说《奥斯卡与露辛达》援引《圣经》多达 75 处之多。小说共 110 节，其中有 14 节直接以《圣经》中的神话、典故、词语

---

① ［澳］彼得·凯里：《奥斯卡和露辛达》，第 633 页。

入题。涉及宗教和信仰问题的内容占小说的一大半。

《旧约》引用情况统计表

《旧约》	士师记	民数记	约拿书	创世记	诗篇	约伯记	列王记	雅歌	以赛亚书	耶利米书	撒母耳记上	出埃及记	箴言	申命记	利未记	总计
引用次数	2	4	1	2	10	4	1	1	4	1	2	11	1	1	1	46

《新约》引用情况统计表

《新约》	约翰一书	加拉太书	使徒行传	启示录	以弗所书	提摩太后书	马太福音	约翰福音	马可福音	路加福音	总计	其他（未表明具体出处）
引用次数	2	1	1	3	1	1	10	3	2	3	27	2

　　从以上表格的统计中，我们可以看出《旧约》引用次数多达 46 次，《新约》引用次数为 27 次，还有 2 处未表明实际出处。引用得最多的是《旧约》的"诗篇"和"出埃及记"以及《新约》中的"马太福音"。"诗篇"是《圣经》中最古老的部分，是民族起源最初的歌，彼得·凯里以此与澳洲土著文化作比较，尤其是在土著人唱出自己的歌的那几章引用最为集中。"出埃及记"是《旧约》中也是《圣经》中被引用次数最多的，凯里隐喻的是英国人到达澳大利亚就像以色列民族的"出埃及记"一样，是史诗，是澳大利亚民族形成的一次重大历史事件。澳洲土著人的历史悠久的"诗篇"和欧洲白人"出埃及记"的壮举共同构成了澳大利亚的民族的起源，这是彼得·凯里解构澳大利亚民族起源神话之后，建构的民族新神话。《新约》中引用次数最多的是"马太福音"，例如："至高无上的和散那"，"如果他求鱼，他是否会给他蛇呢"，"而我不认为把另外一边脸转过来算得上什么英雄之举"，"你们不要论断人，免得你们被论断"，"天国又好比一个人要往外国去……"，"我叫一个人走，他就得走，我叫另一个人来，他就得来"。彼得·凯里引用"马太福音"

中的这些话，都是劝人和解的，凯里寓意共同生活在澳洲这片土地上的白人和黑人之间应该和解，澳大利亚应该是澳洲土著人和移民共同的家园。

二 被抹杀和放逐的土著文化

如果说写作散文集《悉尼：一个作家的返乡之旅》时的彼得·凯里已经达到了走出澳大利亚的殖民历史，在更高的角度来思考国家民族的发展的话，那么写作《奥斯卡与露辛达》的凯里则是站在澳大利亚的殖民历史之上审视和批判那段历史时期的文化。在凯里看来，"澳洲白人仍然有一种强烈的弱者文化，它直接起源于运送、流放的经历，所以即使流放犯劫杀了黑人（他们的确经常如此），他们也会随即离开，因为随后的几代白人，对不公正非常敏感"。① 但是对公正非常敏感的白人一直忽视了对土著黑人的公正，不管是无意的还是刻意的。这正如凯里所说的，"在文化动态中，悉尼那独特的历史留给我们两套弱者文化模式。用我们祖先的价值观去判定祖先的行为，我们发现他们的行为令人反感"。② 在《奥斯卡与露辛达》中，彼得·凯里做的最重要的一件事是把读者带回到19世纪澳大利亚殖民历史时期，重新审视那一时期的文化，思考以下问题：澳洲白人文化是怎样开端的？基督教文化在当时的境况如何？澳洲土著文化在当时又是何种情况？是什么原因造成了今天澳大利亚的基督教信仰状况？土著人怎样看待基督教文化？两种文化相碰撞的特殊历史时期究竟发生了什么？

维多利亚牧师奥斯卡承载着上帝的使命来到澳大利亚，想把上帝的事业做大，把基督教的福音带到当地的土著居民中去，但是自以为很了解这片土地的真正主人的博罗戴尔先生发表了他的一番见解，奉劝奥斯卡别浪费精力。他说，假如奥斯卡有意使黑人归顺上帝，他最好别去浪费这个时间。这些"家伙"最突出的一点是他们没有丝毫的宗教信仰。其他任何民族，博罗戴尔先生断言道……无论多么野蛮，总有一些神灵或石头的崇拜对象。可是那些澳大利亚的黑人除了相信他们以为会吃人

---

① ［澳］彼得·凯瑞：《悉尼：一个作家的返乡之旅》，第47—48页。
② 同上书，第48页。

的妖魔鬼怪外，什么都不信。这些可不是道听途说，而是一个黑人亲口告诉他的，他根据这人的举止管他叫"小公牛"。不仅博罗戴尔先生是这种态度，"丹瑟主教毫不客气地告诉他，传教士的传教活动是浪费时间。那些黑人像苍蝇一般地死去，如果他对此有疑问，他应该看看悉尼的马路"。① 这是自诩为文明人的欧洲白人对澳洲土著人的一种先在偏见，他们用自己的文化和信仰去衡量澳洲土著人的信仰和文化，得出自大、愚昧至极的结论。事实上，在澳洲大陆上生活了四万多年的土著居民的确有着他们自己的信仰——"梦幻时代"（Dreamtime）神灵。对此凯里在《奥斯卡与露辛达》中写道，露辛达"感到这里有幽灵存在，不过不是基督教所谓的幽灵，既不是浸礼教成员约翰，也不会是加利利的基督。是其他的幽灵，其他的传说，像影子一样难以捕捉"。② 澳洲土著人有自己的信仰，有"梦幻时代"的诸多神灵，有他们自己的祭拜仪式，因而并不是白人眼中的没有任何信仰的野蛮人。

白人到达澳洲之前，澳洲大陆及塔斯马尼亚（Tasmania）等岛屿共有原住民 30 万至 75 万人。他们至少可分为 250 多个部落，有 250 多种不同的语言，并由此衍生出 700 多种方言。③ 广阔的地域和多样的语言，造成了澳洲大陆不同土著部落之间的文化差异。但是共同的信仰"梦幻时代"即澳洲土著人心中的创世纪时代，把他们紧密地联系起来。两百多年来，澳洲土著人历经了部族消亡、语言丧失、文化破坏，失去了和灵魂联系的土地，在精神上饱受煎熬。但是，对劫难之后的澳洲土著人来说，起始于世界之初的"梦幻时代"神灵祖先永恒存在。在土著人生命的重大历程——出生、成年、结婚、死亡以及节日和庆典等许多重要场合，都要举行相应的仪式。他们通过绘画、讲故事、歌舞和演奏音乐等形式与祖先神灵交流，实现了现实世界与精神世界的和谐共存。在数万年的历史中，土著人创造了丰富的文化，也形成了高度发达和复杂的宗教信仰、

---

① ［澳］彼得·凯里：《奥斯卡和露辛达》，第 375 页。

② 同上书，第 198 页。

③ 数据综合参考了以下研究成果：［澳］麦金泰尔：《澳大利亚史》，潘兴明译，东方出版中心 2009 年版；石发林：《澳大利亚土著人研究》，四川大学出版社 2009 年版；王宇博：《澳大利亚：在移植中创造》，四川人民出版社 2000 年版；张天：《澳洲史》，社会科学文献出版社 1996 年版；阮西湖：《澳大利亚民族志》，民族出版社 2004 年版。

社会制度及法规。虽然土著人从来没有建立过任何形式的政府和政权，但社会秩序却在他们的宗教信仰的基础上得到了完好的维持。一代代土著人以口头流传的形式把这些信仰和法规继承和发展下来。白人到来之后，把这种他们无法理解的土著宗教信仰和建立于宗教信仰之上的社会体制称为"梦幻"（Dreaming），把他们到来之前的澳洲土著时空称为"梦幻时代"。

"梦幻时代"的土著人相信人生前死后永远结合在一起，把做梦看作为创造万物之时，并对此加以口述，代代相传，从而保证土著文化的传承和社会的连续。翻开土著人的历史篇章，梦幻般的神秘色彩几乎无处不在。尽管以家庭血缘关系为基础而群居的土著人曾有过成百上千个不同的部落，讲几百种不同的语言，但是他们对有关祖先的传说和梦幻时代的传说却都深信不疑。西方著名的宗教史学家米尔恰·伊利亚德（Mircea Eliade，1907－1986）在分析宗教的起源时溯源到原始人群，他指出，布日耶神父（The Abbé Breuil）和威廉·施密特（Wilhelm Schmidt）提到，在澳大利亚和其他原始居民中有这样的习俗，他们保留死去亲人的颅骨，并在部落迁移时随身带着。① 在伊利亚德看来，火的驯化、狩猎仪式、丧葬仪式、骨头的堆放、岩石上的画像等都蕴含了宗教思想的萌芽，相较于原始人的这些信仰的萌生，澳大利亚土著人有着更为完善的信仰体系。根据澳洲土著人的信仰，祖先神灵曾经借助神秘蟒蛇的躯体在澳洲大地蜿蜒而行，留下了纵横交错、迷宫一般的足迹（footmark）。在途中，祖先神灵创造了世间万物，塑造了今天所有的山川风貌。这就是土著人所信仰的"梦幻时代"。于是，每一个土著部落都与他们的土地紧密联系在一起，每一片土地上都设有祭拜祖先的神秘圣地。土著人的绘画、歌曲和舞蹈，也都反映出他们与土地和祖先的密切关系。对澳洲土著人来说，起始于世界之初的梦幻时代的祖先神灵永恒存在，神灵在现代世界仍然活力十足，并通过土著艺术表现出来。绘画、音乐、舞蹈得以世代相传，并且永不间断地指导和鼓舞着土著人，即使遭受欧洲白人入侵之后的阻隔，也没有失去旺盛的生命力。

---

① ［美］米尔恰·伊利亚德：《宗教思想史》，晏可佳、吴晓群、姚培琴译，上海社会科学院出版社 2004 年版，第 12 页。

在今天澳洲各地，虽然所有的土著部族都经历过不同程度的文化侵扰，他们的习俗、传统和重要遗址仍旧得以保存，并受到关注、遵守和尊重。这是因为，"梦幻时代"创世神灵留传下来的法理、习俗和行为规范，仍然引领并启示着众多土著后裔的日常生活。他们靠着这种对"梦幻时代"的记忆和意识把过去、现在与将来联系起来。对"梦幻时代"的信仰，成为各种土著艺术的灵感的来源，表现的内容和创作的形式。歌舞、绘画反映了"梦幻时代"所发生的一切，长矛和篮艺制品等日常用品也充满了宗教色彩，因为土著人相信它们也都是由祖先神灵创造的。在土著人的歌舞以及故事传说中，祖先神灵是以不同的形式出现的。有时，他们是人，而更多时候他们是动物，比如袋鼠或者鳄鱼，有时甚至还是岩石或树木等一些没有生命的实体。根据土著人的信仰，祖先神灵经常会变身——他们有时像鱼一样游水，有时像袋鼠一样跳跃，有时如人一般歌唱，有时又摇身一变，成了岩石或树木。每个地区和族系都拥有自己的祖先神灵，但最广为人知的则是澳大利亚南部的"天空英雄"，北领地的"大地母亲""彩虹蛇神"，以及澳大利亚西部的"海鸥英雄"。在传统的土著族系中，每个人都有自己的守护神。从生命之初，每个人就与自己的守护神紧密相连，这影响了土著艺术创作的题材、主题选择。土著人透过艺术的梦幻，跟他们的祖先交流心灵。在梦幻世界里，人们仿佛看到了关于天地创造、民族起源的神话。

从梦幻中看到了人类童年时期的童话和人类成长过程中充满了幽默、迷离、古怪的小插曲，对土著人来说，梦幻是描述丰富而又有内在联系的观念，它包括价值与精神。祖先神灵创造了世间万物和人类社会之后回归大地，化为溪流、池塘、岩层，或者成为岩壁上的轮廓和印记。这一切通过土著艺术表现出来，绘画、音乐、舞蹈得以世代相传，并且永不间断地指导和鼓舞着土著人的生活。因此，不仅欧洲白人到达澳大利亚时的"无主土地"的民族—国家神话是一种谎言，而且"土著黑人是野蛮人"、"土著黑人没有宗教信仰"和"澳洲是欧洲白人发现的新大陆"的断言都是白人妄自尊大而犯下的错误，是欧洲种族主义蔓延到澳洲所造成的恶劣后果。在澳洲大陆生活了几万年的土著黑人有他们自己的信仰——"梦幻时代"的神灵，有他们自己的哲学——人与自然高度和谐的生活方式，有他们自己的语言文化，有他们自己的绘画、音乐、舞蹈等艺术。彼得·凯里认为澳大利亚的文化传统不只是欧洲白人文化在澳洲的移植、克隆或复印，而是欧洲白人文化、澳洲本土文化和白人与土著人共同创造的新文化结合起来的混杂文化。

三　当上帝遇上"梦幻时代"神灵

彼得·凯里深谙澳洲现代历史是以无数谎言为开端的，因此他在《奥斯卡与露辛达》中解构了"新南威尔士是无人居住的土地"，"澳洲土著人是低劣野蛮人"，"土著人没有自己的信仰和文化"等谎言。在杰弗里斯远征队护送下的英国牧师和玻璃教堂前往澳洲内陆的贝林貢，一路上白人强迫土著人为他们做向导，不听话就要被杀害。在两种文化的碰撞和交流中，看与被看是混合在一起的，白人入侵澳大利亚之后，在官方历史中所能查到的资料都是白人视角的，澳洲土著人只是被看和被言说的对象，比如"他们野蛮、落后、不信神、爱报复等等"，而找不到土著人是怎样看待那些夺走他们的土地、屠杀并驱赶他们的白人的任何记载。彼得·凯里在《奥斯卡与露辛达》这部小说里不但纠正了白人视角的偏差，而且还给予了土著人看和言说的权利。"白人从达林山的云彩里降落。我们的人民以前没有见过白人。我们以为他们是鬼神。他们从茶树林里冒出来，拖着箱子，大喊大叫。"① 欧洲白人来到澳洲大陆，为那里带去了全新的文化，两种异质文化的相遇、相识、碰撞以及他们之间的冲突与融合，对欧洲白人和澳洲土著人来说都带来了全新的景观。

> 我们以为他们都是死人。他们爬山毁林。他们砍树不是为了获得里面的糖脂。他们砍的那些树里根本就没有糖脂。他们就这么让树横倒在地上。他们砍树是为了绘制一张地图。他们用测链和经纬仪测量，可我们那时并不明白他们在干什么。我们看见一株株砍死的树。不久，这些白人过来割了一圈树皮。那时我们编了首歌：
>
> 地上的树木哪里去了？
>
> 鬼神把他们夺走了。
>
> 他们对我们发怒，

---

① ［澳］彼得·凯里：《奥斯卡和露辛达》，第578页。

他们发怒时不留给我们柴禾。

树木已经不会复活。

我们渴求高高的树林，可黑暗的鬼神不会

把他们送还。

鬼神对我们发怒。①

拉康的镜像阶段理论将自我与他者区分开来，通过镜像建立内在世界与外在世界之间的联系：一个尚处于婴儿阶段的孩子，举步趔趄，仰倚母怀，却兴奋地将镜中影像归属于自己，这在我们看来是在一种典型的情景中表现了象征性模式。在这个模式中，"我"突进成一种首要的形式。以后，在与他人的认同过程的辩证关系中，"我"才客观化；以后，语言才给"我"重建起在普遍性中的主体功能。②"他们"——白人的到来，使得澳洲土著人第一次有了自我意识，有了"我们"的观念，白人对他们来说不管是从外形上还是从言谈举止上来说，都是十足的"他者"。白人砍伐树木、毁坏森林，对土著人粗暴无礼，掠夺他们的生存资源——不给他们留柴火。

澳洲土著人的生活与自然环境是水乳交融、紧密联系在一起的，人与自然和谐相处，白人的到来打破了这种和谐，他们对自然没有敬畏感，只是一味地征服。彼得·凯里的这种先见的忧虑在 1994 年的悉尼大火中得到了证明。那时的悉尼全城被火包围。灰烬纷纷落入中央商业区，那儿的朋友们不难想象出可怕的世界末日场景，加油站在阵阵烈火中把白人文明炸成碎片。直到那时候，人们才注意起世界著名的环保人士提姆·弗兰纳里来，因为他曾说过，白人来到澳洲所发现的这片土地，一直是经过精心照料的，源于一种有计划的焚烧制度，这一做法即是"火棍农业"。弗兰纳里说："到目前为止（1797 年 6 月 10 日），伊拉部落已被欧洲人骚扰了十年，疾病、农场，以及定居点所产生的影响，使得他们数千年来焚烧式的农业难以维系。构成致命威胁的森林大火，携带着

---

① ［澳］彼得·凯里：《奥斯卡和露辛达》，第 578 页。

② 《拉康选集》，褚孝泉译，上海三联书店 2001 年版，第 90 页。

恐怖的怒号、难以想象的炙热，已成为首要问题。"① 凯里认为，不能说澳洲土著人的"火棍农业"没有影响环境，"但是一旦你承认土著人对土地实际上已经造成了损害，你在伐木工和采矿公司方面也理亏了，这才是问题的核心，那就是你为什么害怕火棍农业的原因"②。

语言是文化交流的最大障碍，欧洲白人的英语遭遇澳洲土著数百种方言时更是如此。白人和纳库部落的两个人交谈。他们都是年轻人，他们给白人一头大袋鼠和一些小动物。白人不愿吃小动物，他们要纳库人告诉他们去肯贝恩杰里的路，但是纳库人从来没有见过那个部落的人。他们是邻居，可互不来往。③ 由此可见，澳洲土著居民部落众多，由于地广人稀，部落与部落之间几乎没有往来，他们虽然有着共同的对"梦幻时代"神灵的信仰，但也有着各自的语言、文化，这种状况阻碍了澳洲土著人之间的团结。白人的到来打破了他们的这种隔绝状态，他们对待白人友好、热情，为他们指路，给他们食物。但是白人不吃他们送的小动物，两种不同质文化的冲突开始了：白人眼中的澳洲土著人愚昧落后，虐待和残杀小动物；土著人眼中的白人入侵者傲慢无礼，不理解澳洲大陆这片土地上的自然生存之道。年轻人回到自己的部落把他们遇到的事情报告给年长的。年长的讨论了好一阵子，然后他们告诉年轻人："你们赶快把这些恶人打发走。"④ 一切冲突都是源自于误解，白人从土著人的生活习惯和习俗判定他们是野蛮的，没有文化的人，而土著人从白人的言谈举止和所作所为判定他们是"恶人"，是惹不起的灾祸。从此后的事态发展来看，澳洲土著人的判断是准确的，正是这些"恶人"践踏他们的信仰，破坏他们生存的环境，抢占他们的土地，对他们的人实施了大屠杀。澳洲发生的事实表明：一个孤立的文明在受到外来侵略时尤其容易被击垮。

白人和土著人的相遇除了习惯、习俗上的冲突，更重要的是信仰上的冲突。在杰弗里斯远征队护送下的英国牧师奥斯卡此行的目的，就是要把上帝的事业发扬光大，把上帝的福音带到他们眼中"愚昧、落后、

---

① ［澳］彼得·凯瑞：《悉尼：一个作家的返乡之旅》，第34页。

② 同上书，第183页。

③ ［澳］彼得·凯里：《奥斯卡和露辛达》，第579页。

④ 同上。

野蛮"的土著人中间。刚开始土著人对这种有别于他们信仰的基督教信仰充满好奇，"年轻人就是在这些营地里听说了基督。他们还是第一次听说这些事情"。① "霍普斯金牧师告诉纳库人圣人巴纳巴斯被狮子吞食的故事。他还告诉他们圣人凯瑟琳是被一只轮子杀死的。他还讲述了圣人塞巴斯蒂安被用长矛捅死的故事。"② 基督教的圣典里记载了那么多的暴力事件、那么多的仇恨，对于只是部分接触基督教教义的土著人怎么能够理解基督的慈善和自我牺牲的精神。这是基督教在不同文化语境中传播时自身造成的文化失落和误读。杰弗里斯远征队带来的不只是宗教，还有现代工业产品——玻璃教堂。

> 你知道他们看见的是什么吗？玻璃。在这以前他们还从来没见过玻璃。在下面肯普塞和麦考利港的房子上有窗玻璃。但这些地方他们从来就没去过。他们发现玻璃很锋利。这是他们所注意到的第一点——玻璃能切割，能割树皮，能割伤部落人的皮肤。③

玻璃的透明让白人入侵者和澳洲土著人能够互相看见对方，但他们中间是一种冰冷的隔绝和一道道玻璃碎片划过的深深裂痕。

随着土著黑人与白人接触的增多，文明的冲突越来越明显。在杰弗里斯远征队继续行进的过程中，土著黑人和白人的信仰冲突越演越烈。"白人想翻越道森山，纳库人希望他们别这么做。道森山是神圣的。年轻人是不能上那儿去的。这违反了他们的法律。"④ 白人不知道或者说是无视土著人信仰的存在。无知的白人无情地践踏着土著黑人的信仰之后还恼羞成怒，乱杀无辜。"于是白人头领用手枪打死了其中一个纳库人，另一个纳库人叫奥戴尔贝利。"⑤ 眼看着同伴惨遭杀害，震慑于白人火力的奥戴尔贝利带着他们上了道森山，朝山下的贝林杰山谷进发。他编了这么一首歌：

---

① ［澳］彼得·凯里：《奥斯卡和露辛达》，第 579 页。
② 同上书，第 580 页。
③ 同上。
④ 同上。
⑤ 同上。

　　　　玻璃能切割。

　　　　这我们从来没见过。

　　　　现在它进入了我们的生活。

　　　　它是陌生人的圣物。

　　　　玻璃能切割。

　　　　玻璃能割袋鼠。

　　　　玻璃能割袋狸。

　　　　玻璃能割树和草。

　　　　快走吧，陌生人。

　　　　快到肯贝恩杰里。

　　　　好心的神灵，放了我们，走吧，走吧。①

　　这首忧伤的歌道出了土著人的迷惘，玻璃教堂——基督教信仰和欧洲现代工业产品的到来给土著人的生活带来了灾难性的影响，他们只想快点打发走这些"不祥的人"。但是，这些白人非但不走还继续前进，到达肯贝恩杰里部落的杰弗里斯远征队对之进行了大规模的屠杀。"奥戴尔贝利找到肯贝恩杰里部落的人，在他们面前用玻璃割伤动脉和全身自杀谢罪。"② 奥戴尔贝利为自己给相邻部落带去了灾难而无法原谅自己，以死谢罪。土著人朴素而哀伤的歌曲道出了他们对现代化工业产品的最初认识——玻璃能切割，它切割了澳洲土著部落本来松散而和谐的生存状态，白人带给他们伤害——信仰的践踏、生命的威胁和生存环境的破坏。一种文化入侵和战胜另一种文化的结局总是以其中的一种文化或被灭绝或被压制为代价。基督教文化与土著文化相遇的最初是伴随着血与火的征服与灾难的，这带给澳洲土著人以沉痛的集体记忆。由文化的误解而带来的冲突，给欧洲白人定居者和澳洲土著居民之间造成了很深的隔阂，犹如澳大利亚那条长达几千公里的"防兔篱笆"。

　　杰弗里斯和他带领的远征队对土著人犯下的罪行罄竹难书。（1）他

_____

① ［澳］彼得·凯里：《奥斯卡和露辛达》，第580—581页。

② 同上书，第581页。

们大肆屠杀土著居民，包括纳库人和肯贝恩杰里部落；（2）测量和占有澳洲内陆本来属于土著部落的土地；（3）篡改历史。杰弗里斯"还命名了几个大湖泊，测定好了几座原先测量得错误百出的山的高度。他带领他的人马穿过了只有那些疯狂、野蛮的黑人居住的地方，为自己树立起勇武过人的名声"。① 上帝式的命名语言本身即是一种占有，白人对澳洲大陆拥有了解释和言说的权利。白人就是通过这样的血与火的远征而命名和占有了澳洲广袤的土地，他们将生长在这片土地上四万多年的土著居民一笔勾销，将这片土地看作是"无人居住的无主土地"。然后通过屠杀和驱逐土著居民进一步将澳洲大陆占为己有。杰弗里斯在他的日记中记录道，他"给予'吐痰部落'的要比索取的多"。还有，"有六个狡诈的恶棍"被他们用枪"打发"了，这些人都是来自亚拉－哈匹尼。他还成功地帮助他的人马抵御了"杀人成性的肯贝恩杰里人"的进攻。记录这些事例的笔记整洁、流畅，从字迹上丝毫看不出他性格里的一些特征。他绘制的田野、连绵山脊的素描丝毫不比米歇尔杂志里的画逊色。②

作为有良知的英国牧师奥斯卡对杰弗里斯肆意屠杀土著居民的做法感到极为愤怒，他抗议道："先生，假如这是我的国度，你的出现使我感到恐惧。"但是杰弗里斯反驳他，"教堂可不是唱诗班所负担得起的"，"帝国也不是天使所创建的"。③ 从十字军东征到宗教改革，基督教的历史就是一部征服史，从这一点来说显然杰弗里斯是对的。奥斯卡只有无可奈何的愤怒，他不可能怀疑或反省他的信仰。面对这一切而无能为力的奥斯卡充满了罪感，"他感到，在他和莱普拉斯特里尔小姐的关系里，自己是个懦夫；而在那场屠杀里，他又是个同谋者"，"在每一根熏黑了大树桩，每一根砍倒在地的圆木上，在每一株木麻黄或香树的树荫下，他都仿佛看见了那些被屠戮的黑色尸体，那些人类灵魂脆弱、娇嫩的躯壳"。④ 杰弗里斯远征队带给土著居民的不仅是生命和财产方面的消灭和占有，还有生活环境的破坏，"那时的贝林杰和现在可大不一样。辽阔的绿油油田野一直延伸到河边。河岸如同绿色垂体的掩体，蕨类和藤类植

---

①　［澳］彼得·凯里：《奥斯卡和露辛达》，第 584 页。

②　同上书，第 586 页。

③　同上。

④　同上书，第 587 页。

物攀绕交错，如同穿插其中硕大的编织针。这片土地早就被那些砍杉木的人作践得伤痕累累。不过都是内伤，在丛林深处"。面对土著人遭遇的这一切，维多利亚牧师有一种罪孽感，"奥斯卡看不见那些注视他的黑人。这些黑人并不使他感到恐惧。使他感到恐惧的是另外的东西"。① 在凯里看来，奥斯卡的罪感也应该是今天的澳大利亚白人后代的负重，他们应该正视这段历史中对待澳洲土著的一切不光彩事实。

第二节　生活方式认同的两难与抉择

　　研究澳大利亚的主流文化，不得不提到澳洲的丛林精神。澳大利亚丛林即乡村，是与城市相对应的概念。因此，丛林精神就是澳洲乡村生活方式的精髓，在澳大利亚，乡村的人物形象，乡村的价值观念，是最早被写进澳大利亚民族文学的。这种乡土的文化不同于城市文化，它们"具有质朴、实际、自然的特性"。澳洲历史学家沃德（R. Ward）写了一本专门探讨澳洲丛林精神的书：《澳大利亚传奇》（*Australian Legend*），并且认为了解澳洲丛林精神至为重要，因为它是澳洲民族精神最基本的成分。在澳大利亚学术界，"丛林传奇""丛林神话""澳大利亚传奇""澳大利亚民族精神"是在不同场合、不同语境中指称"丛林精神"的术语。② 在澳大利亚民族文学中的赶牲畜的人、剪羊毛的人、牧羊人、赶公牛的人、牧场边界的巡逻人，甚至丛林盗匪，都是澳大利亚人所憧憬和喜欢的文学形象。翻开澳大利亚文学史，可以看到这种书写乡村生活方式的文学传统由来已久，文学作品数量最多。从《武装行劫》到《人生就是如此》，从《来自雪河的人》到《赶牲畜人的妻子》，从《卡普里柯尼亚》到《我的光辉生涯》，澳大利亚的文学经典对乡村生活方式的描写作为主流传承下来，而且一直影响着澳大利亚当代作家的创作。

　　澳大利亚也是个城市化程度很高的国家，立国伊始就有一半以上的居民居住在城市，现在这个比例上升到了八成以上。19 世纪中后期是澳

---

① ［澳］彼得·凯里：《奥斯卡和露辛达》，第 610—611 页。

② 杜学增：《澳大利亚语言与文化》，外语教学与研究出版社 2000 年版，第 35 页。

大利亚城市迅速发展的时期，地方主义促进了各大城市之间的竞争，城郊化成为澳大利亚城市生活的特色。二战后，澳大利亚的城市发展进入了一个崭新阶段，悉尼、墨尔本发展成为国际性大都市。尽管澳大利亚的城市化程度很高，城市生活方式较为普及，但反映澳大利亚城市生活的文学创作则出现得较晚。虽然，帕特里克·怀特和怀特派小说家用西方现代派的写作技法革新了澳大利亚文学的现实主义传统，但是他们并未集中表现澳大利亚的城市生活方式。20世纪60—70年代兴起的新派作家则把目光转向了城市，而彼得·凯里则成为澳大利亚文学史上第一个大量写作城市生活的作家。凯里的小说《幸福》、《魔术师》和《税务检查官》主要写澳大利亚的城市生活，而《特里斯坦·史密斯不寻常的生活》和《偷窃：一个爱情故事》则涉及澳大利亚的城市生活。

彼得·凯里长篇小说描写对象分析表

年份	作品	城市	乡村
1981	《幸福》	主要	重要
1985	《魔术师》	主要	次要
1988	《奥斯卡与露辛达》	主要	重要
1991	《税务检查官》	全部	没有
1994	《特里斯坦·史密斯不寻常的生活》	全部	没有
1997	《杰克·迈格斯》	全部	没有
2000	《凯利帮真史》	几乎没有	几乎全部
2003	《我的生活有如冒牌货》	次要	异域风光
2006	《偷窃：一个爱情故事》	主要	次要
2008	《他的非法自我》	主要	重要
小结	有8部把城市作为描写或主要描写对象		

彼得·凯里的短篇小说几乎都是描写澳大利亚城市生活方式的，而以上列举的10部长篇小说中有8部描写或主要描写城市生活，散文集《悉尼：一个作家的返乡之旅》则解剖了悉尼的城市发展史。同时，从上表也可以看出凯里并不像他自己声称的那样他的创作跟澳大利亚文学传统无关，而是此传统对之有内在的影响。因此，尽管凯里的创作以反映

澳大利亚的城市生活为主，但是也相当深入地反映了澳大利亚的乡村生活。

在彼得·凯里生活的年代，澳大利亚的城市化程度已经占据绝对优势，丛林和乡村生活方式成为小部分人的实践和大部分人的回忆。在凯里的笔下，澳大利亚人常常在物质的（都市的）和精神的（丛林的）选择之间游移，有如在地狱和天堂之间游走。凯里的短篇小说《美国梦》反映了澳大利亚生活方式从乡土向城市化发展的历程及其出现的认同问题；《战争罪行》中对资产阶级生活方式的批判；《关于工业幻影的报道》则批判了工业化给人民的精神生活带来的困扰；《幸福》中解构了澳大利亚现代都市的"幸福生活神话"，说明都市生活中充满谎言和欺骗；《魔术师》继续了这个主题；而《奥斯卡与露辛达》则批判现代工业文明；《税务检查官》和《特里斯坦·史密斯不寻常的生活》都是批判澳大利亚都市生活方式的力作。丛林是彼得·凯里笔下的乡愁，是澳大利亚人记忆中的乡土，是超越物质生活的精神追求。从《幸福》到《他的非法自我》，凯里始终有着浓厚的丛林情结。

一　在乡土和都市的生活方式之间徘徊

1999 年版《辞海》将"生活方式"定义为：一定社会制度下社会群体及个人在物质文化生活方面各种活动形式和行为特征的总和，包括劳动方式、消费方式、社会交往方式、道德价值观念等。生活方式是一个综合性的理论范畴，内涵丰富复杂，它反映主体的人与全部生活环境、生活条件的各种联系和关系。生活方式的形成、演变，是主体生活的全部自然条件与社会条件的综合作用的结果。[①] 二战后的澳大利亚，随着经济的迅速发展，城市化的步伐也在加快。澳大利亚人的主体生活方式已经完全从乡村向城市转移。尤其是战后美国消费文化在澳大利亚的盛行，美国式的崇尚消费的生活方式很快就渗入并覆盖了澳大利亚原有的丛林和城镇结合的朴素的生活方式。于是在澳大利亚知识界出现了警惕美国消费文化，呼吁保护"澳大利亚传统生活方式"的声音。但是，"澳大利亚传统生活方式"是一个说不清、道不明的提法，就连当时的澳大利亚

① 陶宇咸：《变革中的城市生活方式》，《理论建设》1987 年第 3 期，第 63—69 页。

学界也没有明确的界定。一般情况下，提到澳大利亚传统生活方式，人们总是想起丛林精神、伙伴关系、市郊社会等。

霍布斯鲍姆在《传统的发明》中认为传统是被发明出来的，那些看似很古老的传统其实是新近的发明。霍布斯鲍姆发现英国国王繁复的加冕仪式和宫廷礼仪并非想象中的那么古老，当代社会对古代传统的诉求从起源上说是最近出现的，传统有时是在某个活动或很短时期内被"发明"出来的。在发明的过程中有民族—国家的诉求，有政治意图，也有个人情感的需求。澳大利亚的文学传统，澳大利亚的生活方式可以作为霍布斯鲍姆这种发明传统说的最好例证。在霍布斯鲍姆看来：

> "发明的传统"（invented tradition）被用来意指一系列活动，它们通常受制于一些公开或暗中已被认可的规则，也意指一系列仪式性或象征性的自然，它以重复的方式努力重申某些价值观和行为规范，自动地表明与过去的连续性。实际上，在任何可能的地方，人们往往会努力与一个适宜的历史过去确立连续性。……然而，就这样一种指涉过去而言，"发明的"传统之特性在于它的连续性很大程度上是人为的。简言之，这些创痛乃是对新情境的一种回应，这些新情境采取了参照旧情境的方式，或者说，它们以某种义务式的重复来确立自己的过去。①

霍布斯鲍姆强调了几个重要的问题：其一，传统是自觉地加以"发明的"，因此它带有某种"人为性"。澳大利亚的文学、文化传统，就是在以《公报》为中心的澳大利亚民族主义作家的倡导和实践下，开始反叛英国文学传统的主题、人物、手法，确立描写澳洲大陆本土风情的文学。其二，传统的"发明"是对当代变化了的情景的一种必然回应，是根据当下变化了的社会文化情境的需要，努力同自己的过去建立起的连续性。澳大利亚文学、文化传统的确立反映了19世纪末20世纪初，澳大利亚社会经济发展、民族国家的独立与建设的需要。其三，这种与过去

---

①　Eric Hobsbawm, and Terence Ranger, eds. *The Invention of Tradition*, Cambridge: Cambridge University Press, 1983, p. 1.

的连续性是有选择的，那就是寻找"一种适宜的历史过去"。澳大利亚文学、文化的确立与英国文学、文化传统的连续的选择性表现为，对帝国殖民叙述的改写与重写上。其四，"发明的传统"是通过自动地意指、准义务式的重复等方式来实现的。澳大利亚文学、文化作为澳大利亚民族—国家建设的支撑，同时也为澳大利亚民族—国家的建设和发展所加强。澳大利亚生活方式就是以澳大利亚文学、文化传统为核心内容的，与澳大利亚社会历史紧密相连的一种"澳大利亚传统"。

乡村生活方式传统在人类历史征程中占据着绝对的时间和空间上的优势，城市生活方式的迅速发展是与现代性的扩张和现代化、全球化的发生紧密联系在一起的。在现代化初期，乡村生活方式占主导地位。美国从建国以来，虽然经济发展迅速，但城市发展速度明显落后于工业化。美国人长期存在对城市社会恐惧和不安的心态，因此美国文学传统推崇简朴宁静的乡村生活，对城市生活大加鞭挞。著名历史学家特纳认为是边疆而不是城市创造了美国文明，西进运动的农业拓荒运动是美国工业化飞速发展的引擎。托马斯·杰斐逊崇尚农村社会，认为城市会给美国带来各种社会问题，甚至道德沦丧等；城市人之间缺乏相互联系和关心，因此孤独感常常成为城市人的重要心理特征。[①] 而民族文学的兴起总是起源于对本地自然风光的赞美和对本土人物的描绘，乡土特色与民族文学是并置同生的。在历史上，不仅存在乡土的美国，也存在乡土的澳大利亚，澳大利亚文学中的"丛林生活""丛林传奇""丛林精神"就是澳洲乡土的文学化表述。

美国在二战后成为世界政治、经济、军事强国，城市高度发展，因此有了辛克·刘易斯的《大街》等作品反映城市化进程中的社会和环境问题，有了德莱塞的《嘉莉妹妹》《美国的悲剧》等作品反映美国城市化进程中人的处境问题，也有威廉·福克纳为乡土的美国唱了一曲无尽悲伤的挽歌。相对于美国来说，澳大利亚的发展较为滞后，二战后其经济步入高速发展时期，城市生活方式渗透到澳大利亚社会的深层。这时候的澳大利亚人一边享受着城市化带来的好处，一边对澳大利亚传统的生

---

① 王磊：《城市生活方式的革新与美国 20 世纪 20 年代的城市化》，《岱宗学刊》2006 年第 2 期，第 7—8 页。

活方式有着无尽的留恋。《幸福》反映的就是澳大利亚人徘徊在乡土的和都市的两种生活方式之间。以贝蒂娜和他的儿子、情夫为代表的澳大利亚人，对都市生活方式有着无尽的向往，他们嫌澳大利亚的都市化程度不够高，做着能去纽约的"美国梦"。而以芭芭拉为代表的澳大利亚人，虽然也为都市化所影响——每年到城市做几个月的妓女以赚钱谋生，但他们主要认同澳大利亚传统的生活方式——丛林传奇，简单朴素的生活。而经历了三死三生的小说主人公哈里·乔伊则在妻子和情人之间，在属澳大利亚和属美国之间，在乡村与都市之间，在天堂和地狱之间徘徊，但最终他选择了与情人芭芭拉在澳洲丛林里过上了乡土的但幸福的生活。

二　凯里小说对都市生活方式的批判

彼得·凯里是澳大利亚文学史上，第一个大量写作反映城市生活并且获得国际声誉的作家。凯里笔下的悉尼堪与狄更斯笔下的伦敦、陀思妥耶夫斯基笔下的彼得堡、雨果和巴尔扎克笔下的巴黎媲美。凯里的《蟹》《剥皮》《美国梦》《关于"工业幻影"的报道》《战争罪行》等短篇小说描写了澳大利亚的城市生活、现代工业和现代人的内心世界。这时候的凯里采取先锋的姿态写吸毒、犯罪、性的张扬和放纵等都市生活的阴暗面和现代人内心世界的孤独、彷徨。凯里的长篇小说《幸福》《魔术师》《奥斯卡与露辛达》《税务检查官》对现代澳大利亚的城市生活方式都承继了他短篇小说创作的批判传统。《幸福》让乌托邦式的丛林生活方式胜出，《魔术师》极力批判澳大利亚现代化进程中的谎言和欺骗，《奥斯卡与露辛达》集中批判工业化，《税务检查官》批判了都市生活中的腐败现象。毫无疑问，对澳大利亚的现代化和城市生活方式，凯里在总体上是采取批判立场的。

彼得·凯里回归历史，把批判的矛头对准他在现代澳大利亚的开端之处找到的现代性扩张初期的现代工业。露辛达的母亲伊丽莎白认为工业化给妇女带来了莫大的希望，可以将妇女从传统家庭的狭小生活空间中解放出来。她说："将来的某一天，正是那些唯美主义者，浪漫主义者魂不守舍的工厂将奠定妇女自由经济的基础。"[1] 在她的眼里，工业化给

---

[1]　［澳］彼得·凯里：《奥斯卡和露辛达》，第 105 页。

妇女的生活带来了便利，因为工厂里有保育室，还有人员齐备的厨房，用的是工厂锅炉的火，这些厨房会把妇女每天上午带去的家庭晚餐烘烤好。伊丽莎白心目中的工厂像是车轮的毂，关怀之情就像辐条向四周辐射。当伊丽莎白发现丈夫迷上了新南威尔士之后，她以为自己建立工厂推动发明创造的想法在一个正在形成的社会里更容易实现。她对殖民地一往情深的背后有着这么一个动机，"她将会创办自己的工厂"①。在伊丽莎白的遐想中，工厂并不是恐怖、四壁光溜、大烟囱口吐着黑烟的怪物，而是像有些人所认为的那样，是光芒四射的宝石。

与以上伊丽莎白梦幻式想象中的现代工业不同，露辛达眼中的现代工业是充满了美与丑、善与恶的矛盾体。尽管伊丽莎白对女儿露辛达的影响巨大，但露辛达在自己买工厂、管理工厂、制作玻璃的现实生活中发现了工业化的矛盾性。这种矛盾性深深地根植于现代工业的存在、工业化进程、工业产品的制作过程、工厂的管理、工业产品本身、工业化与环境的关系之中。在露辛达眼中，玻璃是软弱和力量的象征：这是另外一颗心灵密码，坦诚的相告，愤怒的责难，痛苦的呐喊。她已经了解玻璃可爱的矛盾性，玻璃是透明的，坚固的，总之是一个有趣的矛盾体，和所有其他材料一样，它可以用来塑造生活。现代工业犹如它的产品——玻璃，在绚丽的外表掩盖之下是剥削，是小部分人对大部分人的奴役，是环境的污染和破坏。露辛达和伊丽莎白分别看到了现代工业两个面相中的一个面相。

当露辛达看到位于达林港兰生码头的悉尼第一家玻璃厂，觉得它的外表是没有什么好看的，既没有表现出工厂内部神乎其神的变幻莫测，也没有显示出火焰般的绚丽光华，只有一股黑烟向阴沉的天空飘去。这与母亲伊丽莎白心目中的工厂大不一样。在露辛达眼中，"整个工厂都笼罩在黑暗之中，恰似帽檐影子下面陌生人的脸，正因为如此，它并没有什么动人之处"②。尽管年幼的露辛达随父母亲考察过许多工厂，对工厂的脏有过很深的印象，但是面对现实中的工厂，她还是不免感到失望。面对帕特鲁王子玻璃工厂，她感到自己买下的是一个地狱。露辛达并不

---

① ［澳］彼得·凯里：《奥斯卡和露辛达》，第 106 页。

② 同上书，第 168 页。

是真的想要拥有一家工厂，她内心对工厂其实是充满了恐惧。当她走在萨塞克斯街上，看见工人从工厂和码头一拥而出时，她对他们的感觉是又感动又厌恶——他们裤腿卷起，无精打采，如同天外来客。隔着一层玻璃审视着他们，就像是一个世纪以后的我们坐在正要降落的大喷气机眺望贫民窟。工厂拥有者与工业文明之间有着内在的隔阂。

　　工业化带来了环境的破坏和污染。露辛达穿行在英澳之间的海域上，她的感觉是，"这哪里是一艘船，倒像是在钉满铆钉的大桥内部，一头巨大的机械猛兽，帝国的器官，其烟囱直冲大西洋上空"。[1] 露辛达看到的是，"大海看上去很沉闷，一望无际的废水。朝东看，她能看见明暗模糊的菲尼斯太尔角。她上方的大烟囱喷吐出轮船内的排泄物，黑烟滚滚直冲天空"。[2] 露辛达从伦敦返回悉尼的时候抬头想看看北极星，但"鳄鱼号"吐出的道道黑烟，像毯子一样撒向天空，苍穹如同水桶一样死寂。回到悉尼后，她看到自己的帕特鲁王子玻璃厂因为疏于管理，变得一片荒芜，工厂的炉子一派灰暗、毫无生机，里面的金属硬邦邦地支在那里，丑陋无比。她想，"我不喜欢工厂。我难道活着就是为了取悦我的母亲？"[3] 帕特鲁王子玻璃工厂的办公区在一栋楼房里，"印刷厂占据了这栋房子的一楼到三楼。整个房子都跟着印刷机的节奏晃动着。楼梯上弥漫着油墨呛人、易发挥的气味"。[4] 办公楼的环境尚且如此，厂房和车间则更加糟糕。

　　彼得·凯里以城乡对比的方式揭示了工业化给环境带来的影响。露辛达从澳大利亚的乡镇来到悉尼，她看到的是现代化过程中城市的丑陋，"在这以前，悉尼市辽阔，风大，马路上尽是那些不要脸的无赖；许多'体面'的人随时都会呵斥和嘲弄他们狭隘的生活经历所不了解的东西；整个城市车马喧嚣，还有一大群素昧平生、随地吐痰、咳嗽不已的乌合之众"。[5] 工业化同样是一个男人主宰的世界，并不像伊丽莎白最初憧憬的工业化会给女性带来机遇。

---

① ［澳］彼得·凯里：《奥斯卡和露辛达》，第 280 页。

② 同上。

③ 同上书，第 310 页。

④ 同上书，第 455 页。

⑤ 同上书，第 186 页。

　　尽管乔治街上的图书馆（她所选择的僻静地）那里有着令人感到安慰的层层书墙，伏尔泰和莎士比亚的塑像，它依然是一个冷漠、陌生、一本正经的场所，是那些怒目圆睁的高衣领男人的领地。他们看见她在那里——这也时常发生，不免嘴里啧啧发声；所以她就是置身于她喜欢的书中，仍然是一个外来人，没有朋友，没有方向。①

自然环境遭到破坏，生活环境走向恶化，人文环境也是如此。凯里笔下的现代化城市充满了各种矛盾的张力，就如"尽管悉尼是金钱万能的城市，可它清教徒般刻板不会容忍这种事情"。②

　　毫无疑问，城市是现代化的产物，在现代化的过程中，乡土的生活方式转变为现代城镇的生活方式。在这个转变的过程中，有些人很快就适应了而且对现代化推波助澜，但更多的人充满了迷惘和焦虑，成为无家可归的人。刚从乡镇来到悉尼的露辛达，很不习惯悉尼的生活方式，她说，"我要发疯了"，"我四处流浪，没有根系"。但是，在这样的城市里去思考疯不疯，实在是太可怕了。这个城市四处是冷峻的桉树，哚哚有声的拐杖，表面支离破碎、边角锋利的砂岩石。露辛达在伦敦的时候思念家——澳大利亚，回到悉尼她发觉她还在思念家，因为那是"她所没有的家，她所失去的家"。当露辛达得知丹尼斯·哈西特被丹瑟主教流放到贝林昌的时候，她发觉"在丹尼斯·哈西特的这间房间包含了她生活里所有的真和善。不过她现在回来了。她发现如果没有他的友谊，没有这间房子，悉尼令人不堪忍受"。③ 露辛达对城市生活的不适应，无可释怀的孤独感，是典型的现代城市弊病症候。

　　彼得·凯里打破行业之间的界限，描写被剥夺了神职的维多利亚牧师奥斯卡眼中的工厂和工业生产。奥斯卡被露辛达玻璃工厂的人请去参观玻璃的生产过程。他们带他来到加热孔跟前，让他朝里看，把他带入

---

① ［澳］彼得·凯里：《奥斯卡和露辛达》，第 186 页。

② 同上书，第 373 页。

③ 同上书，第 342 页。

了一个千姿百态的世界。炙热的白色、炉子自身的白色，以及他们称之为"金属"的融化了的白玻璃，浑然一体，难以辨别。这种感觉很美妙，读者明白他们只展现出现代工业的一面而掩盖了其另一面。因为，那些人绝不会领他走进一栋锈迹斑斑的波纹马口铁屋顶的房子，或带他去用一箱箱玻璃瓶隔出的、地上玻璃碎片狼藉的过道。"奥斯卡从第三个抬料工那里接过一条柔软的阿波利火蛇，将它高高举起——它就像是一条被雄鹰抓在爪子里的激怒了的蛇——炫耀地把它做成一个问号，接着又成一个手柄。这一切是何等精妙，何等准确。"他看不到的是"在这地方，等着你的是污秽、臭气、还有垃圾"。① 现代工艺品向世人展现着它的美丽，但是在制作这些工艺品的背后是工人超负荷的辛劳，他们出卖自己的劳动力而收入仅可维持生活。他们由于受到剥削、压迫而变得忙碌、麻木、贫穷。让奥斯卡感到不可思议的是造就这奇迹的居然是一个长着络腮胡子，腆着大肚子、身披层层发酸的湿亚麻布的福斯塔夫似的人物，通过这些布可以看见里面破烂不堪的背心。

　　玻璃这种拥有炫目的白色和耀眼的红色，婀娜多姿、变幻莫测、皎洁如水的光明之容器，让人惊叹不已地给世界增添了多少色彩和梦幻。但是玻璃使奥斯卡感到刺激的，并不是人类能使自己的身体顺从制造过程的需要。让他感到刺激的是"这么粗鲁、缺乏美感的人居然能制造出如此精美绝伦的东西"。② 玻璃教堂既可以是露辛达看见的"一场有悖宗教的恶梦，无知、庸俗和臃肿的纪念碑——拱形的屋顶，摩尔风格的围屏，都铎式的三角墙，日本式'效应'。它还是头大怪兽——有 100 英尺宽"③；也可以是贝林艮人看到的玻璃教堂的墙犹如闪光的冰块，如文明一样精妙、高雅。现代工业就是一个矛盾体，它蕴含了露辛达母亲所憧憬的改善女性生活和处境的机会，提供给世人以众多展示自己的平台和机会，但同时也是露辛达眼中肮脏、凌乱、乌烟瘴气的场所。它是奥斯卡看到的绝美工业品的生产场所，也是滋生大批衣衫褴褛、面目憔悴的工人的地方。这犹如雨果在《巴黎圣母院》中揭示和展现的美丑对照的

① ［澳］彼得·凯里：《奥斯卡和露辛达》，第 453—454 页。
② 同上书，第 454 页。
③ 同上书，第 512 页。

世界"畸形靠近优美，美就在丑的旁边"。

　　经过了《幸福》《魔术师》《奥斯卡与露辛达》对澳大利亚现代化进程中的社会阴暗面的批判，到《税务检查官》时，彼得·凯里将城市生活作为小说的主题。从《税务检查官》开始，悉尼富兰克林城区被写进小说。作为首位这样创作小说的作家，凯里同澳大利亚的主流文学家区分开来了。严肃发掘城区生活的澳大利亚一流小说家凯里拒绝了澳大利亚文学中的反城市生活传统。不像先前其他的有影响的主要作家，凯里没有阉割城市和城市居民，把它们作为没有价值的东西排除在关注之外。相反，凯里认为对于大多数澳大利亚人来说，城市经验是澳大利亚的主导模式。在《税务检查官》中，凯里发现了澳大利亚城区社会的特殊之处，那就是居民感受到了刺激发展和破坏环境之间的张力。然而，城市不仅将洗羊毛（Wool Wash）之地变成了一个危险的地方，而且整个富兰克林街区变成了暴力和犯罪的场所。彼得·凯里对富兰克林街区以及居民采用了碎片化的描述，他决定采用不作道德批判的写法描述澳大利亚人生活的各种地方和他们面对的表扬和尊敬等各种社会的和个人的问题。澳大利亚作家对城郊忽视或蔑视很久了，著名作家大卫·马洛夫和蒂姆·温顿就是证明。当彼得·凯里拒绝反城市传统时，大卫·马洛夫却使这一传统不朽。马洛夫在1975年出版的《约翰诺》中宣称，20世纪40—50年代布里斯班的大部分城市定居者打破了新的植根于城市的幻想，却"没有人把布里斯班写进小说"。

三　以乌托邦想象对抗现代性扩张

　　虽然，彼得·凯里的创作已经从澳大利亚文学传统的乡土、丛林转移到了城镇和都市，但是他并未能完全脱离这种传统的影响。《幸福》中的丛林生活方式成功地对抗了现代都市生活方式，《奥斯卡与露辛达》中宁静的英国德文郡和澳大利亚的乡镇，以及杰弗里斯远征队远征澳洲内陆过程中的丛林经历成为工业化初期的悉尼和伦敦之丑陋的对比。《凯利帮真史》更是澳大利亚丛林传奇的翻版，只是这个翻版在艺术成就上已经远胜于澳洲文学史上所有的丛林传奇。《偷窃：一个爱情故事》对澳大利亚风景的描绘，《他的非法自我》对昆士兰热带雨林地区的风景和嬉皮士生活的描写都堪称经典。但是，总的来说，乡土的澳大利亚在凯里的整个创作中只是作为对抗现代性扩张的乌托邦想象。对凯里来说，澳大利亚文学传统中的主角——乡土或丛林，已经退居到了城镇和都市之后，成为一种"久远"的乡愁。

人们通常认为，古希腊诗人赫西俄德第一次描绘了乌托邦形象，他在《工作与时日》中展现了黄金时代人们的生活，那里的人们像神一样生活得舒适、安宁、祥和而幸福。因此白银时代、青铜时代和黑铁时代的人类不断回忆着黄金时代的美好。但现代乌托邦思想的起源一般追溯到柏拉图《理想国》中描绘的理想社会的蓝图。柏拉图对社会各阶层日常生活行为的理想规范，成为西方乌托邦思想的源头。西方思想史上有"经典乌托邦三部曲"：托马斯·莫尔的《乌托邦》、托马索·康帕内拉的《太阳城》、安德里亚的《基督之城》。培根的《新大西洋岛》和威廉莫里斯的《乌有乡的消息》则是乌托邦小说的经典之作。20世纪反对乌托邦的浪潮不断高涨，对乌托邦的诋毁、否定和妖魔化层出不穷，哈耶克、以赛亚·柏林、卡尔·波普尔、汉娜·阿伦特等重要的思想家都曾经对乌托邦有过非议。因此从思想史的角度来看，乌托邦作为一种文化现象，在整个西方思想史上占有重要的地位。

城市生活充满了各种罪恶和无止境的贪欲，出现了各种腐败现象，人们对金钱和物质的欲求犹如癌症一样不可根除。而通过谴责金钱、根除贪欲、废除私有财产的方式来实现人类的平等，这是乌托邦发展史上的一种重要的思想，这种思想肇始于柏拉图、莫尔，经普鲁东等人继承和发扬，一直延续到庞德，具有悠久的历史传统。[①] 因此，有着乌托邦思想的彼得·凯里让《幸福》中的乔伊在妻子贝蒂娜身患癌症和其情人双双自杀，儿子模仿美国电影中的大毒枭丧命他乡之后选择了与情人芭芭拉远离都市。乔伊在芭芭拉的指引下走进茫茫丛林过一种有别于充满欲求的都市生活方式的，在凯里眼中更为健康、合理的丛林生活方式。显然，在二战后经济蓬勃发展，城市化进程日益加剧的澳大利亚，想要完全脱离都市文化的影响，回归传统的乡土的澳大利亚生活方式是不可能的。因此，凯里为他的主人公设置的在都市文化的洗礼之后浴火重生的

---

① 李世涛：《重构全球的文化抵抗空间：詹姆逊文化理论与批评研究》，社会科学文献出版社2008年版，第227页。

情节，只能是以一种乌托邦式的想象对抗现代性的扩张。

二战后的澳大利亚城市生活方式已经主导全局，乡村生活方式已经隐退到人们的桃园梦幻中去了。但是要把对现实的不满和对过去的怀恋很好地平衡起来，就得借用乌托邦想象的帮助。因为，乌托邦的想象必然是一种立体透视，它同时将乌托邦的幻想置于两个截然不同的世界，通过它所提出的看似不可调和的要求产生出一种独特的不安，即彻底脱离人们同时坚持作为某种极限的世界的存在。① 在《他的非法自我》中，彼得·凯里站在 21 世纪，回顾 20 世纪 60—70 年代的澳大利亚与美国，以昆士兰热带雨林的生活反衬纽约大都市的城市生活，让革命、运动和流血、阴谋通通都在淳朴无邪的丛林生活中净罪。这是彼得·凯里在他创作第一部长篇小说《幸福》之后三十年的一次回归，再次让乌托邦想象胜出。美国小男孩切最终获得了戴尔的母爱和昆士兰热带雨林嬉皮士的友谊，让他找到了在这个世界上的"根"之所在。

第三节 凯里笔下的"美国梦"

"美国梦"（The American Dream）是一种允许所有美国公民通过努力奋斗和自由选择来实现自己人生目标的梦想。它主要包括以下几个要素：人人都有机会成功；成功取决于自己的才能和努力，而不是家世和背景；人人都拥有平等的权利；人人都有信仰自由。② 托马斯·杰斐逊颁布的《独立宣言》声称，人生来是平等的，造物主赋予他们不可剥夺的权利，其中包括生活、自由和追求幸福的权利，这为"美国梦"的实现奠定了理论依据。美国人相信，他们自己的国家就是为实现这一梦想而建立的，其根本宗旨就是要保证人人在机会均等的条件下，通过个人奋斗而实现各自的梦想。美国梦的实质就是物质上的成功和政治上的自由平等。美国梦的精髓是锐意进取的创业精神和人人均可以发财致富的梦想。不同

---

① ［美］詹姆逊：《时间的种子》，王逢振译，江苏教育出版社 2006 年版，第 54 页。

② Jim Cullen, *The American Dream: A Short History of an Idea That Shaped a Nation*, Oxford University Press, 2003.

的历史时期美国梦的内容有所不同。它包括从殖民地开拓的拓荒梦，到
独立战争和内战时期的自由民主梦，再到一战前后的强者梦和富裕梦。
随着社会的发展，时间的推移，思想的变迁，体现奋发图强、劳动致富
的美国梦也被物质主义和过度享受慢慢吞蚀，失去了往日的光环。

一　世界文学与"美国梦"

"美国梦"一词首先运用于学术研究领域，然后扩展到美国的方方面
面。整个美国文学传统有着浓厚的"美国梦"情结。1867 年，美国作家
阿尔杰的《穷小子狄克》这部讲述"攀登社会阶梯"的故事在美国社会
引起轰动，随后阿尔杰写了一百二三十本类似的小说，销量近两千万册，
而此时美国国内的人口未超过八千万人。以至于美国评论家纳撒尼尔·
韦斯特说："阿尔杰之于美国，如同荷马之于希腊。"从美国诗人惠特曼
对"美国梦"的歌颂，到"美国梦"故事的讲述，上升时期美国的积极
进取、勇于开拓的精神成为文学作品的重要养分。随着美国自由民主制
度的确立，物质财富的极大丰富，历经了第一次、第二次世界大战的洗
礼，"美国梦"从"美梦"变成了"噩梦"。杰克·伦敦的《荒野的呼
唤》是描写幻灭的"美国梦"的先驱。斯蒂芬·克雷恩的《妓女麦基》、
菲茨杰拉德的《了不起的盖茨比》、德塞莱的《嘉莉妹妹》和《美国的
悲剧》、杰罗姆·大卫·塞林格的《麦田里的守望者》、米尔斯的《白领
阶层》，都描写了美国梦的幻灭和以此揭示的现代社会和现代性本身的弊
病。而像美国作家拉尔夫·艾利森的《看不见的人》，揭示了美国黑人在
"美国梦"的实现中所扮演的牺牲品的角色。

在美国文学中，有不少直接写"美国梦"幻灭为"噩梦"的现代作
品。爱德华·阿尔比的荒诞派戏剧《美国梦》向人们展示了一幕荒诞、
畸形的现代美国家庭生活场景：夫妻之间、母女之间相互不了解、不信
任，没有真正的精神沟通，也毫无亲情和爱心，女儿早就想把年迈的母
亲送进养老院，母亲则毫不留情地揭露他们的隐私和虚伪，还故意作弄
他们。更有意义的是，阿尔比创造了一个象征"美国梦"的角色，这个
人物只要给钱，什么事都肯干。他没有头脑，没有灵魂，只有一个漂亮
的外表。诺曼·梅勒的重要长篇小说《一场美国梦》，主人公斯蒂芬·理
查兹·罗杰克曾任议员，是第二次世界大战的英雄。作为大学教授和电

视明星的斯蒂芬一开始想借助妻子和岳父的影响在政界发展，但很快发现，他的真正自我被政治游戏所淹没。而在家庭中，妻子黛博拉对他的控制和人格侮辱，又使他充满痛苦和憎恨。甚至在分居之后，黛博拉依然掌控一切。此外，阿瑟·米勒创作的话剧《推销员之死》，也演绎了美国梦的幻灭。这部戏再现了美国的商业制度怎样无情地摧残人的生命，"美国梦"怎样使得普通人背负更重的生存压力，使得温馨的家庭之爱变得悲惨凄凉。

　　除了美国作家有写作"美国梦"的传统外，美国以外的作家也常涉及这个主题。卡夫卡的长篇小说《美国》，法国戏剧家达尼尔·贝纳尔创作的现代剧《美国梦》都是外国作家中书写"美国梦"的杰作。卡夫卡的《美国》是一部现代小说而不是写实的现实主义小说，他的这部小说虽以"美国"为题但主要不是写美国。① 的确，卡夫卡笔下的《美国》不是现实中的 19 世纪末到 20 世纪初的美国社会的摹写，但是卡夫卡又确实在写美国，写他感受到的美国、现代梦魇中的美国。卡夫卡的"美国梦"有别于同时代的美国作家笔下的生机勃勃的上升时期的"美国梦"，它是工业化、现代化囚禁下的现代人境况的一种写照。卡夫卡在《美国》中实写美国的只有纽约的自由女神像和矗立的摩天大楼、美国舰队、欧洲人对美国的最初印象、市郊的罢工游行、美国人付小费的习惯、去旧金山的三等车票、美国国民自卫队将军、美国的"骗人博士"、总统们的奖章等，但涉及美国生活和美国感受的人物对话不少。

　　16 岁的卡尔·罗斯曼由于女仆勾引他并且生下了他的孩子，被父母遣往美国，从此开始了他在美国的艰难生活。卡尔从船上遇到的遭受不公正对待而又无力维护自己权益的司炉身上看到了人生处境的无奈，从舅舅在美国的成功看到了自己在美国开始新生活和实现梦想的希望。刚到纽约时卡尔经历了情感上的迷惘和语言文化上的障碍。他看到了工业化、现代化的美国之丑陋：

　　　　这条街道交通一向拥挤，不论是早上，还是晚上，甚至在人们

---

　　① 曾艳兵：《闭上眼睛的图像——论卡夫卡的〈美国〉》，《外国文学评论》2000 年第 4 期，第 78—85 页。

已经进入梦乡的深夜，街上总是车水马龙，人来人往络绎不绝。从上面往下看，变了形的人以及各种各样车辆的顶盖混混杂杂构成一幅又一幅流动的画面；刺耳的噪音、纷飞的尘埃和各种气味，不断复制出更加凶猛的新的混合物直冲空中。所有这一切都被一股强烈的光所笼罩、所穿透，这股强光一再被众多的物体分散、带走、又带回，它耀得人眼花目眩，于是，这光似乎成了有形之物，就好像街道上空有一块硕大无比的玻璃罩着万物，并且每时每刻都在被各种力量反复击碎。①

卡夫卡没有到过美国，他笔下的美国只是他从当时欧洲的各种介绍和报道中了解到的美国，美国在卡夫卡是表现现代人的生存处境，批判现代性的利器。在外国作家中，除了德法作家的"美国梦"，澳大利亚作家写就的"美国梦"是非常引人注目的。从 20 世纪 70 年代开始，新派小说作家彼得·凯里历经三十多年的创作，完美地演绎了澳大利亚人的"美国梦"。

二　澳大利亚新派小说家与"美国梦"

在当代澳大利亚文学史上，帕特里克·怀特和怀特派小说家将西方现代派文学的创作理念和创作手法引入澳大利亚文学创作中，革新了澳大利亚文学自亨利·劳森以来形成的现实主义传统，使澳大利亚文学从"民族化"走向"国际化"。20 世纪六七十年代，澳大利亚文坛上出现了一批无视文学传统，刻意标新立异的青年作家。他们的文学见解和主张无论是在内容上还是在形式上，都迥异于传统的现实主义文学和怀特派文学，所以他们的作品被称为"新派作品"，而他们被称为"新派作家"，又因为他们大都居住在悉尼市内的"巴尔门"地区，故名"巴尔门派"②。新派小说作家的崛起，与 20 世纪六七十年代的世界政治风云，尤其是引起全球关注的越南战争，有着密切的联系。当时执掌澳大利亚政坛的自由党和乡村党，追随美国卷入了在越南发生的那场国际性战争，

① ［奥］卡夫卡：《美国》，王印宝、张小川译，中国书籍出版社 2007 年版，第 29—30 页。
② 黄源深：《澳大利亚文学史》，上海外语教育出版社 2006 年版，第 398 页。

从而结束了澳大利亚长期所处的"偏安一隅"、平静隔绝的状态，使它与整个动荡的世界沟通起来。澳大利亚知识界受到全球性狂飙运动的冲击，深切感受到以骚乱、游行、反战、暴力、学生掌权、大学罢课、无端破坏等多种反文化现象为其特征的时代脉搏的跳动。知识分子受到世界各派政治见解、各种思想潮流的影响，澳大利亚出现了一个思想空前活跃的时代。

出现在这种历史境遇中的新派作家彼得·凯里、弗兰克·穆尔豪斯（Frank Moorhouse）、默里·贝尔（Murray Bail）、迈克尔·怀尔丁（Michael Wilding）、莫里斯·卢里（Morris Lurie）等，主张冲破囿于刻画澳大利亚风土人情的澳大利亚民族传统，创造一种带有国际色彩的文学。他们把目光从克拉克、劳森、弗菲、理查森等澳大利亚 19 世纪末 20 世纪初的传统作家身上移开，连现代文学主将怀特也被弃置一旁。他们转向美国、拉丁美洲、欧洲（而不再只是英国）的作家，提出一种无论是在内容上还是在形式上都不受到任何传统框架约束的新创作。他们宣称"劳森、乔伊斯、海明威等尽管都是伟大的短篇小说家，但他们的'现实'不等于我们的'现实'，我们无法使用他们曾经使用过的技巧"。① 战后的美国以其绝对的经济优势做后盾，以好莱坞电影为代表的消费文化全方位向澳大利亚扩散，美国的影响开始深入澳大利亚人生活的方方面面，澳大利亚知识界或欢迎或警惕这种态势。身处这特殊历史时期的澳大利亚新派作家，或多或少都受到了美国文学的影响，因此对美国题材的创作和对"美国梦"反思与批判也成为这个流派作家常见的主题。弗兰克·穆尔豪斯、默里·贝尔和彼得·凯里都有以"美国梦"为主要表现对象或与之相涉的作品。

弗兰克·穆尔豪斯的第二个短篇小说集《美国佬，胆小鬼》，共收了20 个短篇小说，其中有 6 篇是描写美国可口可乐公司推销员贝克尔（Becker）在澳大利亚如何感到孤立，并与一澳大利亚女子私通而被解雇，最后只好以钢琴弹奏爵士乐为生。小说影射了美国对澳大利亚所产生的强大影响，以及澳大利亚有被"美国化"的危险。他的作品是 20 世纪六七十年代处于动荡不安中的澳大利亚知识分子思想变化的写照，也

---

① 黄源深：《澳大利亚文学史》，上海外语教育出版社 1997 年版，第 398 页。

折射出美国经济与文化给澳大利亚人的生活方式和思想所带来的巨大变化。小说的结局也表明了作者的态度，"美国梦"在澳大利亚"水土不服"，澳大利亚人需警惕美国的影响。默里·贝尔的短篇小说集《赶牲畜人的妻子和其他小说》（*The Drover's Wife and Other Stories*）中的"赶牲畜人的妻子"开头就说，"美国得一串感冒，世界其他地方便要得肺炎"。在其长篇小说《霍尔登的表现》（*Holden's Performance*，1987）中，主人公霍尔登生于 1933 年，小说的时间跨度为近三十年，即从霍尔登出生，到 20 世纪 60 年代他离开澳大利亚为美国人效劳为止。小说从霍尔登的个人变化、最后的归宿，暗示了澳大利亚人如何一步步陷入"美国化"，从而真实地记载了这一殖民的过程，因而有评论家称它是一部史诗。[①] 霍尔登的经历说明了美国对澳大利亚的强有力的影响，已经让其"美国梦"深深地植根于澳大利亚人心中，成为他们追求的目标。

在澳大利亚新派小说作家中，彼得·凯里是写作"美国梦"的集大成者。在他已经出版的 4 个短篇小说集、12 部长篇小说和 4 部散文及其他种类的作品中，大部分都涉及美国题材。他的短篇小说《美国梦》和《西边的风车》集中批判了澳大利亚人的"美国梦"对社会造成的种种负面影响。12 部长篇小说中的《幸福》（贝蒂娜对"美国梦"的执着与破灭）、《魔术师》（澳大利亚人摆脱美国影响创建民族工业之艰难）、《税务检查官》（抨击澳大利亚社会中的腐败，这种腐败与美国的消费文化在澳大利亚泛滥有关）、《特里斯坦·史密斯不寻常的生活》（集中反映美国文化对澳大利亚的影响）、《凯利帮真史》（美国作为自由、民主、平等的国家是殖民地澳大利亚的未来之梦）、《偷窃：一个爱情故事》（美国是现代艺术腐败的中心）、《他的非法自我》（反写美国梦：美国人到澳大利亚寻梦）和《帕特罗和奥利维尔在美国》（外来者在美国的生存境况）等 8 部写到了美国，从各个方面全面反映了美国文化对澳大利亚文化的渗透及其影响。在凯里笔下，或者美国是澳大利亚人向往的大都市、现代化、高楼大厦、金钱、汽车和舒适的生活环境，这些我们可以概括为"美国梦"，或者是对美国的资金、技术、大公司和消费文化的入侵感到焦虑，这些是另一种形式的"美国梦"，是有远见的澳大利亚人竭力摆脱而又挥

---

① 戴维·布鲁克斯：《贝尔再次凯旋而归》，《澳大利亚人报》1987 年 5 月 16 日。

之不去的"噩梦"。

彼得·凯里与美国有着深厚的渊源，他出道的时候正是澳大利亚深受美国影响的时代，他凭借《奥斯卡与露辛达》一举拿下布克奖之后便移民美国，长达二十多年，因此凯里创作的大部分作品都关涉到美国，可以说凯里写美国梦并且也在做着美国梦。从凯里一家在纽约的状况来说，美国梦已经实现，除了他不愿放弃的澳大利亚国籍，大都市、汽车、洋房、纽约大学的教职、创作上的成功……一切梦想都已经实现了。令人感到奇怪的是，美国之于凯里这一重要的创作维度，在国内和英文世界除了有人撰文分析其短篇小说《美国梦》中的"美国梦"之外，没有人从凯里的创作整体上关注其笔下的美国因素和"美国梦"。彼得·凯里为何如此注重"美国因素"的表达？他笔下的"美国梦"有何丰富的内容？凯里作品中的"美国梦"有怎样的变化和发展过程？凯里笔下的"美国梦"有何特殊的社会政治历史文化内涵？"美国梦"怎样关涉澳大利亚的文化认同？研究凯里笔下的"美国梦"有助于理清凯里创作的主题和题材，更好地认识作家创作与他所处世界的关系。

三　"美国梦"蕴含的文化冲突与融合

澳大利亚和美国有着相似的近代起源，都与英国有着血缘的和被影响的关系，有着相似的需要面对的曾经被殖民的历史。但美国发展较早、人口众多、国力强盛，一战之后，美国成为世界上最大的经济实体，并很快对宗主国英国有了反影响作用。澳大利亚在开发、民族主义运动、国家的形成、经济的崛起方面都比美国要晚，在其经济迅速发展并逐步摆脱大英帝国的过度影响的同时，逐渐为美国的资金、技术、大公司和消费文化所影响。这种影响以第二次世界大战为分界线，二战后美国的自由经济和生活方式逐渐成为澳大利亚人向往的成功模式。澳大利亚与美国的文学都延续着盎格鲁－撒克逊的血脉，研究彼得·凯里笔下的"美国梦"可以结合美国文学传统中的"美国梦"，看澳美两国的文学怎样反叛英国文学传统，建构自己国家的民族文化认同。凯里多次在采访中提到他曾受到威廉·福克纳和巴塞尔姆等美国作家的影响，而这些美国的现代、后现代作家虽然反叛和革新着美国文学的传统，但是也无不承继和延续着这种传统，因此分析凯里创作中的美国素材，也可以进一步明朗美国文学对澳大利亚文学的影响。

1987 年 5 月彼得·凯里接受采访时说，《美国梦》（American Dreams，1974）是他写得最好的一个短篇。① 《美国梦》的故事发生在二战后的一个澳大利亚小镇上，那是一个有着碧绿的小山，茂密的树林，潺潺小溪的风景秀丽的小镇。小镇上只有八百多人，生活安宁而富有人情味，自行车是当时的主要交通工具。然而小镇居民对小镇的淳朴之美却视而不见，他们一味地追求现代化的"美国梦"。正如小说中的叙述者所说，"经营饭店的希腊人乔治、卖鱼和薯片的旅行推销员比我们自己还要关心我们，因为我们向往大都市、大把钱财、现代住宅和豪华轿车，我父亲称之为美国梦"。② 小镇居民格里森（Gleason）为了抗拒"梦想着大都市，金钱，现代化的家庭设备，宽敞的房车"的"美国梦"而穷其心智在秃山上建造了小镇模型。格里森死后，小镇居民面对小镇模型，再看看已经被现代化了的面目全非的现实生活中的小镇，无不惊叹于古朴小镇之美。格里森的小镇模型唤醒了小镇居民的乡土情怀。但由于小镇模型太真实而揭露了小镇居民的个人隐私而引起人们的惶恐。小镇居民欲毁灭模型但又为引进美资进行旅游开发的利益所驱动，转而把小镇模型作为吸引美国游客的重要景点而加以开发利用。由此，小镇居民开始做起了他们的第二次"美国梦"。

美国人、美国资本，美国的电冰箱、冷藏库、汽车、电影以及其他消费文化蜂拥而来涌入小镇。美国人惊叹于小镇模型之美，寻找"乡土"的澳大利亚，为此他们与热情而淳朴的居民合影，把小镇模型中的一切和现实中的小镇混合起来。小镇居民运用流入的美国资金、技术进一步完成了小镇的现代化。小镇居民的第一次"美国梦"只是向往大都市、大把的钱财、现代住宅和豪华轿车等物质上的丰足和享受，但这种美国式的生活方式对当时的澳大利亚人来说并不是普遍实现了的。第二次的"美国梦"，有了政府的支持和介入，有了吸引美资的旅游开发项目和吸引美国人眼球的小镇模型，小镇出现了大轿车、夜总会、大冰箱、大电视、照相机、笔记本、望远镜，美国明星、美国电影，因此小镇居民的

---

① 黄源深：《澳大利亚文学史》，第 403 页。

② Peter Carey, *The Fat Man in History*, p. 148.

美国梦变得丰满起来了。小镇人口激增，经济繁荣，很多人因此发了大财，实现了他们梦想中的一切。资本化、技术化、信息化带来的现代化生活方式已经逐渐取代了小镇居民传统的乡土生活方式。澳大利亚的经济发展了，人们富裕起来了，他们的"美国梦"实现了，但是梦醒之后又会是怎样一种情形呢？

在《美国梦》中，不管是美国人还是小镇居民都在寻找一种异己的参照物"他者"，一旦他者与己趋同，他们就开始怀疑"他者"的身份。美国人在他们的"美国梦"实现之后又在寻求着别样的"澳大利亚梦"，但是美国人这种桃源梦式的"澳大利亚梦"在现代化和"美国化"的进程中逐渐瓦解。澳大利亚人的"美国梦"也于无处不在的美国消费文化中消解。在与美国人的接触中，小镇居民也发觉这些美国人不是他们"美国梦"里的人。格里森的澳大利亚梦迎合了美国人的心理，与小镇居民的"美国梦"相交混杂、充满张力。最终两者的梦想都破灭，小镇居民不再对美国游人好奇，美国人也觉得，现实生活中的小镇居民与模型中的人物有很大的差距，因而感觉上当受骗，这种失望的情绪逐渐蔓延。"梦醉"的小镇居民沉浸在"美国梦"带来的物质享受中，沉溺于大都市的灯红酒绿之中。"梦醒"之后的小镇居民身心疲惫，困扰于浮华背后的虚空。《美国梦》准确地揭示了战后澳大利亚人憧憬美国生活方式，而又眷恋朴实的乡土生活的矛盾心理。

"我们开始十分渴望现代化。彩色油漆一上市，小镇上的人都发疯似的，一夜之间，全镇的房子变得五颜六色。可是油漆的质量不好，很快就褪色脱落了，于是整个镇子就像一座枯萎凋谢的花园。"[①] 凯里准确地揭示了现代化带来的弊病，现代化带来了齐一化，齐一化抹杀了多样性。小镇居民丧失了澳大利亚传统的乡土生活方式，被现代化的美国式生活方式所覆盖。美国消费文化的盛行，使得大家看一样的电视节目和一样的电影，喜欢同一个美国明星，消费同样类型的现代商品。现代化的趋同性抹杀了身份差别，澳大利亚人在"美国化"的同时丧失了自己的特征。格里森的小镇模型加强了小镇居民对澳大利亚传统生活方式的认同，但是在现代化大潮强有力的攻击下，他的努力无异于螳臂当车。小镇模

---

① Peter Carey, *The Fat Man in History*, p. 151.

型演变成为助长澳大利亚人的"美国梦"的帮凶，这是有违格里森的初衷的。好在梦想实现之后是梦醒时分，小镇居民面对已经丧失自我的境况，开始重新思考自己的身份，认同将再次发生变化。短短的一篇《美国梦》揭示了小镇居民诸多层次的认同，足见彼得·凯里身手不凡。

　　《西边的风车》是彼得·凯里另一篇涉及"美国梦"的短篇小说。在这篇小说中，边境线上的澳大利亚卫兵分不清楚哪是"东"，哪是"西"，哪是澳大利亚，哪是美国。因为美国的资金、技术、大公司、各种消费产品和消费文化占领了澳大利亚的资源和市场，美国的消费文化于澳大利亚无所不在。凯里通过边境线上的澳大利亚士兵梦魇一般的感觉错位，表明现实生活中的澳大利亚人已经很难分清楚哪些是澳大利亚的，哪些是美国的。凯里要揭示的是澳大利亚成了一个跟美国一样的现代化国家，而且现代化的程度仍在加深，但是伴随着现代化的逐步完成，现代性本身的弊病越来越明显。因为现代性带来了身份的"同一"，民族身份开始模糊，国家的特征逐渐消失，内与外的界限不再分明，这造成了个体认同的错位。没有了独特性，民族何其成为民族；没有了边界，国家何其成为国家？澳大利亚卫兵的认同错位，正是迷失在美国消费文化中的澳大利亚人的认同错位的写照，凯里的这种焦虑在当时的澳大利亚的有识之士中比较普遍。但澳大利亚作家中很少有像凯里那样准确地抓住时代特色，用文学予以准确地表达的。

　　彼得·凯里的短篇小说《美国梦》与《西边的风车》集中批判了澳大利亚的"美国化"，以及美国影响带来的社会弊病，物质主义和消费文化盛行造成的人们的精神荒芜。如前所述，凯里的12部长篇小说中有8部或多或少地涉及美国。《幸福》中哈里·乔伊的妻子贝蒂娜喜欢和向往美国的一切，一心想移民美国，执着于"美国梦"，但最终因为得了癌症而梦想破灭；《魔术师》揭示了澳大利亚人摆脱美国影响创建自己的民族工业之艰难；《税务检查官》则抨击澳大利亚社会中的腐败，而这种腐败与美国的消费文化在澳大利亚泛滥有关；《特里斯坦·史密斯不寻常的生活》这部小说集中反映了美国文化对澳大利亚的影响；在《凯利帮真史》中，美国作为自由、民主、平等的国家是殖民地澳大利亚的未来之梦；《偷窃：一个爱情故事》则表明美国是现代艺术腐败的中心；《他的非法自我》则反写美国梦，美国人到澳大利亚寻梦，而且梦想成真。彼得·

凯里的这些长篇小说，从各个方面在各个层次上全面反映了美国文化对澳大利亚文化的渗透及其影响。对凯里长篇小说中"美国梦"的研究有助于更好地把握澳大利亚的文化认同问题。

四 "美国梦"与文化认同的流动性

随着美国在经济、政治上对澳大利亚的影响的加强，美国的消费文化逐渐渗透到澳大利亚社会的方方面面。两种文化的相遇，免不了碰撞和交流。彼得·凯里写作短篇小说《美国梦》《西边的风车》的时候，是美国文化在澳大利亚大为盛行的时候，也是澳大利亚人的"美国梦"做得正酣的时候，因此这时候的凯里为了警醒国民，竭尽全力地批判美国迷梦给澳大利亚社会带来的负面影响。写作《幸福》和《魔术师》的凯里继续着他一贯的批判风格，甚至更加犀利地批判"美国梦"是梦魇、是噩梦，是澳大利亚人为之付出健康甚至生命代价的迷梦。美国的高度影响使得澳大利亚性变得极其含混，凯里想以他的作品警醒国民，警惕美国化、全球化带来的文化同一性。写作《特里斯坦·史密斯不寻常的生活》的凯里已经侨居美国数年了，这时候的他对待美国的文化和美国影响的态度更加矛盾和含混。美国消费文化的涌入，美国对澳大利亚政治、经济、文化的影响已有几十年了，但澳大利亚国力更为强盛、国民更为富裕、生活更为安详，澳大利亚性似乎并未被美国的文化帝国主义所抹杀，因此凯里对"美国梦"的思考也因此有了转变。待到写《偷窃：一个爱情故事》时，凯里把对澳大利亚的美国影响放到文化的互释、互证和互补方面，接着在《他的非法自我》里更是反向思考着澳美文化的交流及其产生的结果。

在彼得·凯里的第一部长篇小说《幸福》（1981）中，哈利·乔伊的妻子贝蒂娜向往美国式的生活方式，渴望有朝一日去美国纽约定居。"她与美国人交往，阅读他们的杂志。她悄悄存有一笔私房钱，锻炼身体，期待梦想成真的那一刻。不可否认，她有时想——幻想着、梦想着，解决她的问题的最简单的方法，就是让乔伊在睡梦中静静地死去。"① 贝蒂娜是美国文化的热烈拥护者，相信所有的美国神话，因此她开美国汽车，

---

① Peter Carey, *Bliss*, Queensland: University of Queensland Press, 2001, p.21.

吃美国食物，看美国杂志，甚至她的情人也是美国人。也正是由于贝蒂娜对美国文化的痴迷使她无法认清其危害性而成了美国消费文化的殉道者。贝蒂娜得了癌症后和其情人的双双自杀预示着她的"美国梦"的彻底破灭。哈利·乔伊在管理美国工厂的过程中获得了地位上和金钱上的成功，但在他死去复活之后发现了幸福生活的谎言而开始挣脱和抛弃美国式生活方式，向往丛林生活和芭芭拉指引的精神世界。在这部小说里，"美国梦"是造成新式生活苦难的根源，现代化和"美国化"侵蚀着澳大利亚人的传统生活方式，造成了诸多的社会弊病。欺骗、谎言、乱伦、吸毒、逐利等成为社会无法治愈的癌症，而治疗这一社会弊病的药方，在凯里看来是听从丛林的召唤，回归传统的澳大利亚生活方式，摒弃过度的物质追求，回归精神的提升。

在《幸福》中，对美国的新帝国主义的警惕和批判是非常明显的。藏在《幸福》的大故事之下的许多小故事讲述了美国作为渴望世界的中心。然而，哈利·乔伊在讲述他父亲的故事的时候并没有像他妻子贝蒂娜那样理解他父亲的感情世界，他甚至剥夺了生机勃勃的贝蒂娜发挥她的广告天才的机会，但是贝蒂娜坚信她的美国梦会实现。贝蒂娜是老哈利的知音，只有她才理解和继承了他的美国梦，相信"美好的资本主义远景"并"接受弥漫的烟雾"[1]。像奢侈的城市一样，"美国梦"里致命的诱惑构建成了三重幻觉的乌托邦。哈利·乔伊朦胧地意识到，澳大利亚在美国经济、文化渗透的阴影之下，处于"帝国的边缘"。彼得·凯里通过引起致癌物质成分的产品的生产和宣传来表明"美国梦"之丑陋，揭露帝国通过民主在兜售着死亡。但是如贝蒂娜和大卫之类的澳大利亚人，依然故我地追随着"美国梦"，如飞蛾扑火一般，前仆后继。在贝蒂娜的眼里，人生的成功就意味着去美国，为了实现这个"美国梦"，她可以不择手段，淡漠于亲情而利用丈夫哈利·乔伊。哈利的儿子大卫羡慕美国文化，一心想成为美国电影中的所演绎的大毒枭，最终命丧于异国他乡。在《幸福》中凯里的寓意是很明显的，对澳大利亚人有着致命诱惑的"美国梦"在澳洲水土不服。

《魔术师》（1985）讲述了流浪汉郝伯特·拜杰葛瑞一家三代试图建

---

① Peter Carey, *Bliss*, p. 20.

立民族汽车工业、民族航空工业，而最终梦随人去，家园变成了"最佳宠物商店"的离奇故事，表现了澳大利亚人追求个人、民族理想的现实困境：澳大利亚人的文化身份受到外来殖民力量的影响。一生说谎无数活了139岁的大骗子拜杰葛瑞是位爱国者，他一心想通过个人的努力摆脱对殖民帝国的依赖，他说"我已经卖了两百多辆福特汽车，也确实挣了很多钱，但我从来没有开心过"。他甚至主动放弃赚钱机会，劝说顾客欧哈根太太购买澳大利亚国产轿车萨美特，但他被人视作有钱不知道赚的疯子和傻子。由此拜杰葛瑞的内心也是非常矛盾的，他说"福特汽车是我生活中的一个肿瘤，我一直在与之战斗，就像一个烟鬼或酒鬼同自己斗争一样。曾经戒掉了，然后又重新拾起它……我钦佩它的设计，它的外形和节能型的技术。但它也有让我憎恨的地方"。① 拜杰葛瑞建立民族汽车工业的梦想由于资金短缺而夭折，梦想破灭之后的他为生活所迫不得不重新开始销售美国的福特汽车。在《魔术师》中，彼得·凯里所探讨的问题是"何为澳大利亚，什么是澳大利亚"②。因为随着美国的崛起和强大，老牌帝国英国的势力逐渐衰落而美国的影响逐渐增强，澳大利亚民族文化身份的形塑越来越多地受到美国文化的影响。

《特里斯坦·史密斯不寻常的生活》（1994）是彼得·凯里的一部集中描写澳大利亚和美国关系的小说。在接受采访时，凯里说："当我构思这部小说时……我想写一部帝国权力的书，比如说美国，或者是改造后的美国。我读过卡夫卡写的《美国》的部分章节，因为他从未去过美国。一个关于美国的构思，太棒了。因此我想写的就是中心和边缘，大都市的中心和边缘。显而易见，那是我的文化和生活经验。"③ 无论是从地理位置还是从国家特征来说，小说中的维拉斯坦国（Voorstand）与美国相似，埃菲克国（Efica）与澳大利亚相似，这两个国家都曾经有过被殖民的历史，都是移民社会，两国的土著居民都曾因欧洲人的入侵而失去家园，但维拉斯坦国非常强大，在政治、经济和文化上都影响着埃菲克国。埃菲克国是一个人口不到三百万、坐落在南回归线38度，由18个小岛组

---

① Peter Carey, *IllyWhcker*, p. 75.

② David Sexton, "Interview with Peter Carey", *Literary Review*, 1985, pp. 41 – 42.

③ Robert Dessaix, "An Interview with Peter Carey", *Australian Book Review* 167, December 1994 – January 1995, pp. 18 – 20.

成的国家。它虽然已经从罪犯流放地变成了一个福利国家，但依然生活在宗主国维拉斯坦国的阴影里。埃菲克国的民族主义者菲雷瑟特·史密斯领导的福伊佛雷特剧团奋起抗争，努力建立和发展本土文化，但遭到了维拉斯坦国在埃菲克国扶植的代理人的疯狂打压，悲愤的菲雷瑟特自杀身亡，留下一个生活不能自理的儿子特里斯坦·史密斯。

特里斯坦的母亲菲雷瑟特·史密斯是维拉斯坦国的移民，但是她热爱埃菲克国，是民族主义的典型代表。不过正如她自身的身份——热爱埃菲克国的维拉斯坦国人——暧昧不明一样，菲雷瑟特对待维拉斯坦国和其文化是矛盾的，这种既爱又恨的情感也延续到了她的儿子特里斯坦身上。特里斯坦·史密斯是一个外形丑陋，发育不全，讲话不清的侏儒，但他聪明、勇敢、意志坚强，他一心想成为一个演员。在母亲自杀之后，他在悲愤中继承其母亲未竟的事业，随着养父沃雷·俳克斯恩一起偷渡到维拉斯坦国，身无分文的他在维拉斯坦大街上扮演布拉德猫以维持生活。由于布拉德猫是维拉斯坦的文化象征，特里斯坦的表演受到欢迎，维拉斯坦国人们纷纷解囊相助。但是特里斯坦并未因此而过上平静的生活，他遭到维拉斯坦国情报部门的追杀，养父沃雷为保护他而中弹身亡，特里斯坦逃离维拉斯坦国，开始了新的流亡生活。在澳大利亚人眼里，"美国是最好和最坏的资本主义化身——自由、无节制的消费与失控。充满竞争的个人主义并存，即媒体上所勾画的乌托邦和反乌托邦的混合体"。①《特里斯坦·史密斯不寻常的生活》充满了对文化帝国主义的控诉，反映了澳大利亚知识界对美国消费文化在澳大利亚泛滥的担忧与无奈。

《杰克·迈格斯》（1997）中小杰克被布莱顿逼着去跟拉锡斯学习偷窃技术，因为太小没有经验，第一次从烟囱里进入偷窃目标住户后打不开后门，拉锡斯责问他"是否想被送到美国去"。很明显凯里在《杰克·迈格斯》中阐述的是澳英关系，是不关乎"美国梦"的，那时候的美国才刚独立，还没有完全净化曾经是英国罪犯流放地历史。但是在这部作品中彼得·凯里不经意的一笔顺带提到了美国，其意是"澳美乃一奶同

---

①　Graeme Turner, *Making It National：Nationalism and Australian Popular Literature*, Sydney：Allen & Unwin, 1994, pp. 98 – 99.

胞的弟兄"——都曾是英国的罪犯流放地和殖民地，澳美有着共同的历史文化渊源。小说的主人公杰克·迈格斯被流放的时候，正是美国成为独立国家而澳大利亚继之成为大英帝国的又一个罪犯流放地的时候。在这里的"美国梦"是一种恐惧被流放的"噩梦"，是用来吓唬小孩的"狼来了"式的话语。长大后的杰克·迈格斯没能被送往美国，因为美国已经独立，他被送往新南威尔士。彼得·凯里在这里也用"美国梦"作为澳大利亚的未来的一种希望和憧憬：同样是大英帝国罪犯流放地的美国已经独立了，那么澳大利亚也终究会独立的。总之，"美国梦"在《杰克·迈格斯》中是噩梦和希望并置的意象。

在《凯利帮真史》（2000）这部塑造澳大利亚民族英雄、反映澳大利亚殖民历史的伟大小说中，美国之于当时的澳大利亚还只是一个遥远的梦。在内德·凯利等人杀死了三个警察被迫逃亡茫茫山林的时候，乔·贝尔纳建议内德和凯利帮成员逃到美国去，但他的提议不但没有得到响应，反而遭到了其他凯利帮成员的善意嘲笑。乔对内德说："和我一起到美国去吧，老伙计"，"……可是，我们杀了三个警察，不抓住我们，他们绝不会善罢甘休。和我一起到美国去吧！"[1] 凯利帮成员看到乔去而复返很高兴，但没忘了拿他来取笑，"我们问他美国怎么样？那儿的姑娘是不是传说中的那么漂亮？"[2] 斯蒂夫在急流中勇渡墨累河时不忘抬起手碰了碰帽子，笑着对乔说："美国见。"[3] 当时的澳大利亚人还处于一种较为封闭的状态，美国对他们来说只是个神话，那是关于独立战争和内战之后的自由、平等、民主的神话。在这部小说中，只有玛丽·赫恩认真思考了乔的提议，加上其对凯利帮命运的先见和对小乔治和腹中内德孩子的热爱，她选择了离开澳大利亚到已经独立的美国去寻求另一种生活。玛丽跟内德商量，"我一直在想，是不是乔的话一点道理也没有？我们为什么不能一起去美国呢？"[4] 玛丽鼓励内德带领凯利帮成员抢劫银行很大一部分原因是为了筹集去美国的路费。

《凯利帮真史》中也写到了在澳大利亚的美国人，艾伦·凯利的第三

---

① Peter Carey, *True History of the Kelly Gang*, p. 334.

② Ibid. , p. 338.

③ Ibid. , p. 343.

④ Ibid. , p. 387.

任丈夫乔治·金。那位"新任"情夫坐在桌子旁边，细长的腿一直伸到壁炉格架旁边，脚上穿着美国佬喜欢的那种半高跟靴子，更像时髦女郎的高跟鞋。乔治作为内德母亲艾伦的第三任丈夫，妻子玛丽曾经的情人，他深深地伤害了内德·凯利一生中最爱的两个女人。彼得·凯里把艾伦·凯利当作殖民地澳大利亚形象来塑造，她的脾气暴躁和美丽风情正如澳洲大陆恶劣的气候环境和优美的自然风光，她的第三任丈夫为美国人则象征着美国在英国之后对澳大利亚的深层影响。《凯利帮真史》中提到了在美国独立战争爆发18年后，内德看到有关美国内战的画报，并且从中受到启发，改良了凯利帮的防备装置——特有的厚盔甲。历经了独立战争的美国摆脱了大英帝国殖民地的位置，开始了他们的自由、平等、民主，而内战则使得这种自由、平等、民主的观念更加深入人心。此时美国有的正是澳大利亚所缺乏的，澳大利亚人做梦都希望能够像美国人那样拥有自由的生活，远离奴役，远离殖民地警察的迫害。玛丽的"美国梦"是祛除殖民统治，争取国家民族独立，让澳大利亚的儿女能够在平等、自由、民主的环境下茁壮成长，再也没有殖民政府逼民为盗。在这部小说里，玛丽·赫恩的"美国梦"最终实现了。到了美洲大陆之后，她写信给内德·凯利："母马和小牝马在旧金山牧场，水草丰美，吃喝无忧。"[1] 这里的"母马"指玛丽，而"小牝马"指的是她刚生下的女儿——凯特·凯利。因此，"美国梦"在《凯利帮真史》中成为殖民地澳洲苦难人们的一种向往，一种希望，一种憧憬，是一种美梦。

《偷窃：一个爱情故事》（2006）中的美国是世界经济、政治、文化的中心，也是现代化程度最高的国家之一。彼得·凯里在感慨从边缘到中心的"美国梦"实现之艰难的同时也没忘了这个"梦"中的龌龊。当迈克尔到达洛杉矶，在美国的天空上醒过来的时候，他感觉"嘴巴里尽是灰尘，优质的含漱液、剃须膏和女人用的肥皂的香味"。很明显，现代化的后果之一就是环境恶化。

　　那是在罗纳德·里根统治期间，一个九月下午的三点钟，我们
　　抵达了那个帝国的心脏。……玛琳的澳大利亚银行卡被一个戴着莱

---

①　Peter Carey, *True History of the Kelly Gang*, p. 435.

茵石眼镜、嘴唇薄、嘴巴歪的高个子黑人妇女拒收。①

现代化给人们的生活带来了诸多方便，但是也把很多本来很简单的事情弄得很复杂。科技的发展、信息技术的日新月异沟通了世界，但也重新造成了某些隔阂。《偷窃：一个爱情故事》中的美国纽约是作为人物活动和展现人物的场所（其他两个场所是澳大利亚的悉尼郊区和日本的东京）之一。那是一个空气被污染了，街道不干净，极具同化性的现代化大都市。那里云集了抢劫、盗窃、说谎、骗子等三教九流式的人物，阴谋、谋杀充斥其中，是一个灵魂堕落的城市。凯里在这里基本上是持批判的态度，这是澳大利亚人的"美国梦"梦醒之后，因为美国文化带来的迷离与失落而对澳大利亚文化重新萌发的一种自信。

　　与《美国梦》《幸福》《凯利帮真史》从侧面表现澳大利亚人的"美国梦"不同，也与《西边的风车》《特里斯坦·史密斯不寻常的生活》隐喻式的"美国梦"批判不同，在《偷窃：一个爱情故事》中，凯里近距离地描写现实中的美国。

　　　　这是我第一次观光，我不知道那会意味着什么，但后来我看见了夜空中聚集着微弱的灯光，看见了美国的城市和高速公路，白蚁的美丽，贪婪的白蚁，交配信号在它们脉动的尾部发光。哪个预言家曾预言过这样的大规模侵扰？②

凯里笔下的美国是真实的，可见、可感的，他比他的先辈作家卡夫卡幸运得多。卡夫卡终其一生都没有到过美国，因此他的长篇小说《美国》可以说是一部不关乎"美国"的心理小说，小说中的美国及其一切似乎都只是卡夫卡的"白日梦"。20多年的纽约生活，为彼得·凯里的小说创作提供了许多新素材。《偷窃：一个爱情故事》中的美国，是现代化已经完成，现代性弊病暴露得十分充分的美国。这部作品对现代化的批判、对现代性的反思，达到了一个新的高度，已经超出了对澳大利亚现代化

---

① ［澳］彼得·凯里：《偷窃：一个爱情故事》，第162页。

② 同上书，第177页。

的批判和从澳大利亚的现代化过程反思现代性弊病的视域。

五　反写"美国梦"与澳大利亚文化认同

如果说凯里的短篇小说和 20 世纪 80—90 年代的长篇小说，更多的是探讨"美国化"对澳大利亚社会带来的负面影响，那么《偷窃：一个爱情故事》则认为美国对澳大利亚的影响并没有预先估计的严重，在两种文化碰撞、交流之后澳大利亚的文化认同反而得到了增强。在《他的非法自我》中凯里探讨的是两种文化交流中的隔阂和障碍，而这种隔阂与障碍的根源在于强烈的文化认同感。写回历史是彼得·凯里一贯的手法，《他的非法自我》站在 21 世纪写 20 世纪 60—70 年代的美国和澳大利亚。在美国文化与澳大利亚（内陆）文化的碰撞中，彼得·凯里挖掘出文化认同的另一个向度——强烈的认同感带来的文化间的不可通约性。凯里通过美国男孩切与其"母亲"戴尔流亡澳大利亚的生活反写"美国梦"为美国人的"澳大利亚梦"，这也是其短篇小说《美国梦》中"美国人的澳大利亚梦"主题的延续。

在彼得·凯里看来，卷入越战的美国已经不再是澳大利亚人心目中的"梦想之地"。小说主人公切的父亲大卫·鲁博是美国左翼激进分子，作品中对他的一些革命活动进行了侧面烘托。切在纽约第 116 大街附近一座小教堂里，曾经看见过一些白色的大理石碑，上面刻着在国内战争中死去的哥伦比亚大学学生们的名字。他的外祖母说："这些孩子想发动另外一场国内战争。"作为久远的推进美国民主的南北战争已经成为历史回忆，过上了现代化之后的富足生活的美国人已经不再欢迎另一场国内战争。因此，20 世纪 60 年代的美国政府对青年学生运动进行镇压，为了转移尖锐的国内矛盾，美国政府发动了越南战争。这一时期的澳大利亚政府追随美国亦步亦趋，也卷入了越南战争。澳大利亚国内工人罢工、学生罢课，反越战的游行和呼声此起彼伏。小说《他的非法自我》中的所有故事，就是发生在这个资本主义与社会主义对峙，美苏争霸中苏联在军事上稍占上风，资本主义世界经历了左翼思潮涌动，美国为了扭转局势、转嫁危机不惜发动越南战争的时期。

在这部小说中，凯里揭示了美国人对澳大利亚极端的不了解。戴尔拿到一大笔美元，却不知道如何带出境。她为这次旅行购买了干果、糖果和连环漫画杂志。她没有旅行指南，没有澳大利亚元。她对澳大利亚一无所知。她想象不出澳大利亚的西红柿、黄瓜是怎么长出来的。她甚至说不出一部澳大利亚文学作品或音乐作品的名字。

> 在纽约，她想不出到了费城以后的情况；在费城，她想不出到了西雅图之后的情况；在西雅图，她想象不出到了澳大利亚建筑工人联盟之后会发生什么事情。她曾带着小男孩去那里寻求过帮助。她坐在霓虹灯广告牌下面，想知道谁控制澳大利亚服装工业，谁决定把这些中国产的拉链缝在深褐色和黄绿色的衣服上呢？她想，阿尔巴尼亚也许也是这样。①

在这部小说中，彼得·凯里以大量的笔墨反映了美国人对澳大利亚和对世界上其他地方的无知。有时候，这种无知到了荒唐可笑的地步。戴尔问澳大利亚邻居"澳大利亚在越南吗？"以至于澳大利亚人发出感慨，"你们对你们干涉的那些国家根本就不了解"。②

20 世纪六七十年代的澳大利亚尽管受到美国的经济、政治和文化的影响，但这种影响主要是在悉尼、墨尔本等大城市，对于澳大利亚广阔而人烟稀少的内陆，这种影响还不是那么明显，凯里选择了两种不同文化相遇的最初情景反映当时世界的主导思维模式。这一时期的主导思维模式就是由托马斯·库恩引出的范式革命和不可通约性。这种理论诞生的 20 世纪，是个充满创伤的世纪，那是一个发生了一战、二战、犹太大屠杀、南京大屠杀、广岛和长崎的原子弹爆炸、斯大林大清洗……的世纪。正如 W. H. 沃顿所说的 20 世纪前半叶是"焦虑的时代"。③ 不可通约性于 1962 年降生人世，它的诞生悄然无声，而且几乎是一个秘密。因为，托马斯·库恩是在他的两卷本专著《科学革命的结构》中推出这一观念的。而这一专著，是他所发表的规模庞大、现在几乎被人遗忘的题为"统一科学的百科全书"的研究项目的第二部分。"二十世纪六十年代，

---

① ［澳］彼得·凯里：《亡命天涯》，第 80 页。
② 同上书，第 81 页。
③ 王逢振主编：《2003 年度新译西方文论选》，漓江出版社 2004 年版，第 183 页。

不可通约性这一观念已经成为同一性政治学的核心观念。"① 库恩认为前后相继的理论，前后相继的范式，是不可通约的。斯坦利·费什曾说，尽管对库恩的《科学革命的结构》众说纷纭，但在过去的几十年间却是人文科学以及社会科学领域里被引述最多的著作。② 库恩的理论缘何如此具有魅力？凯里的探索可以对此问题给予某种程度的回答。

戴尔带着切初次来到澳大利亚这个陌生的国家，对热情的澳大利亚嬉皮士有了误解，这些嬉皮士抗议道："你一点儿也不知道你他妈的在什么地方，也不知道我是什么人，所以，别他妈的讽刺挖苦人。你们是美国人，总觉得自己高人一等。"③ 不久戴尔发现澳大利亚人"他们讨厌美国人"。而戴尔和切也不喜欢澳大利亚，切听不太懂澳大利亚人说话的口音，觉得他们说起话来，嘴里就像嚼着牛肉一样。戴尔觉得澳大利亚的流亡生活使她陷入噩梦和前程未卜的泥潭，悲叹她流落到一个不怎么样的国家。在澳大利亚内陆，他们在生活上遇到了种种困难，澳洲犬蚁的袭击，干旱炎热的天气。而首要的困难是两国货币的交换、流通障碍。戴尔感叹，"我只有美元。我没有很多选择"；"美元对他们没用，你也听说了。我们虽然有很多美元，但分文不值"。特弗雷告诉戴尔："澳大利亚有自己的货币。戴尔，你现在在澳大利亚。"他说："一澳元比一美元值钱。"④ 霍米·巴巴指出："在我看来，总是要存在不可通约性这种因素。"作为后殖民研究领域的领头羊，霍米·巴巴特别注意到了民族之间的边界："它所开启的东西是，在文化相对主义或文化普遍主义之内，你将永远也不能把这些相互不同的实践拉在一起。因为不管你采取什么样的立场，这些实践当中的每一个都要提出挑战，所以你只好感慨：'啊，我们现在终于明白了'。"⑤

20 世纪 60 年代，较为封闭的澳洲大陆的内陆人对美国人充满了敌意，"贝丽卡躺在私人车道附近等待着，他痛恨巴克，也痛恨切，痛恨戴

---

① 王逢振主编：《2003 年度新译西方文论选》，漓江出版社 2004 年版，第 192 页。

② 同上书，第 186 页。

③ ［澳］彼得·凯里：《亡命天涯》，第 72 页。

④ 同上书，第 103 页。

⑤ Homi Bhabha, "Location, Intervention, Incommensurability: A Conversation, with Homi Bhabha", *Emergences* 1, 1993, p. 84.

尔，因为他们是美国人"。① 切发觉自己作为一个美国人在澳大利亚不受欢迎的时候，问戴尔"当美国人为什么不光彩呢？"当澳大利亚人问他纽约是否有理发店的时候，切很自豪地说纽约什么都有，这一问一答反映了澳大利亚内陆一些人的盲目自大，也反映了美国人的一种优越感。澳大利亚人对美国人的这种优越感有时很不以为然，"美国是天字第一号，"特雷弗说，"上帝保佑美国。"② 当邻居一致抗议她养的猫咬死了大量的澳洲鸟，破坏了自然环境时，戴尔首先想到的是去咨询律师，想办法通过法律途径来解决。律师告诉她澳大利亚法律没有规定居民不准养猫，但是澳大利亚邻居并不买她的账，他们告诉戴尔这里不是美国，"我们不用律师解决伦理道德方面的问题"。戴尔不堪其烦，最后不得不自己把猫杀死，她抗议道，"但是你们知道，就在我们坐在这里争论猫的问题的时候，尼克松正在轰炸柬埔寨和老挝，你们应该想一想，轰炸对鸟儿意味着什么？我是说，我刚从那个国家来，我的朋友正在为终止这场战争而进行殊死的搏斗。"③ 澳大利亚人在某些事情上较真的个性显露无遗，戴尔曾引起邻居们对美国人的痛恨到此初步了结。

"日暮相关何处是？"作为美国人的戴尔和切在澳大利亚的流亡生活引发了他们对美国的怀恋，这正如移居纽约 20 余载的作者彼得·凯里对澳大利亚的思恋之情。当切一个人在澳大利亚森林里行走的时候，凯里说如果他出生在澳大利亚，他就知道该往哪儿走。可是他出生在纽约，而眼前，是一条布满岩石的干涸的溪谷。因此他一点儿也不知道澳大利亚丛林里的土地好像结了一层壳，十分坚硬，高低不平。但是戴尔和切在天真、率直、热情的澳大利亚嬉皮士的帮助之下渐渐地适应了那里的生活，产生了一种新的乡土情结，他们与特弗雷结下的深厚友谊，使之"反认他乡作故乡"，最后在澳大利亚开始了新的生活，这正如凯里自己虽然眷恋着澳洲的山水，但他已经完全融入到了纽约这个美国大都市里。这里的美国不再是同化因素，而是作为"他者"出现在澳大利亚人面前。凯里在《他的非法自我》这部小说里，不再是写澳大利亚人如何向往和

---

① ［澳］彼得·凯里：《亡命天涯》，第 207 页。
② 同上书，第 103 页。
③ 同上书，第 136 页。

憧憬美国式生活的"美国梦"，而是通过两个美国人流亡到澳大利亚的经历来反映 20 世纪六七十年代美国的学生运动和反越战运动以及美国人对世界的认识和看法。同时也反映了澳大利亚国家民族观念的加深和巩固，以及澳美两种不同文化和生活方式带来的冲突与调和。

霍米·巴巴试图打破这种主体/客体、自我/他者、本质/现象的辩证关系，而代之以矛盾、分裂、双向、模棱两可等概念，他因此提出了杂交（Hybridity）的概念。杂交指的是在话语实践上殖民者与被殖民者你中有我、我中有你的状态。在理论上，它与泾渭分明的本质主义者和极端论者的二元对立模式相对立。霍米·巴巴说："要抓住杂交的模棱两可性，必须区别哪种本源是真正的'效果'的颠倒之论。"我们知道传统理论常常将殖民主义/反殖民主义的对立作为自己的理论前提和出发立场，写作《东方主义》的萨义德虽然竭力避免二元对立，但他完全离开被殖民者话语的角度描述东方主义，其实仍然是一种二分的思维。杂交作为霍米·巴巴对于殖民主义实践的一种描绘，是他富于洞察的发现和论述。从批判殖民话语的立场上说，杂交的效果主要是动摇了殖民话语的稳定性，"它们以惊人的种族、性别、文化、甚至气候上的差异的力量扰乱了它（殖民话语）的权威表现，它以混乱和分裂的杂交文本出现于殖民话语之中"。[1] 萨义德也同意霍米·巴巴的观点，他说"用'传染'这个词似乎不太恰当。但是认为所有的文学，事实上所有的文化都是混杂的（用霍米·巴巴［Bhabha Homi］使用这个词的复杂的含义），都是与未来成分的互相融合，交织和重叠——这种认识在我看来是对当前革命现实的最根本的估计"。[2] 彼得·凯里笔下的"美国梦"全方位、多角度、多层次地反映了美国消费文化对澳大利亚社会的冲击。凯里发现，澳大利亚传统文化遭遇美国文化的入侵之后，并没有因此消失而被完全取代，澳大利亚人以自己的方式融合美国的消费文化于本土文化之中，从而形成了澳大利亚今天的混杂文化景观。

从以上对彼得·凯里的短篇小说《美国梦》《西边的风车》和长篇小

①　赵希方：《后殖民理论》，北京大学出版社 2009 年版，第 109 页。

②　［美］爱德华·W. 萨义德：《文化与帝国主义》，李琨译，三联书店 2003 年版，第 451 页。

说《幸福》《魔术师》《特里斯坦·史密斯不寻常的生活》《杰克·迈格斯》《凯利帮真史》中的"美国梦"的分析可以看出,"美国梦"是凯里创作中的重要因素。"美国化""美国影响"是凯里小说创作的重要素材,凯里在运用和处理这些素材的同时在思考着澳大利亚的文化身份和认同问题。"梦寐"是深处殖民统治之下的悲苦的澳大利亚人梦想着美国式的"自由、民主、平等";"梦醉"的澳大利亚人对美国式的消费文化如此的沉迷与执着;"梦碎"的澳大利亚人为之牺牲了亲情、爱情和友情,甚至是自己的生命;"梦醒"的澳大利亚人焦虑于美国无处不在的影响和澳大利亚的明天。澳大利亚人的"美国梦"是多姿多彩、风云变化的,一如澳大利亚的社会历史文化。"梦寐""梦醉""梦碎""梦醒"是凯里笔下澳大利亚人"美国梦"的四个阶段和四种情状,而在这每个阶段和每种情状里的文化认同也都有着微妙的变化。"美国梦"的书写在凯里是表征文化认同的文学载体。澳大利亚文化认同在"白澳政策""同化政策"的影响下陷入困境,于"多元文化政策"中找到新的出路,从而从困境中走向超越。

文化积极地与民族或国家联系在一起,从而有了"我们"和"他们"的区别,而且时常是带有一定程度的排外主义。文化这时就成为身份的来源,而且火药味十足,正如我们在最近的文化和传统的"回归"中所看到的。① 彼得·凯里就是在立足现实而不断回望过去,超越传统但并未背离传统的创作理念中把握澳大利亚的文化认同的。他深入澳大利亚人文化认同困境的深处,从中找到新的认同出路。霍尔说:"认同与传统的发明有关,也与传统本身有关,认同使我们所做的并不是永无止境的重复解读,而是作为'变化着的同一'来解读:这并不是所谓的回到根源,而是逐渐接纳我们的'路径'。"② 因此,不管凯里如何反思澳洲的殖民文化,在两种生活方式中如何陷入两难以及如何抉择,怎样书写澳大利亚人的"美国梦",都始终表征着澳大利亚从"一元"到"多元"的文化认同。

---

① ［美］爱德华·W. 萨义德:《文化与帝国主义》"前言",第 4 页。

② Stuart Hall, and Paul du Gay, eds. *Questions of Cultural Identity*, London: Sage, 1996, p. 4.

第 五 章

彼得·凯里小说对自我认同的探索

　　"自我认同（Self-identity）：个体依据个人的经历所反思性地理解到的自我。"① "自我"是涉及人的内在本质，涉及自身与他人、与社会关系的一个重要术语和概念。在不同时期、不同文化和不同的理论中，"自我"有过种种不同的解释和界定，它的内涵和外延随着阐释语境与阐释者的不同而出现任意的流动、漂浮和嬗变。历史地来看，"自我"的无数定义往往停留在某一个层面或某一个维度上，并始终处于不断变化和发展中。无止境的阐释和界定衍生出无数的相关概念，如"个性""主体""身份""本我""经验""意识"，等等，这些概念成了它的复杂性与多维性的佐证。② 从笛卡儿的"我思故我在"到 20 世纪"自我的语言学转向"，可以简单地梳理出自我在西方思想史上的发展和变化。19 世纪，自我的概念"经受过克尔凯郭尔、马克思和尼采极其强烈而严厉的挑衅"。③到了 20 世纪，对自我的认识和界定更是具有前所未有的多样性。例如，弗洛伊德将个体看成是一个无意识的主体，并将自我的人格结构划分为三部分，即本我、自我与超我，他的理论几乎是 20 世纪自我观念的一场重大革命。20 世纪下半叶，德里达、利奥塔、福科、拉康、詹姆逊以及其后的后现代思想大师们对自我进行了种种后现代界定，如"自我是漂

---

　　① ［英］安东尼·吉登斯：《现代与自我认同》，赵旭东、方文译，三联书店 1998 年版，第 275 页。

　　② 张和龙：《后现代语境中的自我：约翰·福尔斯小说研究》，上海外语教育出版社 2007 年版，第 16 页。

　　③ Ihab Hassan，"Quest for the Subject：The Self in Literature"，*Contemporary Literature* 29，No. 3，1988，p. 425.

浮的能指符号","自我是一种知识状况","自我没有确定的本质和中心",等等。由此可见,在人类思想史上有关自我的理论,犹如万花筒般五光十色、变化多端。

认同是以自我为中心的,是对自我身份的寻找与确认。认同的过程,就是人们通过他人或社会确认自我身份的过程,也就是在自我之外寻找自我、反观自我的过程。① 认同的目的是使自我的身份趋向中心,"如果说,认同产生危机是自我的被边缘化,那么认同则是自我向中心的自觉趋近。就此而言,认同总是同人们的自我意识的发展水平相联系的"。② 彼得·凯里的小说《我的生活有如冒牌货》《偷窃:一个爱情故事》《他的非法自我》,通过革新叙事手法来探讨澳大利亚人的个体自我认同。前两部都是用第一人称叙事,"表面看来,第一人称视角仅仅是个叙事形式问题,但实际上对于现代性自我的建构是一个相当关键的问题。它表明人对自我的关注程度开始超过了对外部世界的关注"。③ 凯里是个讲故事的高手,他充分利用现代主义、后现代主义作家小说叙事革新的成果,以此探讨文学与自我认同之间的建构关系以及自我认同的呈现和危机等问题。

第一节　文学中的自我认同缘何成为问题

斯图亚特·霍尔在 1987—1992 年 5 年间,发表了一系列有关"文化认同"的重要文章:《最小的自我》(1987)、《新族性认同》(1988)、《族性、认同与差异》(1991)、《本土与全球:全球化与族性》(1991)、《文化认同问题》(1992) 和《文化认同与族裔散居》(1994)。这些论文从现代转型、认同政治转向和新的差异认同体验等方面来阐释和建构文化认同理论及其转向问题。霍尔指出认同研究话语已经转向了,从研究"我们是谁"到研究"我们能成为谁"成为认同研究的新趋势。彼得·凯

---

① 崔建新:《文化认同及其根源》,《北京师范大学学报》(社会科学版) 2004 年第 4 期,第 102—107 页。

② 同上书,第 102—107 页。

③ 张德明:《西方文学与现代性的展开》,中国社会科学出版社 2009 年版,第 17—18 页。

里的小说从民族认同、国家认同和文化认同层面探讨了"澳大利亚曾经是怎样的澳大利亚","澳大利亚现在是怎样的澳大利亚"以及"澳大利亚将来会成为怎样的澳大利亚"。到了 21 世纪，凯里的创作兴趣从社会的大我转移到了个体的自我，打破了国家民族的界限，在更为广阔的社会历史层面关注"我是谁"，"我现在怎么样"，以及"我将来能够成为什么样的人"等问题。彼得·凯里在 2003 年、2006 年、2008 年发表了《我的生活有如冒牌货》、《偷窃：一个爱情故事》和《他的非法自我》3 部小说。从小说的标题可以看出凯里创作倾向的转变，虽然这些小说继续了谎言和欺骗的主题，但主要是揭示个体的分裂和矛盾、缺失和错位、寻求和确认等自我认同的层面。从这些作品可以看出彼得·凯里是一位敢于突破自己，不断创新的作家。从民族、国家和文化等社会层面的认同转向对个体自我认同的探讨，彼得·凯里的长篇小说创作转移到了一个新领域。

　　歌德曾指出，在过去的一切时代里，人们说了又说，人应该努力认识自己。这是一个奇怪的要求，从来没有人做得到，将来也不会有人做得到。人的全部意识和努力都是针对外在世界即周围世界的，他应该做的就是认识这个世界中可以为他服务的那部分，来达到他的目的。只有在他感到欢喜或痛苦的时候，人才认识自己；人也只有通过欢喜和痛苦，才学会什么应该追求和什么应该避免。除此之外，人是一个蒙昧物，不知道自己从哪里来，向哪里去，他对世界知道得很少，对自己知道得更少。① 在社会发展到一定程度的时候，个人的关注点从社会转移到了个人。殖民时期的澳大利亚、民族主义运动勃发时期的澳大利亚和两次世界大战时期的澳大利亚，民族认同、国家认同抓住了澳大利亚人的眼球，而战后经济发展到 20 世纪 70 年代，澳大利亚卷入越战时期的澳大利亚人为文化认同而倍感焦虑。历经了经济繁荣、国家强盛，进入 21 世纪的澳大利亚，由于国家认同的加强、多元文化政策的实施，澳大利亚人的目光从社会层面上的各项认同转向了个体自我的认同。

　　20 世纪 80 年代以来，随着全球化和文化交往问题的凸现，文化研究

---

　　① ［德］爱克曼辑录：《歌德谈话录：1823—1832》，朱光潜译，人民文学出版社 1982 年版，第 193 页。

异军突起，认同问题遂成为关注的对象。假如说 90 年代以前的热点问题是意识形态与霸权，那么 90 年代以后，认同问题取而代之成为焦点问题。认同问题不仅在文学研究和文化研究领域得到了拓展，而且广泛延伸到社会理论、哲学、教育学、政治学、媒体研究等诸多领域。① 斯图亚特·霍尔继承了马克思主义的传统，又从精神分析和后结构主义中汲取了思想资源，构建了一个颇有影响的认同理论。霍尔认为认同的核心问题其实就是主体问题，传统的认同概念是整体性、本源性和统一性的，其核心乃是一种本质主义倾向。因此，霍尔主张文化研究中的认同就是要反对这种本质主义倾向，而更多地展示当下社会文化认同的各个层面。在这种历史文化背景下的自我认同也带上了后现代之后的特征，这正如吉登斯所说的：

> 现代性的一个明显特征是外在性与内在性这两端之间日渐增强的相互关联。一端是全球化的影响力，另一端是个人的调适……如果传统越来越失去它的控制力，那么日常生活就越来越在地方与全球的辩证互动下被重构，个人就越来越被迫在不同的选项中权衡生活方式的选择……被反思性地组织起来的生活规则……成了自我认同的建构过程的核心特征。②

伊哈伯·哈桑认为："文学是自我的文学，是栖息在世界中的自我的文学，是自我与世界被写成文字的文学。"③ 米兰·昆德拉在一次关于小说艺术的谈话中也说："所有时代的所有小说都关注自我这个谜。"④ 而小说的"人物不是对一个活人的模拟，他是一个想象出来的人，是一个实验性的自我"。⑤ 个体的我在出生的时候就被赋予独特的身份，"我"、"你"或者"他"都姓着父亲的姓，生活着父母所生活的环境。在历代的

---

① 周宪：《文学与认同》，载周宪主编《文学与认同：跨学科的反思》，第 181—195 页。

② ［美］曼纽尔·卡斯特：《认同的力量》（第二版），第 9 页。

③ Ihab Hassan, "Quest for the Subject: The Self in Literature", *Contemporary Literature* 29, No. 3, 1988, p. 420.

④ 米兰·昆德拉：《背叛的遗嘱》，孟湄译，上海人民出版社 1995 年版，第 22 页。

⑤ 同上书，第 32 页。

文学作品中，作者对其主要人物都会有其家庭背景和身世的交代。一些悲剧中的悲剧因素来源正是主人公的家世，例如安提戈涅的悲剧来自俄狄浦斯家族、罗密欧与朱丽叶的悲剧来自两个有世仇的家族。这种与生俱来的自我认同是想否认都否认不掉的，莎士比亚在《罗密欧与朱丽叶》中就有这样想否认自我出身而避免爱情悲剧但因为无法避免而深陷悲剧之中的情节。陷入热恋而为家族世仇所阻隔的恋人罗密欧与朱丽叶都十分痛苦，以至于朱丽叶喊出：

> 罗密欧啊，罗密欧！为什么你偏偏是罗密欧呢？
> 否认你的父亲，抛弃你的姓名吧；
> 也许你不愿意这样做，
> 那么只要你宣誓做我的爱人，我也不愿再姓普莱特了。①

在文学中，自我得到高扬是在浪漫主义时期。英、法、德的浪漫主义的诗歌、小说都不约而同地高度赞扬自我。其哲学渊源在于费希特对能动的、不断变化的、想象性的自我的赞颂。论说浪漫主义对自我的强调，我们可以援引英国浪漫主义诗人拜伦的《唐璜》（1819—1824）手稿第一歌背面的著名诗节为证：

> 我求求天，但愿我是这么多的肉体，
> 就像我是这么多的血、骨、骨髓、热情、情感——
> 因为至少过去的事情已经过去，
> 至于将来——（可我写这个时头脑有些发晕，
> 由于今天我喝了一个大醉，
> 现在我就仿佛站在顶篷上一般）
> 我说——将来是一件严重的事——
> 所以——天呀——快把葡萄酒和苏打水拿来！②

---

① ［英］威廉·莎士比亚：《莎士比亚全集》第 8 卷，朱生豪译，人民文学出版社 1978 年版，第 35 页。

② ［英］拜伦：《唐璜》，朱维基译，上海译文出版社 1978 年版，献词前的"片断"。

　　总之，从荷马史诗到古希腊悲剧，从中世纪宗教的和世俗的文学到17世纪古典主义作品，西方古典文学中自我尽管不突出但却是确定无疑的。从文艺复兴到启蒙运动，自我在文学作品中的地位开始上升，到浪漫主义兴起的时候，自我在文学作品中的地位达到了前所未有的高度。此后，经过现实主义的反拨，再到现代主义作品向浪漫主义的某些回归或者说是一定程度上的承继，自我被文学高扬的同时逐渐模糊不清，于是出现了卡夫卡笔下的K们，而自我认同也成为了问题。

　　当然作品中人物自我认同成为问题是作家及其作家所处时代人类处境的真实反映。卡夫卡的作品中之所以出现含混待定失去个性特征的K，是因为他自己作为犹太人，在基督徒中不是自己人；作为一个不入帮会的犹太人，他在犹太人当中不是自己人；作为说德语的人，他在捷克人当中不是自己人；作为波希米亚人，他也不完全是奥地利人；作为劳工工商保险公司的职员，他不完全属于资产阶级；作为资产者的儿子，他又不完全属于劳动者；但他也不是公务员，因为他觉得自己是个作家；而就作家来说，他也不是，因为他把精力常常花在家庭方面；但是在自己家里，他比陌生人还陌生。① 彼得·凯里复杂的生活背景：英国和欧洲大陆的文化寻根，澳大利亚本土社会历史的滋养，20多年的旅美生活经历，这些都构成了凯里作品世界的原型。凯里活跃在澳大利亚、英国和美国，甚至更为广阔的世界范围内，他在现代性伴随着全球化扩张现代人身份遭遇危机的当代社会，开始了对自我认同问题的苦苦求索。可以说进入21世纪的凯里，把自己的创作中心从当代人的社会心理层面转移到了个体心理层面。

第二节　他者的规定：自我如何被再现

　　正如《哈佛书评》（*Harvard Book Review*）中所描绘的，彼得·凯里发表于2006年的《偷窃：一个爱情故事》，乍看上去小说描写的是爱情

---

　　① 梁坤主编：《新编外国文学史——外国文学名著批评经典》，中国人民大学出版社2008年版，第348—361页。

故事，是悲剧，是喜剧，又是悲喜剧，还是一位艺术家身心的征程……从更深一层来看，小说的成功在于描述了人之个体所体验到的那种与世隔绝的深重孤独，那种属于个体主观感受的神圣而不可侵犯的不可确知性……①同时，凯里是位不断创新的作家，《泰晤士报文学增刊》评述：凯里的永不停歇令人叹服。他反叛，成长，再反叛……在这部小说中，决不同流合污、誓死捍卫人格独立的精神得以深刻地展现。《偷窃：一个爱情故事》可谓一部彻头彻尾的非爱情小说，凯里对结尾的处理绝妙无比。② 小说通过迈克尔·博恩（Michael Boone）和休（Hugh）双重叙事表征自我分裂，整部小说由这两个人物交叉叙述。这部小说共 56 节，以迈克尔·博恩为第一人称叙述的有 33 节，以休为第一人称叙述的有 23 节。小说的主人公迈克尔·博恩处于阴谋事件之下的表征其艺术家的自我认同。他的美艳情人玛琳（Merlene）是艺术经纪人，同时也是杀人犯、骗子和阴谋编织者，如此多的身份被彼得·凯里巧妙地结合在其身上而丝毫不让读者觉得牵强。由此可见，凯里在这部小说中极力探讨如何在矛盾交织中呈现自我。

一 双重叙事表征的自我认同分裂

叙事性和关系性是社会存在、社会意识、社会行动、制度、结构甚至整体社会的条件，自我和自我的目标是在变动不居的时间、地点和权力的内外关系的脉络中建构和重建出来的。社会认同是通过叙事性构成的，社会行动受到叙事性的指导，社会过程和互动——无论是制度的还是人际的——是叙事性调节的，如此等等提供了一种理解特定认同周期性呈现的方式。玛格丽塔·萨默斯说："叙事认同概念配合着认同政治的动向，把先前遭到排斥的主体和受到压制的主体性重新引入到行动理论之中。"③ 这样就把叙事和认同联系起来，重新引入时间、空间和分析的

---

① ［澳］彼得·凯里：《偷窃：一个爱情故事》，封面。

② 同上。

③ ［美］玛格丽塔·萨默斯：《认同的叙事构成：一种关系和网络的路径》，载周宪主编《文学与认同：跨学科的反思》，中华书局 2008 年版，第 31—54 页。

关系性——认同研究上的类别取向或本质主义取向将它们统统排除在外。①
因此，"叙事认同是由一个人在文化建构的故事中时空上可动的位置构成
的，而所谓文化构成的故事，又是由（可以破坏的）规则、（可变的）时
间、约束性（和解放性）的制度以及家庭、民族或经济生活的多重情节
构成的"。② 叙事和认同的关联为文学中的认同提供了新的研究向度。

《偷窃：一个爱情故事》，以澳大利亚画家迈克尔·博恩的人生际遇
为主要内容，主要探讨个体如何在骗局丛生、扑朔迷离的现代社会塑造
自我。这部小说是研究彼得·凯里小说中的自我认同的主要依据作品之
一。经历了离婚，失去了儿子和钟爱的绘画作品之后的画家迈克尔·博
恩爱上了神秘女郎玛琳之后颇感自卑，"这种厌烦的实质就是这样一种概
念：我是个乡巴佬，而她来自那个操蛋的宇宙中心"。③ 因为作为艺术经
纪人的玛琳，"她是个特别迷人的女人，她毫无疑问地向我显示，她是有
眼光的，但她是个外国人、美国人，为另一个团队，市场，有钱人工作，
那些人决定着什么是艺术，什么不是。他们掌管着历史，所以统统操他
们的蛋，总是，永远"。④ 在这部小说中，画家迈克尔·博恩的自我认同
是分裂的，玛琳和休分别代表了他的两个不同的自我。为了名利不惜偷
窃、说谎、犯罪杀人，编织和实施阴谋的玛琳是迈克尔的一个属于追逐
"美国梦"的自我；放不下过去、善于沉思、不乏诗意而又怠惰的休则是
迈克尔的另一个属于澳大利亚的自我。

在《分裂的自我》一书中，莱恩认为，"精神分裂"是用来描述个体
经验完整性发生分裂的术语，分裂的主要方式有以下两种：人与周围世
界的关系出现分裂；人与自身的关系出现分裂。⑤ 民族认同、国家认同和
文化认同之所以会成为问题是因为"人与周围世界的关系出现分裂"，而
自我认同成为问题则是由于"人与自身的关系出现了分裂"。迈克尔·博
恩总是在两个分裂的自我中挣扎、徘徊，在属美国的成功和属澳大利亚

---

① ［美］玛格丽塔·萨默斯：《认同的叙事构成：一种关系和网络的路径》，载周宪主编
《文学与认同：跨学科的反思》，中华书局 2008 年版，第 31—54 页。

② 同上。

③ ［澳］彼得·凯里：《偷窃：一个爱情故事》，第 24 页。

④ 同上书，第 30 页。

⑤ 莱恩的《分裂的自我》，林和生、侯东民译，贵州人民出版社 1994 年版。

的默然中无法抉择。一方面，迈克尔·博恩的故土情结很深，"我无法告诉她，这对我来说只能是幻想。我从来没离开过澳大利亚，我无法离开。我不能再次抛下休"。① 休的叙事也一再强调迈克尔·博恩的这种情感，"众所周知布彻不敢离开澳大利亚，或去任何一个没有人认识他的地方"②；"我哥哥敢离开澳大利亚吗？我看不敢。"③ 当迈克尔身上休的特性突出来的时候，他是眷恋着澳洲乡土的。另一方面，当迈克尔身上玛琳的特点凸显的时候，他变得急于进入名利的中心圈而不断批判和贬损澳大利亚性。"……她想道，我们澳大利亚人真是狗屁。我们什么都不知道。我们真他妈的丑陋。"④ 最终玛琳战胜了休，"美国梦"超越了澳大利亚性，迈克尔·博恩离开了澳大利亚，他追随玛琳来到东京和纽约卷入一系列阴谋。

在东京，迈克尔在经纪人玛琳的安排下得以举办个人画展，他的绘画作品入选《国际画室》，面对他人的祝贺"你走向国际了，老兄。你一定很骄傲"。迈克尔·博恩感慨：

> 对，我很骄傲。不管是谁说的，为什么说。骄傲得无法形容。如果你是美国人，你永远不会明白，做一个世界边缘的画家、作为一个三十六岁的男人，在《国际画室》上登广告是什么滋味。不，这跟来自得克萨斯的拉伯克城，或北达科他的大福克斯城完全不是一回事。如果你是澳大利亚人，你尽管争辩说，这个猥亵的东西早在一九一八年前就消失了，那段历史算不了什么，说到底，我们很快就要变成操蛋的宇宙中心，这个月的亮点，自愿联盟等等……⑤

彼得·凯里对于中心和边缘的意识⑥非常浓厚，《奥斯卡与露辛达》和

---

① ［澳］彼得·凯里：《偷窃：一个爱情故事》，第106—107页。
② 同上书，第109页。
③ 同上书，第121页。
④ 同上书，第118页。
⑤ 同上书，第131页。
⑥ 彭青龙：《写回帝国中心，建构文化身份的彼得·凯里》，《当代外国文学》2005年第2期，第109—115页。

《杰克·迈格斯》以解构了大英帝国确立的等级制度的方式从边缘写回了中心，《特里斯坦·史密斯不寻常的生活》和《偷窃：一个爱情故事》则在文化上从边缘写回美帝国的中心。凯里的《偷窃：一个爱情故事》从澳大利亚写到东京和纽约这样的国际大都市，画家迈克尔·博恩是成功地从边缘走向中心的澳大利亚人，这类似于凯里自己的经历。

　　个体的澳大利亚人突出重围，从边缘走向中心之后又怎样呢？彼得·凯里在他的作品中进行系列神话解构之后，发觉边缘对中心的冲击形成了一种全新的景观：突出重围进入中心的艺术家丧失了根基。因此，凯里借主人公之口质问，"你知道，巴里，为什么当一个澳大利亚人在国外干得很好的时候，国内所有的人都认为那是假的呢？如果我是个大画家那会怎么样呢？"① 彼得·凯里自 1989 年生活在美国之后，陆续在文学园地开放出新的花朵，2001 年凭借《凯利帮真史》夺下了英联邦作家奖和布克奖这两个英语世界最重要的文学奖项，但与国内的最高文学奖迈尔斯·弗兰克林文学奖无缘，这对他来说不能不说是一个遗憾。凯里之前的澳大利亚作家，如帕特里克·怀特等都是先在英国受到评论家的热推，然后才在国内受到应有的关注。这种情况在世界文学史上并不鲜见，卡夫卡也是先在英语世界引起轰动之后才在德语语境中得到应有的关注。但是对于凯里这位在去国前就已显名于澳大利亚内外的作家来说，这种情况的出现是他始料未及的。因此，对于个体自我来说，解构之后的中心和边缘只是变换了位置。

　　彼得·凯里在这部小说中多次提到澳大利亚文学作品《神奇的布丁》、澳大利亚笑话、澳大利亚国歌《前进，美丽的澳大利亚》，以及《艺术和澳大利亚》、帕丁顿澳大利亚美术馆，涉及了澳洲的山山水水以表达对澳大利亚的怀念之情。澳大利亚经济发展了，文化繁荣了，再也不是殖民地时期的"文化荒漠"了。澳大利亚人已经对自己的文学、文化非常自信，因为他们所接受的文学和文化已经不再只是英国的文学和文化。"澳大利亚 OK。我不必去法国"②，澳大利亚人甚至对艺术成就素来很高的法国都不以为然了。"奥利维埃现在教我永远不要称亚美利加

---

① ［澳］彼得·凯里：《偷窃：一个爱情故事》，第 135 页。
② 同上书，第 245 页。

斯大街，而是第六大街，这样所有的人一下子就会知道我是个纽约人。……杰瑞说我随时都可以带着椅子到那里去。他说他一直想去澳大利亚。我说那是一个很好的国家，但是不经允许可别想坐在大街上。"①从这些话中可以看到美国对移民文化同化的强大势力，也说明了澳大利亚人的国家认同感增强到足以抵制这种强有力的同化。

小说主人公迈克尔·博恩身上两个自我并存，一个是"作为一系列角色的自我"，另一个是"作为本质的自我"。这两个自我的冲突和对抗演绎了小说的故事。小说的结尾，迈克尔·博恩在卷入东京和纽约的艺术腐败，经历了一系列的阴谋之后回到澳大利亚，他发现自己的画作被澳大利亚国家艺术馆收藏。画家的成就终于得到了国人的认可，由此迈克尔身上的休回归了，玛琳淡去了，"角色的自我"与"本质的自我"终于合二为一了。迈克尔以自身的经历诠释了所有的敌意、仇恨、偷窃、欺诈、诱惑、怀疑、盗窃、抢劫、阴谋等都是艺术的障碍，是真正艺术的敌人。"艺术中唯一的秘密就是没有秘密。真正的画家没有战略。"② 毫无疑问，"认同是行动者自身的意义来源，也是自身通过个体化过程建构起来的"。因此，从迈克尔身上两个自我的较量中，可以看出"与角色相比，认同是更稳固的意义来源，因为认同涉及了自我建构和个体化过程。简单说就是，认同所组织起来的是意义，而角色组织起来的是功能"。③

二　如何在矛盾交织中呈现自我

吉登斯说："自我认同不是一个由个体所拥有的明确的特征。它是个体以其人生经历对自我所作的反思式的理解。"的确，"作为一个人，就是知道……自己正在做的事以及为什么要做这件事……在后传统秩序的语境中，自我变成了一个反思性的规划"。④ 如果说在《偷窃：一个爱情故事》中，彼得·凯里通过革新叙事手法来探讨自我认同，那么《他的非法自我》则是把小说的主人公放在两种文化冲突和交融的空间里展现自我特性。正如斯图亚特·霍尔所说："认同从来就不是一致的，在晚期

---

① 〔澳〕彼得·凯里：《偷窃：一个爱情故事》，第190页。
② 同上，第126页。
③ 〔美〕曼纽尔·卡斯特：《认同的力量》（第二版），第5—6页。
④ 同上书，第9页。

现代阶段，它变得日益碎片化和断裂化。而且，认同从来就不是一种单一的构成，而是一种多元的构成，包括不同的、常常是交叉的、敌对的话语、实践和立场。它们完全服从于历史化，永远处于变化和转变的过程中。"① 现代之后的认同研究已经突破本质主义，承认其流动性和多样性。彼得·凯里通过美国小男孩切的澳大利亚之旅来诠释认同的这种流动性和多样可能性。

在《他的非法自我》中，彼得·凯里通过塑造小说的女主人公戴尔，探讨人类如何在矛盾交织中呈现自我。这部小说发生的背景是 20 世纪 70 年代初期的美国和澳大利亚，此时的欧美刚经历了 1968 年的学潮，澳大利亚也随美国卷入了越南战争。这一时期的澳大利亚国内思想空前活跃，反越战游行、集会此起彼伏，工人罢工、学生罢课的浪潮风起云涌。小说的开篇一个身份不明的女人戴尔带着一个同样身份不明的小男孩切走上了一条"非法"的逃亡之路。个体身份的丧失是现代人的特征之一，随着现代化的完成，现代性得到了最为充分的发展，现代性的弊病也越来越多地呈现在人们的眼前。现代人在社会中显得十分渺小，他们在自己的家园中被流放而无所皈依，他们在城市化的进程中成为心灵的漂泊者。现代人的认同遭遇了哈贝马斯所说的"认同危机"。彼得·凯里在《他的非法自我》中，从戴尔的认同危机开始探求现代人如何在矛盾交织中呈现自我。

这部小说以切和戴尔的交替叙述来探讨个体身份的不同层面。切从小由富有的外祖母菲比·塞尔科克抚养长大，不知道自己的亲生父母是谁，他非常渴望了解自己的身世。切充满孩子的天真、无邪、梦幻式的叙述更倾向于探索人类的个体自我认同。人类一直以来对自己来龙去脉充满好奇，孜孜以求不断追问的"我是谁？""我从哪里来？"从俄狄浦斯解开斯芬克斯之谜到苏格拉底言谈中的德尔菲神谕"认识你自己"，都表明人类文明之原初的动力来自于对自身的好奇。而且这种好奇心并没有随着文明的进步和发展泯灭，而是在人类为自己创造的文明中迷失之时变得愈加强烈。戴尔的叙述则将人性中的善良与狡诈、友善与冷漠、粗

---

① ［英］斯图亚特·霍尔：《谁需要认同？》，载周宪主编《文学与认同：跨学科的反思》，中华书局 2008 年版，第 3—20 页。

犷与幽默表现得淋漓尽致，同时也将革命与镇压、战争与反战、武器与自杀等种种个体身份的社会关系层面内涵揭示出来。

戴尔在切的母亲死于自制炸弹爆炸之后，于切父亲的安排之下携同切逃往澳大利亚。在逃亡的过程中戴尔不断回忆着过去的生活，她的本名是安娜·瑟诺斯，她的童年缺少爱，"戴尔心里想，被人爱是多么幸福！她，戴尔，不曾被任何人爱过"。① 戴尔对父母的回忆充满了痛苦，"她有一位双手都有枪伤的父亲。她当然相信靠武力解决问题"。② 因此，戴尔对切付出自己的爱，对于切寻求父母的焦急之情充满了理解和同情，她看到切的母亲死于自制炸弹之后，用善意的谎言瞒着他任由他把自己当作母亲，并给予他无私的母爱。戴尔的生活充满了贫困和坎坷，当她终于靠着自己的勤奋和努力完成了高等教育之后，"戴尔已经不再是那个被人瞧不起，靠奖学金生活的穷姑娘了。她已经是瓦萨尔学院的教师"。③ 从一个靠奖学金和打工维持学业的贫困生变成了大学教师，戴尔的社会身份发生了很大的转变。但是从大学教师到被苏珊·塞尔科克利用拐走她的孩子，被美国政府追捕流亡到澳大利亚的戴尔身份再次为之改变。

走上逃亡之路的戴尔从美国大学的教师这个合法的，被主流社会认可的身份降落到"非法"的为联邦政府所追捕的在逃犯。曾经的安娜·瑟诺斯，是艾丽斯·梅·特维奇尔学会的会员，是瓦萨尔学院的助教。现在却成了在费城一条令人讨厌的走廊上奔走的逃亡者。逃亡到澳大利亚之后的戴尔，自我认同遭遇了危机：

"我是大学教师"，她说，"我不应该到这儿来。"

"我来自南波士顿。你知道那个地方吗？"

"它在美国。"

"我是我们家第一个上大学的人。你可以想象，如果他们看见我沦落成一个什么样的人，这对他们意味着什么？"④

---

① ［澳］彼得·凯里：《亡命天涯》，第43页。

② 同上书，第79页。

③ 同上书，第42页。

④ 同上书，第174页。

戴尔的认同危机表现在她由一个"合法的大学教师"到"非法的逃亡者"，从一个被美国主流社会认可的社会合法人到澳大利亚边缘社会（嬉皮士）也不认可的非法流亡者。因此，戴尔感慨，她千百次地想走那条非同寻常的路，而每一次都到达同一个地方——一个无路可走的地方。她回忆自己，"在剑桥，她一身装束，裙子上缀着小亮片，羊毛靴子，就像一个堕落的尼泊尔公主"。① 在澳大利亚那样一个陌生的国度里，在昆士兰热带雨林那样一种陌生的环境中，戴尔感到身份丧失、认同无所凭依的痛苦。

> 对于我是谁，所有的人都一无所知。连那个倔强的小男孩也不知道，虽然他偷走了我的心，此刻还溜之乎也。特弗雷不知道，乔克不知道，罗杰不知道，那个骨瘦如柴的胆小鬼亚当也不知道。这些二流的嬉皮士怎么能知道戴尔是 SDS 的一位美女呢？谁能明白这一点呢？恐怕连她自己也不知道。②

彼得·凯利通过对戴尔心理历程的描绘，揭示了现代人普遍存在的自我认同危机。

第三节　现代性扩张与自我认同的危机

20 世纪是个现代性随着经济全球化扩张到全世界的世纪。查尔斯·泰勒认为：在 20 世纪中，我们不再拥有笛卡儿主义者那样的信仰，愿把内心深处的灵魂和思想向外界敞开并作深刻的反省。我们现在更倾向于自我理解，清楚地表达自己内心深处的欲望、方案、厌恶、希望和抱负，等等。理解自己就是要搞清楚自己内心在想什么。③ 因此，现代性本身的弊病使得现代人的自我认同成为问题。查尔斯·泰勒认为"现代认同的

---

① ［澳］彼得·凯里：《亡命天涯》，第 179 页。

② 同上书，第 179 页。

③ ［加］查尔斯·泰勒：《现代认同：在自我中寻找人的本性》，《求是学刊》2005 年第 5期，第 13—20 页。

起点就是内在自我的起点"。他说："从负面意义的影响来看，现代认同消融了前现代社会；从积极的方面来说，现代认同实现了人的自我本性的目标。"① 照此看来，现代认同并不关乎是否与宇宙哲学的秩序相匹配，而在乎能否回应我内心的需要和欲望。能否实现这些最终关乎我个人的情感生活，这是构成幸福生活的关键因素——幸福生活就是根据情感上的满足程度来确定的。② 整个 20 世纪的文学都在"向内转"，作家由探索人的外部世界转向内心世界，因此文学中的自我表现理所当然地成为研究这一时期文学的重要维度。

一　现代性扩张与自我认同的危机

学者邢荣认为："现代性的初始含义是变动、挣脱的冲动和对世界、对自身的重新认识与定位。"③ 英国学者艾伦·斯温伍德也认为："现代性是多元的，反模仿、反再现的，是创造而不是反映现实，反思性地进行着一场与现代文化的批判性对话。"④ 几乎在现代性诞生的同时就有了对现代性的反思和批判。笛卡儿《第一哲学沉思集》的开始说："把我历来信以为真的一切见解统统清除出去再从根本上重新开始"⑤，这就是西方思想史上的反思精神的写照。康德的三大批判和法兰克福学派在 20 世纪取得的成就及其延续到 21 世纪的影响，则充分表明了现代性批判的力量。大卫·莱昂正确地指出：到 20 世纪末，关于现代性的争论已经日趋明朗化了，即是那些想与现代性妥协的人与宣称现代性已经终结的人之间的争论。或者，是那些承认晚期（高度）现代性的人与那些接受后现代性的人之间的争论。⑥ 关于现代和后现代的争论沉寂之后，后现代是现代性批判和延续的观点被人们较为普遍地接受。的确，现代性不仅预示了形形色色宏伟的解放景观，不仅带有不断自我救赎和扩张的伟大允诺，

---

① ［加］查尔斯·泰勒：《现代认同：在自我中寻找人的本性》，《求是学刊》2005 年第5 期。

② 同上书，第 13—20 页。

③ 邢荣：《现代性的内在矛盾》，《哲学动态》2002 年第 5 期，第 5—10 页。

④ ［英］艾伦·斯温伍德：《现代性与文化》，吴志杰译，载周宪主编《文化现代性精粹读本》，中国人民大学出版社 2006 年版，地 56 页。

⑤ 笛卡儿：《第一哲学沉思集》，庞景仁译，商务印书馆 1986 年版，第 7 页。

⑥ 大卫·莱昂：《后现代性》，郭为桂译，吉林人民出版社 2004 年版，第 60 页。

而且还包含着各种毁灭的可能性：暴力、侵略、战争和种族灭绝。尽管种族灭绝和战争的野蛮主义至少潜在地存在于一切社会中，但是，它在现代性的条件下却呈现出一些独特的——也许是最可怕的——发展态势。①

但是，这些还不是现代性最令人忧心的力量，最令人忧心的是现代性带来的同一性。同一性隐藏的奥秘正是自柏拉图以来的伟大思想家所潜心探索的。我们可以在其《蒂迈欧篇》有关存在及其对立面生成的段落中读到这样的议论："同一性是一个孤独和独一无二的圈子，但是由于它的卓越之处在于能够自己单独生活，不需要其他人的帮助，而且在对待各种关系和朋友方面能够独立自主，因此它是自足的。"② 学者马克·富马罗利说："在18世纪，大卫·休谟在《人性论》一书中激烈地批判了被滥用于人类经验的同一概念。他更推崇独一无二性或独特性概念。"③此后，同一性伴随着现代性的扩张而扩张。同一性的危害在于，它"把自己封闭起来，成为绝对的东西"。④ 毫无疑问，"同一"和"差异"是现代性的两个维度，也是认同的两个维度。因为在现代世界，认同关乎着人们生活的方方面面。"人们在生存与发展过程中所遇到的种种问题和困惑，以及由此而衍生的种种思维方式和行为模式，归根到底都是从认同问题中派生出来的，都是以某种认同预设为前提的。"⑤ 所以，认同成为对抗同一性的有效武器。

卡尔·马克思曾经说过："人们自己创造自己的历史，但是他们并不是随心所欲地创造，并不是在他们自己选定的条件下创造，而是在直接碰到的、既定的、由过去继承下来的条件下创造的。一切已死的先辈的传统，像梦魇一样纠缠着活人的头脑。"⑥ 但是，在西方思想史上与启蒙相伴相生的现代性则与整个西方传统有着一定程度的断裂。随着海外殖

---

① ［以色列］ S. N. 艾森斯塔特：《反思现代性》，第 67 页。

② 马克·富马罗利：《我是他人：对于同一性的误解》，载《第欧根尼》中文精选辑委员会《文化认同性的变形》，商务印书馆 2008 年版，第 23 页。

③ 同上书，第 25 页。

④ 同上书，第 23 页。

⑤ 崔建新：《文化认同及其根源》，第 102—107 页。

⑥ 《马克思恩格斯选集》第 1 卷，人民文学出版社 1995 年版，第 603 页。

民地的开发和工业化的完成现代性扩张到整个世界范围，然后随着消费文化在世界的盛行现代性延伸到世界的每一个角落。正是基于现代性扩张的事实和其所受到的某种程度的抵制，才有了"历史终结"和"文明冲突"的忧虑。但是，不管是"冲突"还是"终结"，都表明了人类对自身存在的焦虑，"冲突"的主张者焦虑于认同的力量造成的文明阻隔，"终结"的主张者则焦虑于现代性的强力将完结历史。处于现代性极度扩张之时的人类个体被抛入了工具理性造就的现代时空，物化和异化成为现代人的梦魇，也造成了自我认同危机。因此，自我认同危机和现代性的扩张是相伴而生的。

　　彼得·凯里说"我们澳大利亚的历史是孤儿的历史"。凯里的作品大多是以孤儿作为其主人公。《魔术师》中的拜杰葛瑞是位孤儿；《奥斯卡与露辛达》第82节以"孤儿"为题，自幼丧母的奥斯卡离开他父亲后堪称"孤儿"，露辛达在父母双亡之后已经是个孤儿；米里亚姆·查德威克这个女人从小到大都在披麻戴孝，经历了从外婆、爷爷到父亲、母亲的死亡后，她成了名副其实的孤儿；特里斯坦·史密斯和杰克·迈格斯都是孤儿；《我的生活有如冒牌货》的主人公是孤儿；《偷窃：一个爱情故事》的主人公迈克尔·博恩和休父母双亡；《他的非法自我》中的切也是孤儿，《他的非法自我》中特雷弗的故事更是个有关孤儿的故事。特雷弗说："他是被巴纳德医生孤儿收容所的神父从英国父母家中偷走，带到澳大利亚的。"① 特雷弗到了澳大利亚之后被送到南澳大利亚孤儿收容所。那是一个很冷没有爱的地方，从伦敦来的孩子们可能长癣，生疥疮，还会因为抚摸一下猫，"得到一点儿爱"，而遭到毒打。在彼得·凯里看来，澳大利亚的历史是孤儿们被从英国连根拔起而丢弃在殖民地的历史。总之，凯里小说中的孤儿意象表征着现代人的焦虑和自我认同危机。

二　自我认同危机与现代人的焦虑

　　吉登斯指出："经验的存封包含有许多形式的焦虑，这种焦虑可能反过来会影响到本体的安全，但耗费很大。存在的问题和疑惑引出了一些

---

① ［澳］彼得·凯里：《亡命天涯》，第164页。

人类可能会面对的最基本的焦虑。"① 事实上，在吉登斯之前，克尔凯郭尔、托克维尔、海德格尔和萨特等人都对焦虑作过研究。在回答什么是焦虑时，萨特直接借用克尔凯郭尔的说法，称焦虑是"自由的眩晕"，托克维尔则把焦虑看作是现代人无法治愈的"漫长的疾病"。焦虑确实是人类所经历的最为漫长的疾病，但是这病根在于现代人的自我认同危机。彼得·凯里小说中的主要人物都充满了焦虑，哈利·乔伊焦虑于都市生活方式和丛林生活方式的选择；拜杰葛瑞一方面想创建民族工业，另一方面不得不靠卖福特汽车度日；露辛达面对工厂和感情都充满了矛盾；特里斯坦·史密斯对布拉德猫又爱又恨；杰克·迈格斯在大英帝国和殖民地之间极为纠结；内德·凯利痛恨殖民政府和殖民地警察但又深爱澳大利亚……总之，现在性扩张带来了自我认同危机，这种危机使得现代人倍感焦虑。

《他的非法自我》中的主人公切就是这样一位认同发生了危机的典型人物。社会主义者大卫·鲁博和苏珊·塞尔科克的独生爱子切，从小在富有的外祖母菲比·塞尔科克的抚养下长大。在优越的物质环境中长大的切，对自己的身世充满了好奇，对自己的亲生父母十分渴望。在切七岁的时候大学教师戴尔（安娜·瑟诺斯）来到他家，被他误认为母亲。切跟随戴尔去寻找他的父亲，但是戴尔本来是奉切的母亲之命带着切去见她的，在路上得知苏珊·塞尔科克死于自制的炸药爆炸。而切的父亲出于革命方面的原因而不与他们相见，他安排切跟随戴尔流亡澳大利亚。历经种种磨难之后，这位美国小男孩爱上了昆士兰热带雨林的生活，留恋戴尔温馨的母爱，不愿回到美国他富裕的外祖母家。非法逃亡的切，自我认同发生了危机；错认母亲的切，自我认同发生了错位；与戴尔留在澳大利亚的切，自我认同得以确认。切对父母之爱的寻求和对自我认同确认的过程犹如《天路历程》中基督徒寻找精神皈依的历程。

切的自我认同何以发生危机？这种危机源自于与现代性相伴而生的革命。革命曾经催发了现代性的萌生，加速了现代性的扩展和深化，但是革命同样可以造成认同的断裂，催生认同危机。从小在富有的外婆菲

---

① ［英］安东尼·吉登斯、克里斯托弗·皮尔森：《现代性——吉登斯访谈录》，尹宏毅译，新华出版社 2001 年版，第 217 页。

比·塞尔科克的抚养下长大的切没有见过自己的亲生父母，但是因为他的父母是美国政府通缉的革命者，他的外婆从不提起关于父母的任何事情。切的邻居少年卡梅伦给他看过刊登在《生活》杂志上的他父亲的照片，那照片占了整整一版。"他长得挺像你，"卡梅伦·福克斯说，"你应该把这张照片镶到相框里，你父亲是一个伟大的美国人。"① 因此，切热切地希望见到自己的亲生父母，希望他们有一天把他接走。随着故事情节的发展读者了解到切的母亲苏珊·塞尔科克出生在富裕的美国家庭里，从小娇生惯养，在学校与激进革命者切的父亲相爱后，走上了革命之路，为此切的外婆痛彻心扉坚决反对。切的母亲未婚先孕，作为一位怀孕的少女母亲生下了切。就这样，从一生下来，切就成了那种躲躲藏藏的人。最初躲藏在基诺扎湖，后来又躲藏在萨默维尔。在这两个地方，他都是由那位来自索赛的姑娘照看的。直到 1966 年度新生入学，小男孩、母亲和父亲才住到一起。后来由于切的父亲参加革命而被政府通缉，切的母亲不得不把其留在他外婆的身边抚养。

　　渴望父母来接他的切，在七岁的时候突然被陌生的女人戴尔从他外婆身边带走。切对戴尔倍感亲切，把她当成自己的母亲。错认母亲是自我认同的错位的开始，从此切开启了他的"错位"人生。切从美国到了澳大利亚，从一个美国的富裕家庭流落到了昆士兰热带雨林，他身边的一切都改变了，他们成为美国警方追捕的"非法"逃亡者。尽管切很享受戴尔给她的母爱，戴尔也把他当成自己的孩子，他们很快融入了当地嬉皮士的生活。但是"这个孩子是纽约派克大街的富家子弟。他将来要上哈佛大学，而且还要成为一名公司律师。他和你绝对不同，特弗雷。他简直就是一位王子"。② 戴尔不忘了提醒自己和切，"你将来一定是个富翁。你母亲没有兄弟姐妹。你外祖母是一家私人大公司、大企业的老板"。她告诉切，"在派克大街上，宝贝儿，你将过上真正幸福的生活。漂亮的房子，世界名画。还有基扎诺湖"。③ 逃亡生活不管是对戴尔还是对切来说，都是一种错位的人生，这必然带来错位的认同。

① ［澳］彼得·凯里：《亡命天涯》，第 15 页。
② 同上书，第 175 页。
③ 同上书，第 235 页。

　　曼纽尔·卡斯特说："语言，特别是成熟的语言，才是自我认同的根本要素，才是建立一条无形的、比地域性更少专横性、比种族性更少排外性的民族边界的根本要素。"① 彼得·凯里在《他的非法自我》中提到美国口音和澳大利亚口音的区别以及这种区别带来的交流障碍。"她讨厌别人在她无意中露出波士顿口音时，挑她的毛病。在澳大利亚海关时，小男孩就这么说过。这个美国中上层白人中的小家伙，竟然公开指出她把 mine 说成 mayan 了。哦，他以后要碰到的外国玩意儿肯定不少了。"② 英语随着大英帝国的远征而在世界扩散开来，成为世界的通用语言，曾经是帝国殖民地的美国和澳大利亚毫无疑义把英语作为母语。但是随着澳大利亚和美国自身的发展，移植之后的英语开始本地化，随着时空的阻隔，语音和语义都有了新的变化，澳大利亚英语和美国英语与英国英语承载的文化内涵已经有了区分。在昆士兰热带雨林戴尔听出，特雷弗把 there 说成 vere，把 problems 说成 pwblems，把 worth 说成 wory。因此，"小男孩听不太懂澳大利亚人说话的口音，他们说起话来，嘴里就像嚼着牛肉一样。一般说，他不喜欢他们"。③

　　彼得·凯里在《他的非法自我》中，选择这种认同遭遇合法化危机的人物、事件来丰富其对自我认同的探讨。在美国时戴尔是通过自我奋斗实现了"美国梦"的大学教师，切是一个身份不明的私生子；初入澳大利亚的戴尔和切都强烈认同美国文化，"非法"逃亡的他们在热带雨林里丧失了认同的凭依；小说的结尾处戴尔和切都完成了新的认同体认，他们认可了澳大利亚热带雨林粗犷但友爱的生活。"切在棕黄色的草地上一点一点向前挪动着，真希望自己和特雷弗、戴尔躺在一起，感觉到和他们骨肉相连，和大地紧紧相连，再也不要四处移动。"④ 经历了危机之后的个体自我认同体认证表明：认同是一个动态的、发展的和未完成的过程，具有开放性和建构性。同时也说明了，认同是在话语实践中进行的，在种种表征认同的符号中，语言和文学无疑扮演了极为重要的角色。

---

　　① ［美］曼纽尔·卡斯特：《认同的力量》（第二版），曹荣湘译，社会科学文献出版社1999年版，第56页。

　　② ［澳］彼得·凯里：《亡命天涯》，第98—99页。

　　③ 同上书，第91页。

　　④ 同上书，第266页。

因此，文学是一种建构性的认同话语实践。彼得·凯里的作品正是这样一种建构性的认同话语实践，他以他的全部创作解构澳大利亚社会历史和现实中的各类认同，同时也建构了全新的认同世界。

结　语

从英国白人踏入澳洲大陆的那一刻开始，澳大利亚土著居民四万多年古老的历史产生了断裂，澳大利亚两百多年的殖民和后殖民的历史构成了一个典型的现代化过程。从白人对澳洲土著的屠杀和驱逐到罪犯流放地的恶名远扬，从殖民时期澳大利亚贫苦人民的悲惨生活到后殖民时期美国消费文化腐蚀下的社会癌症的滋生，从基督教文化与澳洲土著文化的最初相遇到美国消费文化取代大英帝国传统文化对澳大利亚产生的影响，凯里总能抓住澳洲社会中重大而又最一般的问题。彼得·凯里小说作为现代性批判的一种认同建构，是澳大利亚社会历史文化批判的有效武器。澳大利亚的历史和社会现实通过凯里的审视，民族认同、国家认同、文化认同和自我认同等认同问题变得具体而丰富起来。文学建构的认同世界是现实世界的真实反映，同时也影响着现实世界。文学永远是意识形态的再现，脱离时代和社会政治、历史、文化语境的文学研究终究只能是象牙塔中玩味的文字游戏。因此，从文学关联的认同话语实践和文学背后所反映的认同问题来看，罗兰·巴尔特杀死作者的誓言显得颇为荒诞。

因为，有些作家是杀不死的，他们必定在历史的浪淘沙中永存。这些作家犹如雪莱在《为诗辩护》中声称的，"在创作时，人们的心宛若一团行将熄灭的炭火，有些不可见的势力，像变化无常的风，煽起它一瞬间的光焰"。[1] 他们因为这光焰而变得崇高和充满威严。亚里士多德认为，文学作品意义永不消亡，因为它是对社会以及占统治地位的意识形态的

---

[1] 雪莱：《为诗辩护》，载章安祺《西方文艺理论史精读文献》，中国人民大学出版社 2003年版，第 405 页。

假设的一种准确再现，它深深扎根于它为之服务的社会现实之中，因而在社会现实具有一种实用性、实际的功能。① 英国文学理论家 H. A. 泰勒也说："一本书再现的重要情感越多，它在文学中的地位就越高；因为正是通过再现整个民族和整个时代的存在模式，一位作家才把整个时代与整个民族的同感汇集在一起。"② 彼得·凯里的创作在整体上建构了一个复杂的认同世界，它几乎包含和探讨了澳大利亚社会历史中方方面面的认同问题，因而他毫无疑义地成为澳大利亚"民族文化的代言人"和"澳大利亚新神话的创造者"。因此，研究凯里的小说离不开作家的个性气质、成长和创作的历史文化环境等。在这个意义上来说，彼得·凯里就是一位杀不死的作家。

　　澳大利亚命名之后的两百多年的时间里，澳洲人发明了自己的文化传统和诸多的民族神话。这些神话包括"欧洲白人对澳洲无主土地的发现"，"澳大利亚的丛林神话"，"澳大利亚是澳大利亚人的澳大利亚"，"澳大利亚是白人的澳大利亚"，"澳大利亚幸福生活方式神话"，"澳新军团神话"，"澳大利亚是一个独立、民主、富强的国家"，"英勇的探险家发现了澳洲内陆"，"澳大利亚人是自由、平等的，他们享有充分的民主"，等等。凯里小说对澳大利亚社会历史中建构的这些神话进行了一系列的解构和重构活动。首先，凯里从澳洲土著人、爱尔兰裔和华裔等在澳大利亚历史上被特殊化的群体出发对澳大利亚的民族、种族和族裔等民族认同问题进行探讨。其次，凯里通过对不同的人物视角和母亲形象，解析澳大利亚的国家认同从含混走向澄明的过程。再次，凯里通过以基督教文化为核心的殖民文化与澳洲土著文化的碰撞，以及澳大利亚人的"美国梦"和生活方式的抉择等探讨了澳大利亚文化认同是在从困境中走向超越的。最后，凯里以不断革新的叙事手法探讨现代澳大利亚人的自我认同，揭示现代人如何在矛盾丛生的处境中再现自我以及现代人因为遭遇认同危机变得焦虑的情状。

　　澳大利亚是一个后殖民的移民社会，在其两千多万的人口中包含了

---

① ［美］慕容怡嘉：《文学的阀门：身份认同、现代性与思想之舞》，《文史博览》2005 年第 1 期，第 105—106 页。

② H. A. 泰纳：《英国文学史》，载［英］拉曼·塞尔登《文学批评理论——从柏拉图到现在》，刘象愚、陈永国等译，北京大学出版社 2000 年版，第 456—459 页。

世界上两百多个国家和地区的移民。其种族的、民族的、族裔的认同都十分复杂。彼得·凯里的小说从澳洲土著、爱尔兰裔和华裔等澳大利亚社会中的特殊群体在历史上的遭际入手，反映澳大利亚的殖民统治和"白澳政策"带来的种种社会问题。澳洲土著的存在本身就是对"白澳政策"的质疑和挑战，爱尔兰裔对殖民统治的反抗则表明澳大利亚的白色民族神话内部也存在裂隙，华裔为澳洲大陆的开发和经济迅速发展做出了重大贡献，但他们始终是最受排斥和攻击的一群。凯里解构了"白色民族神话"，反思澳大利亚历史上对澳洲土著人的屠杀和驱逐的史实，揭示了对华裔的打击、迫害和误解以及对爱尔兰裔澳大利亚人的殖民高压统治的历史真实。凯里指出，这些澳大利亚历史上的真实或被抹杀，或被掩盖，或被篡改，这就是今天生活在谎言和欺骗中的澳大利亚人民族认同依然存在问题的原因。

彼得·凯里写作的关于澳大利亚历史的小说，大多是直指澳英关系。如果说澳大利亚的民族认同是在敌视和排斥澳洲土著和华裔的基础上以英国性作为其根本特性，经由澳洲大陆本土化而形成的。那么，澳大利亚的国家认同则是在殖民者和白人移民历经时空阻隔之后，淡化英国性增强澳大利亚本土的认同情感，于澳大利亚的经济迅猛发展，美国影响逐渐超越和取代英国影响的时候形成的。澳大利亚是继加拿大之后的世界上第二个实施多元文化政策的国家。这是由于其历史上的"白澳政策"与"同化政策"带来了诸多社会问题，当下的澳大利亚人基于澳大利亚的多民族文化的历史和现实而作出的明智选择。因此，在澳国民族—国家认同逐渐明朗化的今天，凯里对英国传统文化和美国消费文化进行了新的思考，指出澳大利亚文化应该是可以内蕴英国传统文化、澳大利亚传统文化、美国消费文化和澳洲土著文化以及各少数族裔文化的杂交文化。

尽管澳大利亚历史上发生了欧洲白人对澳洲土著的屠杀和驱逐，历史毕竟成为了历史，今天的现实就是澳大利亚是以白人为主的，包括澳洲土著和其他两百多个国家和地区的移民的多民族、多种族国家。澳大利亚文化是融合了白人主流文化和各少数族裔包括澳洲土著文化在内的集合体文化。因此彼得·凯里指出，发掘曾经被遗忘的历史，正视曾经被伤害过的人群，这才是正确对待澳大利亚历史的态度。而澳大利亚官方历史建构起来的神话和谎言则在掩盖历史问题的同时也造成了新的社会问题。澳大利亚人的个体自我在其国家认同、民族认同、文化认同都存在问题的境况下对其国家、民族、文化的认同有更多的矛盾性以及可能性。他们会在新旧国家认同之间，城乡生活方式的选择上，各种文化和群体的认同上难以取舍。他们或者成为杂交文化的适应者，迅速发现并融入"第三空间"，或者成为精神上无所皈依的漂泊者而充满焦虑。凯里发现在澳大利亚历史上，融合是文化的主导模式，但焦虑始终与之相伴相随。

澳大利亚两院院士大卫·沃克（David Walker）有本直陈澳大利亚与亚洲关系的著作《民族的焦虑》①（Anxious Nation）。大卫以翔实的历史事实指出澳大利亚人对亚洲的焦虑与对自己民族的担忧。澳大利亚的确是一个有着忧患意识的民族，长期以来澳大利亚人为自己的民族认同、国家认同、文化认同、个体自我认同等认同问题而感到深深的焦虑。澳大利亚人首先焦虑于亚洲移民的影响，随后焦虑于英国的影响和美国的影响，现在又越来越焦虑于亚洲国家的影响，因此大卫这本著作引起了澳大利亚政府和学界的共同关注。本书通过研究澳大利亚当代最有影响力的作家彼得·凯里小说中的认同问题，可以让国人更好地了解澳大利亚这个民族—国家以及其文学、文化的特点。

有研究者认为，时下，神学被世俗化，哲学变得流俗，只有认同坚持与虚无主义和相对主义作斗争。这是因为，"认同问题是一个终极性的问题。这种终极性主要体现在：首先，认同是所有人必然会遭遇到的问题；只要人类存在着，认同问题就不会消失；认同问题也不可能一次性、一劳永逸地解决。其次，认同本质上是对自我根源的不断追寻，对自我身份的不断追问，是对人类自然家园和精神家园的双重探究，是对生命意义的终极关怀"。② 澳大利亚是世界上信教人数所占比例最小的国家之一，严肃神学似乎与这片大陆格格不入；对于充满幸运感的澳洲人来说，哲学似乎太令人神伤。因而两百多年来一直困扰着澳洲人的这个认同问

---

① 《民族的焦虑》（Anxious Nation），现有的中译本译为《澳大利亚与亚洲》（［澳］大卫·沃克：《澳大利亚与亚洲》，张勇先等译，中国人民大学出版社2009年版）。

② 崔建新：《文化认同及其根源》，第102—107页。

题似乎超越了神学和哲学而表征着澳大利亚人的终极关怀。今天的澳大利亚，在旧有的认同依然存在问题的时候，新的移民还在不断涌入。但是这些新移民不再对澳大利亚作为一个国家和民族有着疑问，他们所要做的是努力融入澳大利亚这个混杂的多元文化体系。因此，彼得·凯里在他的新作《帕特罗和奥利维尔在美国》中，已经从对文化的差异的探讨转移到了对文化融合的关注。

参考文献

［德］阿多诺：《否定的辩证法》，张峰译，重庆出版社 1993 年版。

［法］阿兰·罗伯－格里耶：《快照集：为了一种新小说》，于中先译，湖南美术出版社 2001 年版。

［德］爱克曼辑录：《歌德谈话录：1823—1832》，朱光潜译，人民文学出版社 1982 年版。

［英］艾勒克·博埃默：《殖民与后殖民文学》，盛宁、韩敏中译，辽宁教育出版社 1988 年版。

［德］埃里希·奥尔巴赫：《摹仿论》，吴麟绶、周建新、高艳婷译，百花文艺出版社 2002 年版。

［英］爱·摩·福斯特：《小说面面观》，苏炳文译，花城出版社 1984 年版。

［英］安德鲁·本尼特、尼古拉·罗伊尔：《关键词：文学、批评与理论导论》，汪正龙、李永新译，广西师范大学出版社 2007 年版。

［英］安东尼·吉登斯：《民族—国家与暴力》，胡宗泽等译，三联书店 1998 年版。

［俄］巴赫金：《陀思妥耶夫斯基诗学问题：复调小说理论》，白春仁、顾亚玲译，三联书店 1988 年版。

［俄］巴赫金：《小说理论》，白春仁、晓河译，河北教育出版社 1998 年版。

［英］巴特穆尔－吉尔伯特：《后殖民批评》，杨乃乔等译，北京大学出版社 2001 年版。

［法］保尔·利科：《虚构叙事中的时间塑型：时间与叙事》（第 2 卷），王文融译，三联书店 2003 年版。

［美］本尼迪克特·安德森：《想象的共同体：民族主义的起源与散布》，吴叡人译，上海人民出版社 2005 年版。

［英］彼得·布鲁克：《文化理论词汇》，王志宏、李根芳译，巨流图书有限公司 2004 年版。

［澳］彼得·凯里：《奥斯卡和露辛达》，曲卫国译，重庆出版社 1998 年版。

［澳］彼得·凯里：《奥斯卡与露辛达》，林尹星译，允晨文化实业公司 1999 年版。

［澳］彼得·凯里：《凯利帮真史》，李尧译，人民文学出版社 2004 年版。

［澳］彼得·凯瑞：《雪梨三十天》，李婉容译，台北：马可孛罗出版社 2005 年版。

［澳］彼得·凯瑞：《悉尼：一个作家的返乡之旅》，于运生译，新星出版社 2007 年版。

［澳］彼得·凯里：《偷窃：一个爱情故事》，张建平译，人民文学出版社 2008 年版。

［澳］彼得·凯里：《杰克·迈格斯》，彭青龙译，上海译文出版社 2010 年版。

［澳］彼得·凯里：《亡命天涯》，李尧、郁忠译，作家出版社 2010 年版。

陈正发主编：《大洋洲文学》，安徽大学出版社 1998 年版。

［英］C. W. 沃特林：《多元文化主义》，野兴义译，吉林人民出版社 2005 年版。

［澳］大卫·沃克：《澳大利亚与亚洲》，张勇先等译，中国人民大学出版社 2009 年版。

［美］戴森：《想象中的世界》，庞秀成、刘莉译，吉林人民出版社 2001 年版。

［英］戴维·洛奇：《小说的艺术》，王俊岩等译，作家出版社 1998 年版。

［美］戴维·赫尔曼主编：《新叙事学》，马海良译，北京大学出版社 2002 年版。

《第欧根尼》中文竞选编辑委员会：《文化认同性的变形》，商务印书馆 2008 年版。

杜学增：《澳大利亚语言与文化》，外语教学与研究出版社 2000 年版。

《二十世纪世界小说理论经典》编辑委员会：《二十世纪世界小说理论经典》（上、下），华夏出版社 1994 年版。

［英］E. M. 福斯特：《小说面面观》，冯涛译，人民文学出版社 2009 年版。

［英］弗吉尼亚·伍尔夫：《论小说和小说家》，瞿世镜译，上海译文出版社 1986 年版。

［澳］盖尔·琼斯：《抱歉》，方军、吕静莲译，上海译文出版社 2008 年版。

格非：《小说叙事研究》，清华大学出版社 2002 年版。

［德］哈贝马斯：《后民族结构》，曹卫东译，上海人民出版社 2002 年版。

［美］海登·怀特：《后现代历史叙事学》，陈永国、张万娟译，中国社会科学文献出版社 1997 年版。

韩锋、刘樊德主编：《当代澳大利亚：社会变迁与政治经济的新发展》，世界知识出版社 2004 年版。

黄源深：《澳大利亚文学史》，上海外语教育出版社 1997 年版。

黄源深、陈弘：《当代澳大利亚社会》，华东师范大学出版社 1991 年版。

黄源深、白静远编著：《澳大利亚文学名著便览》，上海外语教育出版社 2006 年版。

黄源深、彭青龙：《澳大利亚文学简史》，上海外语教育出版社 2006 年版。

［美］华莱士·马丁：《当代叙事学》，伍晓明译，北京大学出版社 2005 年版。

［英］霍布斯鲍姆、［英］兰杰编：《传统的发明》，顾杭、庞冠群译，译林出版社 2008 年版。

胡亚敏：《叙事学》，华中师范大学出版社 2004 年版。

［英］吉尔伯特：《后殖民批评》，杨乃桥等译，北京大学出版社 2001 年版。

［英］吉尔伯特：《后殖民理论：语境实践政治》，陈仲丹译，南京大学出版社 2001 年版。

［意］卡尔维诺：《美国讲稿》，萧天佑译，译林出版社 2008 年版。

［奥］卡夫卡：《美国》，王印宝、张小川译，中国书籍出版社 2007 年版。

［法］拉康：《拉康选集》，褚孝泉译，上海三联书店 2001 年版。

［英］拉曼·塞尔登：《文学批评理论——从柏拉图到现在》，刘象愚、陈永国等译，北京大学出版社 2000 年版。

莱恩：《分裂的自我》，林和生、侯东民译，贵州人民出版社 1994 年版。

［英］雷蒙·威廉斯：《关键词：文化与社会的词汇》，刘建基译，三联书店 2005 年版。

［澳］理查德·怀特：《创造澳大利亚》，杨岸青译，云南人民出版社 1999 年版。

林汉隽：《亚太经济及其文化背景》，学林出版社 1987 年版。

李茂增：《现代性与小说形式》，东方出版中心 2008 年版。

李世涛：《重构全球的文化抵抗空间：詹姆逊文化理论与批评研究》，社会科学文献出版社 2008 年版。

刘丽君、邓子钦、张立中：《澳大利亚文化史稿》，汕头大学出版社 1988 年版。

［匈］卢卡奇：《卢卡奇早期文选》，张亮、吴勇立译，南京大学出版社 2004 年版。

陆扬：《德里达——解构之维》，华中师范大学出版社 1996 年版。

［法］罗兰·巴尔特：《写作的零度》，李幼蒸译，中国人民大学出版社 2008 年版。

罗钢：《叙事学导论》，云南人民出版社 1994 年版。

罗刚、刘象愚主编：《文化研究读本》，中国社会科学出版社 2000 年版。

［澳］麦金泰尔：《澳大利亚史》，潘兴明译，东方出版中心 2009 年版。

［澳］M. 威拉德：《1920 年以前的白澳政策史》，墨尔本大学出版社 1967 年版。

孟华主编：《比较文学形象学》，北京大学出版社 2001 年版。

［美］米尔恰·伊利亚德：《宗教思想史》，晏可佳、吴晓群、姚培琴译，上海社会科学院出版社 2004 年版。

［荷］米克·巴尔：《叙述学：叙事理论导论》，谭君强译，中国社会科学出版社 1995 年版。

［捷］米兰·昆德拉：《小说的艺术》，孟湄译，三联书店 1995 年版。

［捷］米兰·昆德拉：《背叛的遗嘱》，孟湄译，上海人民出版社 1995

年版。

倪浓水：《小说叙事研究》，群言出版社 2008 年版。

［美］纽曼尔·卡斯特：《认同的力量》（第二版），曹荣湘译，社会科学
　文献出版社 2006 年版。

［澳］欧阳昱：《表现他者：澳大利亚小说中的中国人 1888—1998》，新
　华出版社 2000 年版。

［美］P. K. 博克：《多元文化与社会进步》，辽宁人民出版社 1988 年版。

［美］乔纳森·弗里德曼：《文化认同与全球性过程》，郭建如译，商务印
　书馆 2003 年版。

［英］乔治·艾略特等：《小说的艺术》，张玲等译，社会科学文献出版社
　1999 年版。

［英］乔治·莱瑞恩：《意识形态与文化身份》，戴从容译，山海教育出版
　社 2005 年版。

［斯洛文尼亚］齐泽克：《意识形态的崇高客体》，季广茂，中央编译出版
　社 2002 年版。

［以色列］S. N. 艾森斯塔特：《反思现代性》，旷新年、王爱松译，三联
　书店 2006 年版。

［美］塞缪尔·亨廷顿：《文明冲突与世界秩序的重建》，新华出版社
　1998 年版。

［美］罗纲、刘象愚主编：《后殖民主义文化理论》，中国社会科学出版社
　1999 年版。

［美］萨义德：《文化与帝国主义》，李琨译，三联书店 2003 年版。

［英］齐亚乌丁·萨达尔：《东方主义》，马雪峰译，吉林人民出版社
　2005 年版。

［英］塞尔登等著：《当代文艺理论导读》（第 5 版），刘象愚译，北京大
　学出版社 2006 年版。

申丹：《叙事学与小说文体研究》，北京大学出版社 1998 年版。

苏勇主编：《澳大利亚文学主题选读》，北京大学出版社 2004 年版。

［加］泰勒：《自我的根源：现代认同的形成》，韩震等译，译林出版社
　2001 年版。

［澳］唐纳德·霍恩：《澳大利亚人——幸运之邦的国民》，上海译文出版

社 2000 年版。

唐正秋：《澳大利亚文学评论集》，河北教育出版社 1993 年版。

陶家俊：《思想认同的焦虑：旅行后殖民理论的对话与超越精神》，中国
社会科学出版社 2008 年版。

陶铁柱：《第二性》，中国书籍出版社 1998 年版。

谭君强：《叙事学你——从经典叙事学到后经典叙事学》，高等教育出版
社 2008 年版。

［英］特雷·伊格尔顿：《二十世纪西方文学理论》，伍晓明译，北京大学
出版社 2007 年版。

［英］特雷·伊格尔顿：《理论之后》，商正译，商务印书馆 2009 年版。

童庆炳：《文学理论要略》，人民文学出版社 1998 年版。

［英］瓦莱丽·肯尼迪：《萨义德》，李自修译，江苏人民出版社 2006
年版。

王逢振主编：《2003 年度新译西方文论选》，漓江出版社 2004 年版。

王晓路等著：《文化批评关键词研究》，北京大学出版社 2007 年版。

王于博：《澳大利亚——在移植中创造》，四川人民出版社 2000 年版。

王岳川：《后殖民主义与新历史主义文论》，山东教育出版社 1999 年版。

［英］威廉·莎士比亚：《莎士比亚全集》（第 8 卷），朱生豪译，人民文
学出版社 1978 年版。

［英］沃特金·坦奇：《澳洲拓殖记》，刘秉仁译，商务印书馆 2008 年版。

［澳］亚历克斯·米勒：《别了，那道风景》，李尧译，人民文学出版社
2009 年版。

杨洪贵：《澳大利亚多元文化研究》，西南交通大学出版社 2007 年版。

杨慧林、黄晋凯：《欧洲中世纪文学史》，译林出版社 2001 年版。

杨慧林：《基督教文化的底色与文化延伸》，黑龙江人民出版社 2002
年版。

杨乃乔：《比较文学概论》，北京大学出版社 2002 年版。

叶胜年：《当代澳大利亚小说研究》，东南大学出版社 1994 年版。

阮西湖：《澳大利亚民族志》，民族出版社 2004 年版。

［美］约瑟夫·拉彼德、［德］弗里德里希·克拉托赫维尔主编：《文化
和认同：国际关系回归理论》，浙江人民出版社 2003 年版。

［澳］扎维尔·赫伯特：《卡普里柯尼亚》，欧阳昱译，重庆出版社 2004年版。

［美］詹姆逊：《时间的种子》，王逢振译，江苏教育出版社 2006 年版。

章安祺：《西方文艺理论史精读文献》，中国人民大学出版社 2003 年版。

张德明：《西方文学与现代性的展开》，中国社会科学出版社 2009 年版。

张和龙：《后现代语境中的自我：约翰·福尔斯小说研究》，上海外语教育出版社 2007 年版。

张秋生：《澳大利亚华人华侨史》，外语教学与研究出版社 1998 年版。

张跣：《赛义德后殖民理论研究》，复旦大学出版社 2007 年版。

张勇先主编：《澳大利亚研究纪念文集》，外语教学与研究出版社 2010年版。

张旭东：《全球化时代的文化认同——西方普遍主义话语的历史批判》，北京大学出版社 2005 年版。

张云鹏：《文化权：自我认同与他者认同的向度》，社会科学文献出版社 2007 年版。

赵一帆等主编：《西方文论关键词》，外语教学与研究出版社 2006 年版。

赵毅衡：《当说者被说的时候：比较叙事学导论》，中国人民大学出版社 1998 年版。

赵稀方：《后殖民理论》，北京大学出版社 2009 年版。

周宪主编：《文学与认同：跨学科的反思》，中华书局 2008 年版。

祖国颂：《叙事的诗学》，安徽大学出版社 2003 年版。

Bhabha, Homi K. *The Location of Culture.* London and New York： Routledge, 2009.

Barker, Chris. *Cultural Studies.* Sage Publications, 2000.

Bennett, David. *Multicultural States： Rethinking Difference and Identity.* Routledge, 1998.

Carey, Peter. *War Crimes.* Queensland： University of Queensland Press, 1979.

Carey, Peter. *The Fat Man in History.* London： Faber and Faber, 1980.

Carey, Peter. *Exotic Pleasures.* Queensland： Faber and Faber, 1980.

Carey, Peter. *IllyWhcker.* London & Boston： Faber and Faber, 1985.

Carey, Peter. *Oscar and Lucinda*. London & Boston: Faber and Faber, 1988.

Carey, Peter. *The Tax Inspector*. Queensland: University of Queensland Press, 1991.

Carey, Peter. *Collected Stories*. Queensland: University of Queensland Press, 1994.

Carey, Peter. *The Unusual Life of Tristan Smith*. Queensland: University of Queensland Press, 1994.

Carey, Peter. *Jack Maggs*. London & Boston: Faber and Faber, 1997.

Carey, Peter. *True History of the Kelly Gang*. Queensland: University of Queensland Press, 2000.

Carey, Peter. 30 *Days in Sydney: A Wildly Distorted Account*. New York & London: Bloomsbury Publishing, 2001.

Carey, Peter. *Bliss*. Queensland: University of Queensland Press, 2001.

Carey, Peter. *My Life as a Fake*. London: Faber and Faber, 2003.

Carey, Peter. *Theft: A Love Story*. NSW: Random House Canada, 2006.

Carey, Peter. *His Illegal Self*. Milsons Point NSW: Random, 2008.

Carmon, Naomi. *Immigration and Integration in Post-Industrial Societies*. New York: ST. Martin's Press, 1996.

Cullen, Jim. *The American Dream: A Short History of an Idea That Shaped a Nation*. Oxford: Oxford University Press, 2003.

Dutton, Geoffrey. *Australian Culture and Society* (The Australian Collection). Angus & Robertson Publishers, 1985.

Edgar, Andrew, and Peter Sedgwick, eds. *Key Concepts in Cultural Theory*. London and New York: Routledge, 1999.

Eagleton, Terry. *The Idea of Culture*. Blackwell Publisher Inc. , 2000.

Ellen, Mary. *Snodgrass Peter Carey: A Literary Companion*. McFarland Literary Companions, 2010.

Featherstone, Mike, and Scott Lash, eds. *Space of Culture*. London: Sage, 1999.

Friedman, Jonathan. *Cultural Identity and Global Process*. Sage Publications, 1994.

Foucault, Michel. *Language, Counter-Memory, Practice*. ed. Donale F. Bouchard Oxford: Basil Blackwell, 1977.

Gilroy, Paul. *The Black Atlantic.* Harvard UP, 1993.

Guralnik, David B, ed. *Webster's New World Dictionary of the American Language.* New York and Cleveland: The World Publishing Company, 1972.

H. Aram, Veeser. *The New Historicism.* New York: Routledge, 1989.

Hall, Stuart, ed. *Modernity and Its Future.* Polity Press, 1991.

Hall, Stuart, and Paul du Gay, eds. *Questions of Cultural Identity.* London: Sage, 1996.

Herbert, Marilyn. *Bookclub in a Box Discusses the Novel True History of the Kelly Gang, by Peter Carey.* Bookclub-In-A-Box, 2005.

Huddart, David. *Homi K. Bhabha.* London and New York: Routledge, 2006.

Hobsbawm, Eric, and Terence Ranger, eds. *The Invention of Tradition.* Cambridge: Cambridge University Press, 1983.

Hassall, Anthony J. *Dancing On Hot Macadam: Peter Carey's Fiction.* University of Queensland Press, 1994.

Huggan, Graham. *Australian Writers X: Peter Carey.* Oxford University Press, 1997.

Huges, Robert. *The Fatal Shore.* Collins Harvill, 1987.

Hutchinson, John, and Anthony D. Smith, eds. Eric Hobsbawm: *Introduction: inventing traditions.* London and New York: Routledge, 2000.

Inglis, Christine. *Multiculturalism: New Policy Responses to Diversit.* Paris: Unesco, 1995.

Jamrozik, Adam, Cathy Boland and Robert Urquhart. *Social Change and Cultural Transformation in Australia.* Melbourne: Cambridge University Press, 1995.

Jupp, James. *The Challenge of Diversity: Policy Options for a Multicultural Australia.* Australian Government Publishing Service, 1993.

Jupp, James. *The Australian people: An Encyclopedia of the Nation, Its People and Their Origins.* London: Cambridge University Press, 2001.

Kiernan, Brian. *The Most Beautiful Lies.* Sydney: Angus and Robertson, 1977.

Kingsley, Henry. *The Hillyars and the Burtons.* Sydney University Press, 1973.

Krassnitzer, Hermine. *Aspects of Narration in Peter Carey's Novels: Deconstruct-*

ing Colonialism. Salzburg University Studies，1995.

Larsson，Christer. *The Relative Merits of Goodness and Originality*：*The Ethics of Storytelling in Peter Carey's Novels.* Studia Anglistica Upsaliensia，2001.

Larrain，Jorge. *Ideology and Cultural Identity*，Polity Press，1991.

Lamb，Karen. *Peter Carey*：*Genesis of Fame*（Imprint Editions）．Angus & Robertson，1993.

Murray，James A. H，Henry Bradley，W. A. Craigie and C. T. Onions，eds. *The Oxford English Dictionary*（Vol. VII）．Oxford：Clarendon Press，1989.

Persram，Nalini，ed. *Postcolonialism and Political Theory.* Lanham and New York：Rowman & Littlefield Publishers，2006.

Qing-long，Peng. *Writing Back to The Empire*：*Textuality and Historicity in Peter Carey's Fiction.* BeiJing：China Social Sciences Press，2006.

Rickard，John. *The Present and the Past*：*Australia Cultural History.* Longman，1996.

The Oxford Companion to Australian Literature. Oxford：Oxford University Press，1994.

Turner，Greame. *Making It National*：*Nationalism and Australian Popular Literature.* Sydney：Allen & Unwin，1994.

Ward，Russel. *The History of Australia*：*the Twentieth Century* 1901 － 1975. Heinemann Educational Books，1978.

Weber，Max. *Economy and Society*（Vol. 1.）．Berkeley：University of California Press，1978.

White，Hayden. *Tropics of Discourse.* Baltimore：Johns Hopkins University Press，1978.

Wolfreys，Julian. *Critical Keywords in Literary and Cultural Theory.* Palgrave Macmillan，2004.

Woodcock，Bruce. *Peter Carey*：*Contemporary World Writer*（Second Edition）．Manchester University Press，2004.

附　　录

一　彼得·凯里创作年表

短篇小说集

1974 年　《历史上的胖子》 *The Fat Man in History*

《历史上的胖子》 *The Fat Man in History*

《剥皮》 *Peeling*

《你爱我吗?》 *Do You Love Me?*

《机遇》 *Chance*

《蓝色的惑人本性》 *The Puzzling Nature of Blue*

《异国情趣》 *Exotic Pleasures*

《著名矿山的最后一天》 *The Last Days of a Famous Mine*

《西部假想敌》 *Windmill in the West* （又译《西边的风车》）

《美国梦》 *American Dreams*

《战争罪行》 *War Crimes*

1979 年　《战争罪行》 *War Crimes*

《生命的旅行》 *The Journey of a Lifetime*

《你爱我吗?》 *Do You Love Me?*

《威廉森木材的用途》 *The Uses of Williamson Wood*

《著名矿山的最后一天》 *The Last Days of a Famous Mine*

《一个男生的恶作剧》 *A Schoolboy Prank*

《机遇》 *Chance*

《芬芳的玫瑰》 *Fragrance of Roses*（又译《奥斯维辛玫瑰》或者
《玫瑰》）

《蓝色的惑人本性》 *The Puzzling Nature of Blue*

《紫光》 *Ultra-Violet Light*

《克里斯图·杜》 *Kristu-Du*

《最近一个夏天他找到了她》 *He Found Her in Late Summer*

《异国情趣》 *Exotic Pleasures*

《战争罪行》 *War Crimes*

1994 年　《故事集》 *Collected Stories*

《你爱我吗?》 *Do You Love Me?*

《著名矿山的最后一天》 *The Last Days of a Famous Mine*

《克里斯图·杜》 *Kristu-Du*

《蟹》 *Crabs*（又译《克拉布斯》）

《南临小亭的生与死》 *Life and Death in the South Side Pavilion*

《5 号房间》 *Room No. 5*（ *Escribo* ）

《幸福的故事》 *Happy Story*

《一百万美元价值的 "安非他明"》 *A Million Dollars Worth of Amphetamines*

《剥皮》 *Peeling*

《西部假想敌人》 *Windmill in the West*

《关于希腊暴君》 *Concerning the Greek Tyrant*

《撤》 *Withdrawal*

《关于 "幻影工业" 的报道》 *Report on the Shadow Industry*（又译
《关于战时可转向军需生产的工业报告》）

《乔》 *Joe*

《蓝色的惑人本性》 *The Puzzling Nature of Blue*

《和独角兽的商谈》 *Conversations with Unicorns*

《美国梦》 *American Dreams*

《历史上的胖子》 *The Fat Man in History*

《威廉森木材的用途》 *The Uses of Williamson Wood*

《异国情趣》 *Exotic Pleasures*

《一个男生的恶作剧》 *A Schoolboy Prank*

《生命的旅行》 *The Journey of a Lifetime*

《机遇》 *Chance*

《芬芳的玫瑰》 *Fragrance of Roses*（又译《奥斯维辛玫瑰》或《玫瑰》）

《最近一个夏天他找到了她》 *He Found Her in Late Summer*

《战争罪行》 *War Crimes*

1990 年　《异国情趣》 *Exotic pleasures*

长篇小说

1981 年　《幸福》 *Bliss*（又译《极乐》）

1985 年　《魔术师》 *Illywhacker*（又译《说谎者》《恶棍》《骗子》）

1988 年　《奥斯卡与露辛达》 *Oscar and Lucinda*（又译《奥斯卡和露辛达》）

1991 年　《税务检查官》 *The Tax Inspector*

1994 年　《特里斯坦·史密斯不寻常的生活》 *The Unusual Life of Tristan Smith*

1997 年　《杰克·迈格斯》 *Jack Maggs*

2001 年　《凯利帮真史》 *True History of Kelly The Gang*

2003 年　《我的生活有如冒牌货》 *My Life as a Fake*

2006 年　《偷窃：一个爱情故事》 *Theft：A Love Story*（又译《窃也是爱》《欺骗：一个爱情故事》）

2008 年　《他的非法自我》 *His Illegal Self*（李尧译《亡命天涯》）

2009 年　《帕特罗和奥利维尔在美国》 *Parrot and Olivier in American*（又译《鹦鹉和奥利维尔在美国》）

2012 年　《化学的眼泪》 *The Chemistry of Tears*

其他著作

1994 年　《致我们儿子的信》 *A Letter to Our Son*

1994 年　《大赌注》 *The Big Bazoohley*

2001 年　《悉尼：一个作家的返乡之旅》30*Days in Sydney：A Wildly*

Distorted（又译为《雪梨三十天》）

2005 年《错看日本》*Wrong About Japan*

二　彼得·凯里获奖年表

1. 1979 年，迈尔斯·弗兰克林文学奖（澳），《战争罪行》
   Miles Franklin Award（Australia），*War Crimes*

2. 1980 年，新南威尔士总理文学奖（澳），《战争罪行》
   New South Wales Premier's Literary Award，*War Crimes*

3. 1981 年，迈尔斯·弗兰克林文学奖（澳），《幸福》
   Miles Franklin Award（Australia），*Bliss*

4. 1982 年，国家图书奖（澳），《幸福》
   National Book Council Award（Australia），*Bliss*

5. 1982 年，新南威尔士总理文学奖（澳），《幸福》
   New South Wales Premier's Literary Award，*Bliss*

6. 1985 年，澳大利亚电影协会（最佳剧本奖）（澳），《幸福》
   Australian Film Institute（Best Adapted Screenplay），*Bliss*

7. 1985 年，澳大利亚电影协会（最佳电影奖）（澳），《幸福》
   Australian Film Institute（Best Film），*Bliss*

8. 1985 年，委员会图书奖（澳），《魔术师》
   Book Council Award（Australia），*Illywhacker*

9. 1985 年，布克奖（提名奖），《魔术师》
   Booker Prize for Fiction（shortlist），*Illywhacker*

10. 1985 年，年度时代图书奖，《魔术师》
    The Age Book of the Year Award，*Illywhacker*

11. 1986 年，迪特玛奖之最佳澳大利亚科幻小说奖，《魔术师》
    Ditmar Award for Best Australian Science Fiction Novel，*Illywhacker*

12. 1986 年，万斯·帕默小说奖，《魔术师》
    Vance Palmer Prize for Fiction，*Illywhacker*

13. 1986 年，维多利亚总理文学奖（澳），《魔术师》

Victorian Premier's Literary Award (Australia), *Illywhacker*

14. 1986 年，世界奇幻奖最佳小说奖（提名奖），《魔术师》

World Fantasy Award for Best Novel (shortlist), *Illywhacker*

15. 1988 年，委员会图书奖（澳），《奥斯卡和露辛达》

Book Council Award (Australia), *Oscar and Lucinda*

16. 1988 年，布克奖，《奥斯卡和露辛达》

Booker Prize for Fiction, *Oscar and Lucinda*

17. 1989 年，迈尔斯·弗兰克林文学奖（澳），《奥斯卡和露辛达》

Miles Franklin Award (Australia), *Oscar and Lucinda*

18. 1994 年，年度时代图书奖，《特里斯坦·史密斯的不寻常的生活》

The Age Book of the Year Award, *The Unusual Life of Tristran Smith*

19. 1997 年，詹姆斯·泰特·布莱克纪念奖（澳）（小说奖提名奖），《杰克·迈格斯》

James Tait Black Memorial Prize (for fiction) (shortlist), *Jack Maggs*

20. 1997 年，年度时代图书奖，《杰克·迈格斯》

The Age Book of the Year Award, *Jack Maggs*

21. 1998 年，联邦作家奖（最佳图书），《杰克·迈格斯》

Commonwealth Writers Prize (Overall Winner, Best Book), *Jack Maggs*

22. 1998 年，迈尔斯·弗兰克林文学奖（澳），《杰克·迈格斯》

Miles Franklin Award (Australia), *Jack Maggs*

23. 2001 年，布克奖，《凯利帮真史》

Booker Prize for Fiction, *The True History of the Kelly Gang*

24. 2001 年，联邦作家奖（最佳图书），《凯利帮真史》

Commonwealth Writers Prize (Overall Winner, Best Book), *The True History of the Kelly Gang*

25. 2001 年，迈尔斯·弗兰克林文学奖（提名奖）（澳），《凯利帮真史》

Miles Franklin Award (Australia) (shortlist), *The True History of the Kelly Gang*

26. 2001 年，万斯·帕默小说奖，《凯利帮真史》

Vance Palmer Prize for Fiction, *The True History of the Kelly Gang*

27. 2007 年，联邦作家奖（东南亚和南太平洋地区最佳图书提名奖），《偷窃：一个爱情故事》

Commonwealth Writers Prize (South East Asia and South Pacific Region, Best Book) (shortlist), *Theft*: *A Love Story*

28. 2007 年，布克国际奖名单，《偷窃：一个爱情故事》

Man Booker International Prize List, *Theft*: *A Love Story*

29. 2008 年，最佳布克奖小说名单，《奥斯卡与露辛达》

Booker Prize for Fiction Best List, *Oscar and Lucinda*

30. 2009 年，布克国际奖名单，《他的非法自我》

Man Booker International Prize List, *His Illegal Self*

31. 2010 年，英联邦作家奖（东南亚和南太平洋地区最好的书），《帕特罗和奥利维尔在美国》

Commonwealth Writers Prize (South East Asia and South Pacific Region, Best Book) (shortlist), *Parrot and Olivier in American*

32. 2010 年，布克小说奖提名奖，《帕特罗和奥利维尔在美国》

Booker Prize for Fiction (shortlist), *Parrot and Olivier in American*

三　彼得·凯里生平年表

1943 年

5 月 7 日，彼得·菲利普·凯里出生在澳大利亚维多利亚州（Victoria）巴克斯马什镇（Bacchus Marsh）。

父母亲是帕西瓦尔·斯坦利·凯里（Percival Stanley Carey）和海伦·让·凯里（Helen Jean Carey，娘家姓瓦里纳 Warriner）。

祖父 R. 格雷厄姆·凯里（R. Graham Carey）曾是南澳大利亚第一航空邮件飞行员。他用现在在悉尼动力博物馆中的布莱里奥（Bleriot）单翼机巡回演出，并且拥有出现在《魔术师》开头的莫里斯·法尔曼（Morris Farman）。

童年是在距离州府墨尔本 55 公里以外的巴克斯马什镇度过的，他的父亲帕西瓦尔·斯坦利·凯里开汽车营销点，出售通用汽车。

1948—1953 年

在巴克斯马什镇州立 28 号学校上小学。

1954—1960 年

在查尔斯王子上过学的澳大利亚知名度最高的吉朗文法学校（Geelong Grammar School）上中学。

1961 年

开始在墨尔本的莫纳什大学（Monash University）学习有机化学（Organic Chemistry）和动物学（Zoology），但因遇车祸而中断学业。

遇到了澳大利亚著名作家巴瑞·欧克利（Barry Oakely）和莫里斯·路里（Morris Lurie），开始阅读大量文学书籍，写作诗歌和小说。

1962—1963 年

受聘于墨尔本的沃克·罗伯逊·麦考利（Walker Robertson Maquire）广告公司。

1964 年

创作第一部未出版的长篇小说《接触》（Contacts）。

与丽·威特曼（Leigh Weetman）结婚。

住在墨尔本的蒙莫朗西（Montmorency）弗吉尼亚州法院（Virginia Court）。

1965 年

申请斯坦福写作基金失败。

1966 年

从《接触》中抽出一部分出版为《选集：二十五以下》（Under Twenty-five：An Anthology）。

创作第二部未出版的长篇小说《无用的机器》（The Futility Machine）。这本书被阳光书社（Sun Books）接收，但由于未与编辑达成一致意见而没有出版。

1967 年

短篇小说《她醒了》（She Wakes）刊登在《澳大利亚垃圾》（Australian Letters）上。

1967—1970 年

游历了希腊、意大利、法国、西班牙、爱尔兰和伊朗。

住在伦敦的诺丁山（Notting Hill），做了一段短期的文案工作，包括在设计集团和科尔曼·普伦蒂斯 & 瓦利（Colman Prentis & Varley）的 5、6 个月，后者大多是兼职。

做了 6 个月诺丁山电影学校的"替身"。

创作第三部未出版的小说《沃格》（*Wog*）。

1970 年

返回澳大利亚，到达蒙莫朗西的弗吉尼亚法庭，在那里写作《历史上的胖子》。

在墨尔本的马修斯·韦恩·威廉姆斯（Masius Wynne Williams）做文案工作。

在墨尔本为越南延期偿付（Vietnam Moratorium）做宣传。

进入斯坦福作家基金名单，但还是没有成功。

1970—1973 年

在斯帕泽和穆尼 – 格雷（Spasm and Mooney-Grey）做各种全职或兼职的广告工作。

创作第四部未出版的长篇小说《玛丽·西莱斯特海外历险记》（*Adventures Abroad the Mairie Celeste*）。这部小说被内地出版社的出版人所接受（Outback Press），但是凯里在 1974 年《历史上的胖子》出版之后就把书稿撤回去了。

1973 年

住在墨尔本的卡尔顿（Carlton）。与丽·威特曼分手。

1974 年

移居到悉尼的伯奇格罗夫的码头路（Wharf Rd, Birchgrove in Sydney）。

担任格雷广告公司（Grey Advertising）的创意总监。

开始与艺术家玛戈特·哈奇森（Margot Hutcheson）建立关系。

昆士兰出版社出版的短篇故事集《历史上的胖子》在澳大利亚和伦敦都非常畅销。

1976 年

移居到伯奇格罗夫的路易莎路（Lousia Rd, Birchgrove）。

写作《战争罪恶》（*War Crimes*）和《机遇》（*The Chance*）。

1977 年

和玛戈特·哈奇森在昆士兰南部的逸典娜（Yandina）择一社区居住下来，体验嬉皮士生活。

每个月会在悉尼的格雷广告公司工作 5 天，这个时期他每个月至少有 20 天从事写作。

第一部长篇小说《幸福》（*Bliss*）和短篇小说集《战争罪恶》（除了《战争罪恶》和《机遇》以外）中的作品，都是在这个时期创作的。

1979 年

昆士兰出版社出版了凯里的第二本故事集《战争罪恶》，此书确立了他成为英语语言最好的故事写手之一的地位。

在《幸福故事》（*Happy Story*）的基础上与导演雷·劳伦斯（Ray Lawrence）合写电影剧本《低飞》（*Low Flying*）。

1980 年

离开被合并之后的格雷广告公司。

联合巴尼·麦克斯宾顿（Bani McSpedden）成立了迈克斯宾顿－凯里公司，在那里他继续做兼职工作。

在逸典娜完成长篇小说《幸福》。

迈克斯宾顿－凯里公司开业的时候，凯里回到悉尼。

从最初出版的《历史上的胖子》和《战争罪行》中选出一些故事被伦敦的法贝尔（Faber）和纽约的兰登书屋（Random House）出版为《历史上的胖子》。

《战争罪行》获新南威尔士总理文学奖小说奖。

1981 年

与玛戈特·哈奇森移居新南威尔士州北部的贝林艮（Bellingen）附近的格列尼非（Gleniffer），在那里写作《魔术师》。

从法律上结束与丽·威特曼的婚姻。

伦敦的皮卡多尔出版社（Picador）出版了平装版故事选集《异国情趣》（*Exotic Pleasures*）。

澳大利亚昆士兰大学出版社和伦敦的法贝尔与皮卡多尔出版社出版了长篇小说《幸福》。

在《南临小亭的生与死》（*Life and Death in the South Side Pavilion*）的基础上与导演雷·劳伦斯合写了电影剧本《在水上跳舞》。

1982 年

《幸福》获新南威尔士总理文学奖、迈尔斯·富兰克林文学奖和国家图书奖。

《历史上的胖子》（昆士兰大学出版社版）被翻译成瑞典语和荷兰语。

1983 年

《历史上的胖子》（昆士兰大学出版社版）被翻译成波兰语。

1984 年

在堪培拉的作家会议上与电影导演艾丽森·萨默斯（Alison Summers）相遇，随后与之在悉尼的伊丽莎白湾（Elizabeth Bay）同居。

《幸福》被翻译成芬兰语和瑞典语。

1985 年

3 月 16 日，和艾丽森·萨默斯结婚。

《魔术师》由澳大利亚的昆士兰大学出版社、伦敦的法贝尔出版社和纽约的哈珀书行（Harper and Row）同时出版发行。

获年度时代图书奖、美国广播公司奖（NBC Award）、澳大利亚文学奖、FAW 芭芭拉·拉姆斯登（FAW Barbara Ramsden）奖。

同时，《魔术师》获得了布克奖提名奖。

电影《幸福》受到批评界的欢迎。与导演雷·劳伦斯合写的剧本《幸福》被昆士兰大学出版社出版。

《魔术师》被翻译成日语。

1986 年

搬回到格利伯区（Birchgrove）的路易莎路，最终完成在伊丽莎白湾已经开始并完成大半的《奥斯卡与露辛达》。

9 月 13 日，长子山姆（Sam）出生。

《魔术师》获国家科学小说会议奖（Awarded the National Science Fiction Convention Award）。

《幸福》被翻译成瑞典语。

1987 年

《幸福》被翻译成德语。

《魔术师》被翻译成希伯来语。

1988 年

《奥斯卡与露辛达》为澳大利亚的昆士兰大学出版社和伦敦的法贝尔出版社以及纽约的哈珀书行出版。

《致我们儿子的信》（*A Letter to Our Son*）在格兰塔出版社（Granta）出版。

《奥斯卡与露辛达》获英语世界最高小说奖布克奖和有声读物年度奖（Talking Book of the Year Award）。

被选为 F. R. S. L 成员。

开始写作有关维姆·文德斯（Wim Wenders）的电影剧本《直到世界末日》（1992 年发布）。

开始为比尔·贝内特（Bill Bennett）写作电影剧本《战争罪行》。

《魔术师》被翻译成西班牙语。

1989 年

《奥斯卡与露辛达》获澳大利亚文学研究基金会奖、迈尔斯·弗兰克林文学奖和全国广播公司巴尼奥奖（NBC Banjo Award）。

被昆士兰大学授予荣誉博士（Awarded Doctor of Letters）。

移居美国纽约的格林威治村（Greenwich Village）。

早在悉尼就开始写的《税务检查官》最终完成。

《幸福》被翻译成西班牙语。

《魔术师》被翻译成法语。

《奥斯卡与露辛达》被翻译成丹麦语和芬兰语。

1989—1993 年

在纽约大学讲授创作课。

1990 年

《奥斯卡与露辛达》获阿德莱德作家节奖。

10 月 2 日，次子查理·萨默斯（Charley Summers）在纽约出生。

《幸福》被翻译成希腊语。

《魔术师》被翻译成瑞典语和德语。

《奥斯卡与露辛达》被翻译成希腊语、西班牙语、葡萄牙语、瑞典语和法语。

1992—1993 年

从事两部小说的写作，一部是《狗、鸭子和老鼠》（*The Dog，The Duck，The Mouse*），另一部《马格维奇》，处理一些有关马格维奇（来自狄更斯的《远大前程》）在澳大利亚的事情。

《异国情调》（皮卡多版）被翻译成希腊语。

《奥斯卡与露辛达》被翻译成希伯来语。

《税务检查官》被翻译成西班牙语、挪威语、荷兰语、瑞典语、意大利语、德语、法语和丹麦语。

1994 年

澳大利亚昆士兰大学出版社出版了《特里斯坦·史密斯不寻常的生活》（*The Unusual Life of Tristan Smith*）。

出版儿童文学《大赌注》（*The Big Bazoohley*）。

1997 年

伦敦和波士顿的法贝尔出版社出版《杰克·迈格斯》（*Jack Maggs*）。

1998 年

Oscar and Lucinda 在大陆翻译成中文《奥斯卡和露辛达》。

1999 年

Oscar and Lucinda 在台湾翻译成中文《奥斯卡与露辛达》。

Jack Maggs 在台湾译为《黑狱里来的陌生人》。

2001 年

澳大利亚昆士兰大学出版社出版了《凯利帮真史》（*The True History of Kelly The Gang*）。

纽约和伦敦的布鲁姆斯伯里出版公司出版了散文集《悉尼：一个作家的返乡之旅》（30*Days in Sydney：A Wildly Distorted*）。

2003 年

澳大利亚昆士兰大学出版社出版《我的生活有如冒牌货》（*My Life as a Fake*）。

2004 年

The True History of Kelly The Gang 在大陆翻译成中文《凯利帮真史》。

10 月，带着 12 岁的儿子查理游历日本东京。

2005 年

新南威尔士兰登书屋出版《错看日本》（*Wrong About Japan*）。

30*Days in Sydney*：*A Wildly Distorted* 在台湾翻译成中文《雪梨三十天》。

2006 年

新南威尔士兰登书屋出版了《偷窃：一个爱情故事》（*Theft*：*A Love Story*）。

2007 年

30*Days in Sydney*：*A Wildly Distorted* 在大陆翻译成中文《悉尼：一个作家的返乡之旅》。

《偷窃：一个爱情故事》被列入布克国际奖名单。

2008 年

新南威尔士兰登书屋出版了《他的非法自我》（*His Illegal Self*）。

Theft：*A love Story* 在大陆翻译成中文《偷窃：一个爱情故事》。

《奥斯卡与露辛达》被列入最佳布克奖小说名单。

2009 年

出版《帕特罗和奥利维尔在美国》（*Parrot and Olivier in American*）。

《他的非法自我》获布克国际奖名单。

2010 年

Jack Maggs 在大陆翻译成中文《杰克·迈格斯》。

His Illegal Self 在大陆翻译成中文《亡命天涯》。

《帕特罗和奥利维尔在美国》获布克小说奖提名奖。

《帕特罗和奥利维尔在美国》获英联邦作家奖（东南亚和南太平洋地区最好的书）。

2012 年

出版长篇小说《化学的眼泪》（*The Chemistry of Tears*）。

后　记

　　文学是一种建构性的认同话语实践。在西方文学史上，每个时代都有伟大的作家，但那些最伟大的作家，往往是在断裂或变动的时代中自身认同出现了问题的作家，从但丁、莎士比亚、歌德到卡夫卡，莫不如此。认同问题伴随着现代性的产生和扩张在世界扩散、深化。从解构主义、后殖民主义、新历史主义、女性主义到生态主义等西方新近理论的产生，无不得益于理论家对现代人在当下的认同问题的思考。理论之后，我们依旧绕不开理论的影响，但也发觉越来越多的社会问题不是单靠某一种理论就能解决的。

　　澳大利亚是一个典型的进入了新的历史时期的后殖民社会，其最普遍、最根本的社会问题是民族认同、国家认同和文化认同的复杂性、含混性与待定性。澳大利亚两百多年的近现代史就是一个典型的现代化过程，彼得·凯里以他的创作完整地诠释了认同问题在澳大利亚的产生及其发展变化的动态过程。由于认同本身具有开放性和建构性，因此本书探讨的凯里小说中各类澳大利亚认同，尤其是文化认同在作家本身就是未完成的探索——他近年来出版的新作也不断地给出了差异性的回答。

　　本书得以完成并出版首先感谢我的博士导师张勇先先生。是张先生引领我走向澳大利亚文学研究。他领导下的中国人民大学澳大利亚研究中心提供了大量与澳大利亚文学研究的相关图书、音像资料，来中心访学、讲学的澳籍专家学者也给予我不少帮助。其次，要感谢我的亲人，他们的健康、宽容和体谅是我得以出抽时间再次校对书稿的前提。再次，要感谢罗莉编辑，在决定出版和书稿的校订等方面，罗编辑都给予我很大的帮助。最后，感谢云南大学人文学院拨出经费支持此书出版。

张计连

2015 年 8 月 23 日于昆明翠湖